ちくま文庫

方壺園

ミステリ短篇傑作選

陳 舜臣

日下三蔵 編

筑摩書房

目次

第一部

第二部

方壺園

ミステリ短篇傑作選

第一部

方壺園

1

大唐の元和十三年（八一八）早春のことである。

陽は西に低く傾き、豪商崔朝宏《さいちょうこう》の邸内にある方壺園《ほうこえん》が、その影を広い庭にながくのばした。影のさきは、庭の隅にある竹かご造りの小屋に触れるばかりである。

小屋のまえでは、李標《りひょう》という若い男が竹かごを編むのに余念がなかった。

方壺園の岩乗な木の扉が軋《きし》りながらひらくと、なかから恰幅のいい二十七、八の男が出てきた。肩から紐で吊した錦嚢を小腋にかかえるようにしている。彼は扉をしめた。

扉は磚《せん》の壁にぴったり吸いつくように閉じられた。

その男は李標のまえまで来ると、

「やあ、やっとるなあ」

と、磊落そうに声をかけた。

「高佐庭《こうさてい》さんでしたか」李標は顔をあげて言った。「おかげさまでどうやら」

竹かご造りの李標は、詩人李賀の従弟である。李賀、字《あざな》は長吉、鬼才を謳われた詩人で、去年昌谷で二十七の短い生涯をとじた。高佐庭はその親友で、李賀の長安滞在中、二人は形影つねに相伴った。李賀の臨終には、高佐庭ははるばる長安から駆けつけたものだ。亡くなった李賀の書きちらした詩稿を整理する役をひきうけたのも彼である。そのとき彼は、都へ行きたいという李標を伴って長安に戻った。そして居候先の崔朝宏邸に竹かご造りとして入れたのである。

李標は昌谷では提灯《ちょうちん》造りをしていた。同じ竹細工なので、竹かごも編む。いまでは、塩甕《しおがめ》を包む竹かごを製作するのが彼の仕事となったわけだ。

李標のそばに一人の老人がしゃがんでいた。厨房でもっぱら犲《やまいぬ》の唇や熊の掌といったげてもの料理に腕をふるっている男である。

「痛快な男だなあ、あれは」

高佐庭の後姿を見送って、老人は言った。

李標は合槌《あいづち》もうたず、仕事をつづけた。

高佐庭は肩を揺すりながら、門から出て行った。紐つきの錦嚢は亡友李賀を真似たのである。李賀はつねに錦嚢をたずさえ、興がわけば詩をつくり、そのなかに投げこんだ。世人はそれを『錦嚢詩』と称した。だから詩の数はおびただしい。世に伝えられている李賀の詩はそのごく一部分にすぎないのである。

高佐庭と入れかわりに、主人の崔朝宏が門からはいってきた。二、三歩あるいて立ちどまると、彼は肩で大きな呼吸をした。

厨房の老人は主人のほうをちらと見て、右手の親指をつき立てた。

「これが近頃ちとおかしいと思わんかな?」

「というと?」

かご造りの若者はやっと手をとめて、問い返した。かごが一つ出来あがったのだ。

「大きな声じゃ言えんが」老人はあたりを見まわし、自分の頭を指でついて、「わしゃ旦那がここをやられちまったんじゃないか、と思うことがあるよ」

「そうかな?」李標は竹を削りながら、気のない返事をした。「そんなこと、どうでもいいさ。……ところで、西明寺裏の劉家に大提灯十個頼まれていたっけ。まだ六つしか造っていない。さあ、いそいで造らにゃ……」

目をおとすと、方壺園の影が足さきに届いていた。早くしないと日が暮れてしまう。

『方壺』という言葉は『列子』に出てくる神仙の住む海中の島のことである。しかし、崔邸の『方壺園』は文字通りの意味にとったほうがよい。つまり、方形の壺である。

むかしここはある有名な学者の邸《やしき》で、万巻の書をおさめるために、邸の後部に三層楼の書庫が建てられてあった。伝えるところによれば、その書庫のなかで不吉な事件があったので、学者の子孫がとり壊したという。ただし四囲の磚《せん》の壁だけは残してあった。

三層楼の壁だからきわめて高い。長安の城壁は五メートルだが、方壺園の壁はその倍以上はあろう。書庫を壊したあとには石畳を敷き、小さな四阿《あずまや》を建てて、園のようにしてあった。そんなに広くない園を囲む壁がひどく高いものだから、壺のような形にみえたのである。

崔朝宏が邸を買いとったとき、附録のようについていたこの壺の化物を、どうすればよいか、処置に困った。そのままにしていたら、いつのまにか居候の高佐庭が占領したのだ。

李標は足をうごかして、方壺園の影から逃げた。

厨房の老人はまだ話しかけようとする。

「お主《ぬし》はここへ来てどれほどになる?」

「一年だね」と李標は答えた。

「それじゃ、わかるはずだ。旦那がおかしくなったのは、せいぜいこの三、四ヵ月のことじゃよ。目の色がちがっちまったよ。な、そうじゃろ?」

李標は返事をしなかった。

「お主にはわからんのかな?」老人は相手に無視されても、かまわずにつづけた。「年かもしれんて。もう二、三年もまえから仙丹ちゅうのを練ってござらっしゃったが、それほどでもなかったに……」

現世の栄耀に飽き足りてくると、人間の慾は不老長寿にむかう。崔朝宏もその例にもれず、金《かね》を惜しまず薬材類をあつめては、本草の書物と首っぴきで仙丹を練ろうとした。分量を誤ると危険な波斯の奇薬を胡人からだいぶ買い込んだこともある。しかしそれは数年も前からだった。彼の目つきがあやしくなったのはごく最近なのだ。

李標はせっせと手をうごかして、提灯の骨組をつくっていた。それは伸縮自在のかなり大きな提灯のようだった。

厨房の老人は方壺園の影にからだを半分つつまれたのに気づき、腰をうかして陽のあたる場所を物色した。

そのとき、李標が急に顔をあげた。

「おかしくなったのは、なにも旦那だけじゃないよ」

そう言って、彼は邸のほうに視線をむけた。

もう一人の食客、呉炎という青年が邸から出ようとしているところだった。

「わしまでおかしくなっちまいそうじゃ」

日向ぼっこを諦めた老人は、そう言い残して、厨房のほうへ帰って行った。

李標は仕事をつづけた。方壺園の影は夕闇にだんだん薄くなる。影が見えなくなると、彼は小屋にはいって灯をつけた。そこで彼はまた仕事にとりかかった。

だいぶたってから、そとがさわがしくなった。李標は小屋から首を出した。

居候の高佐庭が六、七人の詩友をひきつれて戻ってきたのだ。方壺園で競吟の宴でも張るらしい。酒壺をさげているのが何人かいた。

そこへ邸のほうから可愛い声がかかった。

「あら、高さん、お帰りなの?」

崔朝宏の一人娘で、十六になる玉霜《ぎょくそう》だった。彼女は一行のほうへ急ぎ足でやって来た。

高佐庭はふりかえって、

「やあ、玉霜さん。どうです、これから方壺園へ一しょに参りませんか？　ひとつあなたの美しいお声で、私たちの作った詩をうたってもらいたいものですが」

「新しい詩、だいぶ出来まして？」

「たくさん作りましたよ」

「まあ、それはたのしみなこと」

玉霜は高佐庭と肩をならべて、方壺園のほうへ歩きだした。

彼らは方壺園にはいって行った。

李標は邸の廊下に立っている人影に気がついた。高佐庭一行をじっと見送っているようだった。暗くなっていたが、それが主人の崔朝宏であることはすぐにわかった。

2

塩商崔朝宏は貧家の出で、無から出発して五十をすぎると長安屈指の富翁となった。
ここまでのしあがるためには、彼はあらゆることをしてきた。政府の高官と結託するのは、彼の常套手段だった。白居易の『塩商婦』の詩にもあるように、塩商は
　州県ニ帰セズ天子ニ属ス

毎年塩利官ニ入ルトキ
少ク官家ニ入レテ　多ク私ニ入ル

の要領である。

高佐庭の父親が官途に就いていたとき、崔朝宏は非常な便宜をはかってもらった。すくなからぬ金品を贈ったが、受けた恩誼はそれによっても消えないほど大きい。その恩人は他界したが、息子の高佐庭を自分の邸に客として養っているのもそのためである。

高佐庭は職にもつかず、このんで長安風流韻事の客とまじわった。詩人としての高佐庭の才能は、塩商崔朝宏の知るところではない。

ある高官と食事をともにしていたとき、

「詩人の高佐庭があんたの邸にいるそうですな？」

ときかれたことがある。崔朝宏はそのとき、高佐庭の文名がかなり高いことを、はじめて知った。

ある日、取引客が平康坊の遊里に招待してくれた。一流の妓のいる南曲の妓楼だった。彼は大唐経済界の大立物である。取引客といっても、ほとんどが彼からおこぼれを頂戴しようとする連中ばかりなのだ。

「こちらが崔朝宏さんだよ」

あきらかにへつらいの態度をみせて、取引客は彼を妓に紹介した。

「崔さん？……宰相の崔群さんのご親戚なの？」と妓はたずねた。

同姓であるが、崔朝宏は崔群のような名門の出身ではない。先祖の威光もなく、独力で挙げた名が『崔朝宏』なのだ。妓はその名を知らなかった。

「崔群閣下とは関係がない」

と塩商は答えた。いやしくも商賈の世界で崔朝宏の名を知らぬ者はあるまい。しかしここは遊里なのだ。歌妓たちは別世界の住人である。

「なんてこった！」と取引客は言った。「この方の名を知らないなんて、きみはこの長安に何年いるんだ？」

「あたし長安の生まれよ」と妓は答えた。

「いやはや」取引客は首を振って「おそれ入ったね。長安にかくれもない崔朝宏、昌明坊に大邸宅を構えていらっしゃる塩商の崔朝宏さんをご存知ないとは！」

「昌明坊の塩商？」妓は急に思い出したように、「ああ、そうだわ！いつかきいたことがあるわ。それ、たしかあの詩人の高佐庭さんが昌明坊の塩商の崔さんとやらのお邸におられるとか。……その崔さんでいらっしゃるの？」

崔朝宏は笑って、うなずいた。

ここでは、高佐庭のほうが崔朝宏よりも著名だったのである。

崔朝宏は高佐庭の保護者で、一切の面倒を見てやっているつもりだった。もし彼がつき放せば、世の中で一人立ちできそうもない男だと考えていた。それなのに、高佐庭は塩商の知らない世界で、どうやら一応名を成しているらしいのだ。

一人の男のすべてを手中に握っている、そう感じるとなにか自分の重みというものが確認できた。だから、掌中にあるのがその男のすべてではないと知ったときは、なにがしかの寂寞を感じるものとみえる。

高佐庭は食客でありながら、したい放題に振る舞った。崔朝宏はそれを一種のてれかくしと解していた。一人前の男が他人に養われている。これは羞《は》ずかしいことにちがいない。

（なにも養ってくれと頼んだわけじゃない。親父の恩誼があるので是非来てくれと、むこうから頼みこんできたのさ）

こんな言訳の証拠をひとに見せるため、高佐庭はわざと居候らしからぬ行動をした。主人にたいしてもぞんざいな態度をとり、使用人たちにも我儘なことを言った。……こうした青年の自負の強がりを、崔朝宏は寛大にゆるしてきたつもりだった。

だが高佐庭の文名を知るに及んで、それがたんなるてれかくしであるかどうか、すこぶるうたがわしくなってきた。

あるとき塩商は、節度使に任命された高官から、母親の誕節に寿詩を高佐庭に書いてもらえまいか、と依頼をうけた。

その節度使は文学の鑑識にかけてはたしかな人物として知られていたのである。

「高佐庭はあんたのところで世話になっているそうじゃないか。あんたから頼んだら、一も二もないだろう」

ところが高佐庭はこの話をきくと、にべなくことわった。どうして誕生日おめでとうなんて詩が作れますかな？」

崔朝宏は困ったが、無理強いもできない。結局、依頼主のところへ行って事情を説明し、恕しを乞うほかはなかった。

「やっぱりそうか」節度使は案外あっさりと納得した。「しかしなかなか面白いことを言う男だな。会ったことのない人間の寿詩が書けるか、とおいでなすった。ハハハ……どうやら李賀に似てきたではないか。仲が好いと性格まで似てくるものだろうか？　人を人とも思わぬところなど、そっくりだな」

節度使が諒解してくれたので、塩商はホッとした。しかし、高佐庭を見る彼の目は、これを機にがらりとかわってしまった。

高佐庭が一本立ちどころか、おしもおされもせぬ詩人になっていることは、いまやあきらかであった。彼は野性の鷲であり、塩商の邸じゅうを、羽搏きも荒々しくとびまわっている。それをすこし拗ねた小鳥ぐらいに思っていたのは、崔朝宏の見当ちがいだった。

鷲だとわかると、崔朝宏は急にたまらなくなった。——てれかくしでないとすれば、その傍若無人ぶりは一たい何であろう？

その解答はすぐに出た。

崔朝宏はちがった目で高佐庭を見はじめたので、新しい角度から、いままで見えなかったものをありありと見てとることができた。高佐庭の目のなかに『侮蔑』があらわにむき出されていたのだ。こんな露骨で直截な表情を、これまで見すごしていたなど、気づいたあとになってみると、ほとんど信じられないほどである。

――たかが商賈のやから……

鷲の目はなにものもかくさない。

人が五十年の歳月をかけて築きあげたものを、その目は一瞥でつき崩そうとする。崔朝宏はそれにたいして防戦しなければ、と思った。

これは彼個人だけの戦いではない。金銭財富、美服珍饈《ちんこう》――彼が積みあげてきたもの一切が、一詩人の侮蔑の目ざしによって潰滅に瀕している。彼は一つの世界を背負って戦うのだ。敗れ去れば、彼の全生涯が『無』になってしまうばかりか、同じ世界にいる多くの人達の生活と努力の意味が、すべて失われるであろう。

戦いの要諦は敵を知ることにある。塩商はにわかに詩の研究をはじめた。それも、詩は目にみえる力を人間に及ぼしえない、従って無力である、という前提のうえに彼は立った。

詩にくらべると、崔朝宏の事業は、それを通じてすさまじい影響を人間どもに与えることができた。彼は全国の塩の相場を左右しうる実力をもっていた。塩価を吊《つ》りあげると、庶民生活はたちまち脅威をうける。生活苦、自殺、——いや、追いつめられた群衆は反乱をおっぱじめて、強力な王朝をぶちこわしてしまうかもしれない。

その目のなかに、どちらがより強烈な侮蔑をこめうるか、——勝敗はそれによってきまる。ずいぶん奇妙な戦いだった。

それ以来、高佐庭の姿を遠くに見ただけで、崔朝宏は緊張をおぼえて、身ぶるいがした。近づいて、いよいよ相手の目が見えだすと、塩商は満身の精魂をわが双の目にこめた。火花を散らす接触の一瞬、——そしてすれちがう。塩商は腋の下がじっとり汗ばんでいるのを感じる。両眼のまわりの筋肉は、しばらくはほぐれない。

五十を越した崔朝宏が、急に詩人との戦いをはじめたのは、たしかに異常である。彼の様子がおかしくなったことは、使用人たちにもわかったのだ。

3

呉炎のほうはただの居候ではない。彼は洛陽豪門の子弟である。彼の父は崔朝宏と親交があった。受験のため長安に滞在しているが、洛陽の家からは多額の仕送りがあった。

『弱輩ゆえよろしく指導監督をお願いする』

という父親の手紙をたずさえて呉炎が塩商の邸へ来たのは、一年たらずまえのことである。

呉炎は美妓を垣間見て、おかしくなったのだ。初心な朴念仁が、急に華やかな場になげ出され、目がくらんで一途な想いに燃えるという例がよくある。が、呉炎の場合はそれとちがった。なぜなら、彼は洛陽でよく遊んだほうなのだ。だからこそ、彼の父が崔朝宏に『指導監督』を依頼したのである。

その美妓の名は翠環《すいかん》といった。平康坊南曲の歌妓だが、楼主に抱えられた女ではない。楼の一角に部屋を借りてはいたが、独立した、いわゆる自前の歌妓だった。

長安に来てしばらくして、呉炎はある妓楼の二階で翠環が欄干に凭れて休息しているのを見かけたのである。胡人の血が混っているらしく、髪はわずかながら赤味を帯び、目はやや碧眼に近い女だった。

いきなり雷にうたれたように、説明のつかぬ速さと強さで恋に襲われることがある。呉炎の場合がそうであった。あとから考えると、翠環の横顔、ことにそのほっそりとがった鼻が、そもそもの火つけ役を演じたらしい。だが、破裂してしまったあと、どこに火がついたか、詮索してもはじまらないことである。

彼は女のあとをつけた。翠環は自室へ戻ったが、そこには客がいた。初夏のころで、簾《すだれ》がかかっているだけだから、それを透してなかの模様がぼんやりとみえた。呉炎はそっと柱を楯にして、ながいあいだ彼女の部屋をうかがった。

翠環は詩をうたいはじめた。節まわしに一種異様な癖があって、ときどきつまるのではないかと思わせた。だが絶えんとして絶えず、緩急をまじえて声は続いて行く。その独特なうたい方のため、詩のうちにこもるかくれた激情とでもいうべきものが手繰り出され、しかも絶妙に表現されるのである。

呉炎はあとで楼の下女にきいてみた。

「詩がおできでないと、ちっとも面白くないそうよ。だからあそこへ通うのはきまった人ばっかり。……およしなさいよ、ほんとに。このまえだって物好きな人が行きましたけど、さっぱり話もはずまなかったって、おこってましたわ」

洗濯婆さんはこう教えてくれた。

「ありゃ、あんた、気ちがいですがな。詩人気ちがいでね。なんでも詩を作る人しか行かないそうな」

翠環のところへ行くには、詩が作れなければならない。呉炎はそれまで詩を作ろうなど思ったこともなかった。

彼は楼の番頭を買収して、翠環の部屋のむかいの広間に、場所を都合してもらった。幄《とばり》で一角を囲い、小さな卓を据えた。彼はそこで酒をなめながら、幄のすきまから簾越しに翠環の部屋を眺めて、わずかに自分を慰めた。

そもそものはじまりは、とがった愛らしい鼻であり、そのつぎが魂をゆさぶるような声であった。そのうちに呉炎のあこがれは、翠環をとりまく雰囲気に及んだ。

酒席を周旋する翠環の姿が影絵のように簾を横切る。――それを見るたびに、簾のむこうに極楽がある、と呉炎は思った。翠環だけではない。彼女を中心に醸し出される独特な気分、——それが極楽だった。

秋たけて簾がとり払われ、厚い木の扉で彼女の部屋が閉じられたとき、呉炎はしみじみ佗しいと思った。

呉炎は受験準備ではなく、詩の勉強をはじめた。が、ろくな詩は作れない。はじめから才能がないのだろう。が、断念するわけにはいかない。どうしても詩を作れるようにならねばならないのだ。しかもすぐれた詩を。

書肆へ行って詩書を物色した帰り、彼は崇敬寺の境内へ寄って、空にむかって石を投げてみた。彼はふつうの人の何倍も高く石を投げることができた。修練のたまものである。

〈くり返して稽古すれば、詩だってこんなにうまくなるだろう〉と呉炎は考えた。

だが石投げは子供のころから上手だった。才能があったといえる。それにくらべると、詩はあやしいものだ。

同じ邸内に詩人の高佐庭がいた。呉炎はときどき、さりげなく詩に関する話をもち出して、相手の応答のうちに吸収すべきものがあれば、それをかすめとろうとした。

「刑部侍郎の詩なんて！」呉炎に話しかけられて、高佐庭は大声で答えた。「あんなものは詩じゃない。太鼓の音さ。当人は古代の音のつもりらしいが、耳ざわり千万」

「白居易は？」と呉炎はたずねる。

「白の詩は平明ちゅうことに意を用いすぎる」高佐庭の口から唾しぶきがとんだ。「そのため肝腎なものを見失う傾向なきにしも非ずだ。なんといっても長吉の詩が一番だなあ」

「昌谷の李賀ですか？」

「そうだ。彼こそ真の詩人だった。彼の夭折はじつに惜しい。長吉の真価はあまり知られていないが、一つには発表した詩が多くなかったことにもよる。だがあの男には未発表の詩が多いんだ。わしは彼の遺稿をぜんぶもらってきたが、そのうちに整理して刊行しようと思っている」

高佐庭は肩からつるした錦嚢をたたいて、

「長吉の遺稿はここにある。大切なものだから、こうして離さず持ち歩いてるんだ」

冬が去って、春の気配がほのみえはじめた。

春をたずねる遊客が溢れて、長安の街に生色がよみがえった。だが呉炎の心はまだよみがえらない。妓家の扉がひらかれて、簾にかわる季節はもっとさきなのだ。

それでも呉炎はときどき行楽地に足をむけるようになった。とくに八の日には、かならず曲江のほとりに出かけた。月に三日の八の日は妓楼の休日である。ひょっとすると、曲江あたりで翠環に会えるかもしれない。……

ある八の日、呉炎は曲江のそばの草むらにねそべって、翠環を想った。空想のなかで彼女に会い、彼女をとりまくあの風雅な文藻の席につらなった。すぐそばにむらがり咲く菜の花の黄や杏の花の紅も、彼の目にはただなんとなく色を帯びた霞にしか見えない。

幾組かの談笑の声が、頭上に近づいては遠ざかって行った。ふと呉炎は、投げだした左腕になにかが触れたのを感じた。それが彼を夢想の世界から現実にひき戻した。手にとってみると、蕾をつけた梅の小枝だった。いましがた通りすぎた男女の声がまだきこえる。……呉炎は耳をすました。翠環の声がまじっているような気がしたのだ。

「題は『長安ノ二月』、これを起句にいれて、皆さん一首ずつお作りになっては？」

たしかに翠環の声である。呉炎ははね起きた。うしろ姿だが、彼には見わけがついた。翠環は何本かの梅の小枝を手にしていた。そのうちの一本が、偶然呉炎の腕に落ちたのだろう。梅の蕾はほのかなかおりがした。

呉炎は曲江の水際へ行き、石をひろって思い切り強く空へ投げあげた。石は春光を切って空高くのび、やがてすぐ前の水面に落ちた。水しぶきがはねて彼の顔にかかった。

塩商の邸に戻って、呉炎は一首の詩を作った。

独坐吟魂入夢時
心盲満眼彩霞移
懐君悄悄芳菲恨
只留吾席送香枝

いい出来ばえとはいえないが、すくなくともこの詩には鮮明な体験の裏づけがあった。

翌日、彼はこの詩を懐にして、平康坊へ赴いた。

だが翠環の部屋のまえまで来ると、彼の足はそれ以上進まなかった。

(急いで稚拙な詩を示して恥をかくより、もっといい詩ができるまで待とう……)

呉炎は踵をかえした。三流の妓の群がる北曲へ足をむけ、でたらめに歩いて、つきあたった妓楼に彼はあがった。まるい顔をした若い妓が出て来た。

「あたし、円円ていうの」

「ほう、名前までまんまるだね」

「お酒召してらっしゃるのね?」

「いや、これからだよ。酒をのんだあと今夜は一しょに寝よう。な、いいだろう?」

妓はうなずいた。北曲の妓は客の枕席にはべることを当然と心得ているのだった。

呉炎は妓の手をとってひきよせた。彼女は嬌声をあげて、彼の膝に崩れかかった。ちっとも抵抗感がない。膝のうえの女のからだは、骨なしかと思えるほどやわらかい。

「きみにいいものをあげよう」

「うれしいわ。どんなもの?」

「詩だよ。おれがきみに献じる詩」

「詩……」円円はとまどった。

北曲の妓は詩には無縁である。円円は詩を贈ってもらったことなど一度もなかった。

呉炎は懐から詩を書いた紙をとり出した。

「これをあげよう」彼は片手を妓の肩にかけて紙を渡した。「洟でもかみたまえ！」

つぎの瞬間、彼は狂ったように妓のからだをおこして、力まかせに抱きしめた。

「いたいわ……」円円は悲鳴をあげた。

しかし呉炎は、力をゆるめなかった。

4

その夜、高佐庭は六人の詩友を方壺園に招いて、一夕の歓をともにした。崔朝宏の娘玉霜も陪席して、艶を添えた。しかし娘のことだから、おそくまでいるわけにはいかない。彼女はさきに本邸へ帰った。高佐庭は彼女を部屋まで送り届けた。

崔朝宏はそのとき、娘の部屋の隣にいた。そこで彼はいつも夜中に仙丹を練っていたのである。これまで玉霜が方壺園でおそくなると、高佐庭が彼女を部屋まで送り届け、ついでに隣室にいる塩商をからかったものだった。

不老長寿の仙丹を練る老人は、若い人にとっては恰好《かっこう》なひやかしの対象である。

その晩も高佐庭はいつものように、

「やあ、崔翁、不老長寿の仙丹とやらをめぐんで下さいな」と声をかけた。

「もって行きなされ。そこに紙に包んである」と、塩商はふりむきもせずに言った。

戸のそばに朱塗りの卓があり、そのうえに小さな紙包みが三つ置いてあった。

高佐庭はその一つをとって、

「ありがとう。いつもこんな高貴な薬をめぐんでいただいて」

と、からかい口調で礼を述べて立ち去った。

彼はすぐに、方壺園で待っている友人たちのところへ戻った。

主客七人は、それからものみつづけた。おわりに彼らは酔いざましにおぼろ月夜の庭をぶらついた。狭い庭だから、なん遍もぐるぐるまわった。頭が冷えてくると、客たちはもう帰ると言いだした。

「もうそとまでは送って行かんぞ。そこの扉のところで失礼する」

高佐庭は扉から客を送り出すと、自分でそれを閉めて、閂《かんぬき》をかけた。

扉をへだてて、閂をかける音が客たちにはっきりときこえた。

つぎの日、高佐庭は、朝早く二人の友人と会う約束をしていた。約束の場所でいくら待ってもやってこないので、友人たちは崔邸へ行ってみた。すると、方壺園の扉は内がわから閂がかかっていた。高佐庭はまだ園内にいるのである。

これまで高佐庭は約束にはきわめて忠実だったので、友人たちはへんだと思った。

崔朝宏も首をかしげて、

「ほんとうにおかしいですな。あの人は朝は早いはずですよ。毎朝早くから本邸の広い庭をぶらつきにくる習慣なのに……。ひょっとすると、昨夜飲みすぎて、ひどく苦しんでいるんじゃありますまいか？」

そうとすれば、相当な苦しみにちがいない。すこしぐらいのことなら、扉をあけて薬でも所望に出てくるだろう。扉のところへ行くこともできない、――そんなひどい急病かもしれない。

「どうしますかな？」と客はたずねた。「なかにはいる方法はありませんか？」

「内がわから閂がかかっている以上、扉をこわすしかありませんな」

「扉をこわす……」客はためらった。

「かまいません」と崔朝宏は言った。「どうせ扉をかえようと思っていたところです」

塩商が召使いの少年を呼んで命令すると、やがて二本のふとい材木をかついだ十数人の男があらわれた。邸には男女の使用人が五十人もいるから、人数はすぐにそろうのである。

一本の材木を七、八人でかかえる。このようにして二隊にわかれると、彼らは声をそろえて、扉に材木をぶつけた。

どんな堅牢なものでも、ときには思わぬところに弱点があるものだ。この扉も、扉そのものはしっかりしていたが、壁とのあいだにとりつけた金具類が銹びていたのである。まだまだと思って、思い切り二回目の突きを入れたとき、金具類が一せいにはずれてしまった。扉はこわれずに、材木の一と突きでそのまま内がわへすっとばされた。

二隊とも勢いあまって、材木と一しょにまえへのめった。材木から手をはなして、石畳のうえにころがった者もいた。

「どれ、様子を見てきましょうか」

塩商はそう言って建物のほうへ歩きだした。客の一人は、

「私はここで待っていよう」と言った。

邸の主と客の一人が建物のなかにはいって、高佐庭が殺害されているのを発見した。

園内、つまり壺の底の中央にある建物は、はじめ四阿《あずまや》だったのを、あとで板壁をとりつけて家屋風に改造したものである。幄《とばり》を垂らして書斎と寝室に仕切ってあるが、もとは一室なのだ。

詩人高佐庭は寝台のうえで殺されていた。剣は心臓をすこしはずれて刺さっている。その剣は銅製の、魔除けのためのものである。唐代は道教や仏教が流行し、この種の剣がさかんに造られた。高佐庭はそれをいつも書斎に立てかけていたのだ。

玉《ぎょく》をちりばめた剣の柄は、茎朧相接するところに『含光』と二字の銘があり、刀身の両側にそれぞれ詩の一句が刻まれていた。

園中匆種樹
種樹四時愁

李賀の詩である。高佐庭が特につくらせたのであろう。魔除け用といっても刃はついているのだ。重みがあるので、武器としてもかなり強力なものとなる。

殺されたとき、高佐庭は熟睡していたらしい。抵抗の形跡はない。蒲団も乱れていず、

そのなかに入れた両手はすこしもうごいていない。剣が心臓をそれていたとはいえ、死が一瞬に訪れたことを物語っていた。武候舗（交番所）の役人に、とりあえず通知しなければならない。

崔朝宏と同道した客は、かつて治安関係の役人をしていたことがあった。彼はこわれた扉のところで待っていた友人に、

「怪しいやつがとび出さなかったか？」

と、まっさきにたずねた。

彼は経験から、四囲の壁の高さと内がわから門のかかっていた扉を思いあわせ、犯人はまだ園内にいる、――と、とっさに判断したのである。待っていた客はけげんな顔をして、

「誰も出て来たやつはおらん。しかし、どうしたんだ、一たい？」

「高佐庭が殺されている」

「なんと！　高佐庭が……」

「おれは役人に報らせてくるが、そのあいだずっとここで見張っていてくれ。犯人はまだなかにいるかもしれない。とにかく頼んだぞ」

で、残された客は、ずっと扉のこわれた跡に立って、番をした。しかし誰もとび出してこなかった。

やがて役人が大ぜい来て、狭い園内を隈なくさがした。……曲者は発見されなかった。

5

狭い空地の四面に、高い壁がそそり立っているので、方壺園のなかにいると外界の余計なものが見えない。これがことのほか詩人高佐庭をよろこばせた。

帝都長安には堂々たる皇宮のほか、仏寺道観の大建築物が多い。昌明坊から北を望めば、禁城三省六部《りく》の殿閣が民家のうえに抜きん出ており、東北には薦福寺の小雁塔が見はるかせた。東方にそびえる大慈恩寺の大雁塔は、三蔵法師が訳経に従事したところだが、高さ約五十五メートル、どこにいても、いやでもそれが見える。つまり長安にいると、かならず、ここは長安だと人びとに強いるものが目につくのだ。

ところが方壺園のなかにいると、真上に四角い、切りとった空しか見えない。深山にいると想像してもよい。詩人は壺の底にいて、おしつけがましい塔や殿閣を見なくてすむ。深山にいると想像してもよく、身を渓水舟上の人に擬してもよかった。

そこで高佐庭は殺されたのである。

この方壺園の殺人には、司直もほとほと手を焼いてしまった。

扉は内がわにひらくようになっていて、表がわは一段の石階が扉の下部をふさいでいる形なので、糸を通すほどのすきまもない。

壁は高さも高いし、おまけにつるつるの磚《せん》なので、人間がよじのぼるなど不可能だった。壁の頂上は一般の壁とちがってまるくなっている。だから軍隊で使う攻城用の縄梯《はし》子《ご》も、ひっかけるところがない。

取調べにあたった役人は、最初、普通の梯子段をたてかけてのぼったと仮定した。が、検討の結果、この仮定は放棄せざるをえなくなった。

第一に、そんな長い梯子は長安に存在しないのである。一歩譲って、特別につくらせたとしてみよう。――十数米の梯子をもち歩きできるだろうか？　塩商の邸にはそんな梯子は発見されなかった。そとでは武候舗の役人が、交替で一晩じゅう見張っている。梯子をいくつか継ぎ足したのではないかという説も出た。しかし、そうしてのぼったとしても、園内へはどうして降りるのか？　下は石畳である。とび降りると、たぶん命はないだろう。運よく命は助かっても、大怪我は免れない。すると、降りるときも梯子を使う必要がある。また脱出のときにも要るではないか。目もくらむような高いところで、そんな長い梯子をひきあげて、それを園内におろさなければならない。継ぎ足した梯子はきっと重かろう。おそらく普通の状態でも、一人ではもてないにちがいない。――壁のうえで梯子をつけかえるどいう芸当は、完全に不可能である。しかも壁の頂上はまるいのだ。足をすべらさずに一分間立つことだって、できるかどうかわからない。

壁のそとには、足場に利用できそうな樹木は一本もない。西がわに怪奇な節を残した切株が数個ならんでいるだけである。そんなものは、せいぜい人間の背丈を五十センチばかり高めるほどの役にしか立たない。

崔朝宏邸は庭はひろいが、建物は方壺園よりも東がわにあった。西がわには牡丹《ぼたん》の苗を植えた所があり、主人がそれを大事にしているため、誰も怖れて近づかない。だから、壁をよじのぼったとすれば、それは西がわからであろう。ひとに見つかる心配がすくないのである。

前の持主が骨董《こっとう》蒐集狂とみえ、崔朝宏が邸を買ったとき、この方壺園は大型石造美術品の置場のような観を呈していた。石の神像や仏像、唐獅子などの類が所狭しとばかりならんでいたものだ。崔朝宏はその大部分を本邸の庭に移転させた。それでも事件当時、方壺園には石人（神だか仏だかわからないのもあるので、こう呼びならわしていた）が八基残っていた。これら等身大の石人たちは、扉のすぐ横にかためて置かれてあった。

建物のすぐそばにごく小さな用水槽があった。そこから水はけの小溝が、壁の下をくぐってそとへ通じている。扉をとじてしまえば、この溝が外部とつながる唯一の通路になるのだ。だから、最初、役人たちはこの溝を見て色めき立った。

が、彼らはすぐにこの通路に見切りをつけてしまった。なぜなら、溝は円形の筒になって壁の下から出ているが、直径わずか十センチ足らずである。これでは小犬もくぐれない。人間の腕をつっこむのもどうやら無理なのだ。

あとで役人にたずねられたとき、その夜の客たちは口をそろえて、「あやしい人影は見かけなかった」と申し立てた。

おぼろ月夜とはいえ、その夜はわりとあかるかったそうだ。しかも樹木一本もない狭い石畳の庭だから、曲者がおればすぐにわかったはずである。

園内にひそむとすれば、かくれ場所は限られている。建物を楯にするのが一ばんであろう。だが、その夜の七人は、てんでんばらばらに園内を歩きまわったのである。誰かが建物の正面にいたとき、別の人はその裏がわにいた。人の気配に応じてかくれ場所をかえるなど、とてもできなかったはずだ。

建物の内部は論外であった。大ぜいの客が来たので場所をあけるために、机や寝台をうごかしたのである。ほかに人のかくれそうな家具は置いていない。

小さな用水槽には水が一ぱいはいっていた。

扉の近くの石人群のうしろにひそむことも考えられた。しかし客の一人は、散歩の折、立ちならぶ石人たちの裏がわにまわったが、異常を認めなかった、と証言した。

前夜から犯人が園内にしのびこんでいたと仮定すれば、どうしてそこから抜け出すことができたのか？

邸内の人たちが一応疑われたのは当然であろう。方壺園は邸を囲む壁のなかに、もう一つ壁をかさねた形になっている。犯人が外部から来たとすれば、二つの壁を乗り越えねばならない。邸内の人間なら、一つの壁を征服するだけでいいのだ。

その夜の邸内の人たちの行動、所在を確かめるのは、ほとんど不可能であった。邸内には六十人に近い人間がいるのだ。一人でねていた者もおれば、同じ部屋に何人かがねていたのもあった。とにかく調べられた者はみんな異口同音に、「ぐっすりねていました」と答えたのである。

部屋のなかで一ばん金目のものといえば、金銀で装飾した文鎮と、柄に玉を嵌めた含光剣ぐらいである。文鎮は書きかけの紙のうえにのっていた。そして、含光剣は持主の胸につきたてられていた。……

書籍、文具、衣服、それに錦嚢、すべてそのままのようである。錦嚢のなかには、詩を書きつけるための白紙が一束はいっていた。財布は枕の下にあったが、なかみは乾元重宝銭三枚だった。高佐庭の持物の明細は誰にもわからないが、どうやら盗賊のしわざではないらしい。盗賊だとすれば、選りに選ってこんな壁に挑戦するなど、よっぽど酔狂な泥棒である。

役人たちは匙をなげた。

「いつもの手でやるか」と長官は呟《つぶや》いた。

憲宗皇帝の治世は仏教の全盛期である。

高佐庭はかつて排仏的な言動をしたという噂であった。そこで、

――仏罰ナラン乎《カ》。

ということになってしまった。

6

『花開キ花落ツ二十日、一城ノ人皆狂ウガ如シ』といわれた長安の春も、ようやく過ぎようとした。

行楽の人出で埃っぽくなっていた空気も澄みはじめ、巷のざわめきもあらかたおさまった。しだれ柳の葉は濃く色づき、街路樹の楡《にれ》は、晋の沈郎が鋳造した青銭に似た豆莢《ざや》を、道路一ぱいにまきちらした。

風が吹くたびに、名残りの花吹雪が頬をうつ。花の台《うてな》に春は去ろうとする。

春霞はしだいに拭われ、そびえる殿閣寺塔は、日一日とあざやかに目に映る。

そんなある日、呉炎ははじめて翠環の部屋の客となった。

彼のまえには、青い琉璃の酒壺が置かれてあった。翠環はそれに琥珀の酒をついだ。

客も妓も言葉はすくなかった。

呉炎は窓のそとを見た。空にはちぎれ雲がうかび、黄色い蜂がとんでいる。巣に帰るところであろうか。鶯は雛が大きくなったので、餌をさがすのにいそがしい。花どきのようにのんびりとんでいるのではない。

「春はすぎて行く」と呉炎は呟いた。

翠環も窓から街路を見おろして、

「でも、あたし清和の季節も好きよ。ほら、柳の葉があんなにあざやか」

「あざやか?」呉炎はおうむ返しにいった。「いや、しだれ柳の葉は老いて行くのだ」

呉炎は筆紙を所望した。

彼は筆をとって、しばらく黙想したのち、紙のうえに一首の詩をしたためた。

垂楊葉老鶯哺児
残糸欲断黄蜂帰
緑鬢少年金釵客
縹粉壺中沈琥珀
花台欲暮春辞去
落花起作回風舞
楡莢相催不知数
沈郎青銭夾城路

呉炎が三句目を書き終えたとき、そばでぼんやり見ていた翠環の眉がうごいた。そして椅子から立ちあがると、呉炎のそばに寄った。

最後の一字を書きおえて筆をおいたとき、呉炎は翠環のもらすかすかなため息を頭上にきいた。

翠環は斜めうえから彼の顔を見おろした。

呉炎は彼女の視線を避けた。

「すばらしいわ」彼女はややあって口をひらいたが、すぐに絶句した。

「ほんの筆のすさび」と呉炎は言った。

「どう致しまして、これはほんとうに……」

翠環は紙片を手にとって読み返した。

こんどは呉炎が彼女の横顔をくい入るように見つめた。ふりむいた翠環と目があったとき、彼はもう目をそらさなかった。

「色がおどっておりますわ、この詩のなかで。いきいきとした色彩が……。あたくし、こんなに強く色彩を感じた詩を拝見したことはございません」と翠環は言った。

「色とは……？」

「しだれ柳の葉、黄色い蜂、少年のくろ髪、乙女の金釵、縹粉《あお》の壺に琥珀の酒。舞う花のくれないに、楡の青い実」

「それが暮春の季節の色ですよ」

「これ、いただけないでしょうか？」

「人に贈れるほどの詩ではないが」

「いえ、そんなことはございません。大そう立派な詩。……あたくし、是が非でもいただきとうございますわ」

翠環は椅子をひきよせて、呉炎によりそった。彼女の呼吸《いき》が彼の頰にふれた。

「では差しあげましょう。でも、約束して下さい、誰にも見せないと。私はまだ拙い試作と思っておりますから」

「ご謙遜なさること。……でも、よろしゅうございますわ。どなたにもお見せいたしません。こんなすばらしい詩をあたくしがひとり占めできるなんて！」翠環の手が呉炎の腕をやさしくとらえた。「さあ、おのみになって下さい。そのあいだに、あたくしがこの詩を歌って進ぜましょう」

翠環は紙片を手にして立ちあがった。

呉炎は琥珀の酒を口にふくんだ。

翠環はうたいはじめた。呉炎は簾越しになんども彼女の歌声をきいたことがある。だが、これほど胸をうたれたことはなかった。

『花台、暮レント欲シテ春辞シ去ル』のところは、一語ごとに声がながくのびて情緒揺曳し、きく人をしてほとんど息苦しくさせるほどだった。つぎの『落花起《タ》ッテ回風ノ舞ヲ作《ナ》ス』に至って、急に音声が旋回しはじめ、まさしく風に吹かれて舞う落花の風情をあらわした。

最後の句にかかったとき、翠環は全身をうちふるわせた。感動のあまりとじられた目のうえに、光るものが宿っているのを、呉炎は認めた。

歌い終えた翠環にむかって、呉炎は言った。

「あなたの声で、やっと私の詩が生きた」

「とんでもございません」翠環ははげしく首を振って、「あたくしの声は、この詩の情緒や色彩を、半分も表現できませんでした。いえ、たとえ長安随一の歌姫にうたわせても、それはできっこありません」

それからのち、呉炎はしばしば翠環のもとへ通った。たまに詩を書いて翠環に贈ったが、あいかわらず未熟な詩だからひとに見せないでほしい、と念をおした。

むろん呉炎はもう北曲の安妓楼へは足をむけなかった。そして彼のかわりに、竹かご造りの李標が円円のところへ通いだした。

李標はおそるおそる円円のまるい頰を指でつつくことからはじめた。

「あら、ちょっとさわるだけなの？　そんなの、痛くも痒くもないわよ。もっと強くおしてごらん」

と妓は言った。

竹細工で荒れたいかつい指で、李標はもういちど女の頰をついた。

「どう、あたしの頰っぺはとてもはずむでしょ？」円円はにっこり笑ってたずねた。

李標はなま唾をのみこんで、

「うん」と答えた。

しかし半年もたつと、彼はかなり器用に、ふとった円円のからだを抱けるようになった。一年近くなると、女を膝にのせて、冗談口をたたけるほどの余裕ができてきた。

――女の腰のあたりを撫《な》でながら、

「ほんとによく肥えてるなあ、きみは。一たいなにを食ってるんだろう？」

「まあ、あんなこと！」

と言って、円円は李標の膝をつねろうとする。だが李標はもうすっかり心得切って、たくみに女の手を払ったものである。

彼は身なりに気をつけるようになり、むさ苦しい竹かご造りの小屋でねるのをやめた。そして邸のなかの隅の一室を借りて住んだ。

塩商崔朝宏は心中の怨敵——詩人の世界の代表者がすでに死んだのに、まだ詩の研究をやめなかった。敵の弱点を知ろうとしてはじめたことだが、どうやら彼は敵陣のなかで深みにはまったらしい。別世界の陸離たる光彩に目がくらみ、その虜となりはてたのだ。皮肉なことに、自分でそれに気づいたのは、高佐庭が死んでからのちのことだった。

呉炎は南曲の名妓翠環から、讃嘆と尊敬の目で見られた。だからうかつなことはできなかった。やっと一年目に、彼は翠環の肩に両手をのせて、ゆっくりと自分の胸へひきよせた。彼女は彼のなすがままにまかせた。結局、翠環の髪にそっと唇をふれただけだが、呉炎はこのうえもなく幸福だった。

含光剣が高佐庭に仏罰を下してから一年たったある日、呉炎が急にいなくなった。彼はときどき外泊したので、邸の人たちもはじめはあまり気にしなかった。だが三日たっても戻ってこない。どうしたのかと訝っていたところ、洗濯女がへんなことを言いだした。

「方壺園の扉がなかからしまっています」

それはなかに人がいることを意味した。

方壺園はあの事件後、無住のはずだった。

時が時なので、それを呉炎の失踪と結びつけて考える人もいた。

再び二本の材木と十数名の屈強な男が動員された。扉はとりかえられており、新しい金具はしっかりしていたので、こんどは扉が破れた。そこから入った人たちが、建物のなかで首をくくって死んでいる呉炎を発見した。

7

一年のあいだ方壺園は住む人もなく荒れるにまかせられた。石畳のすきまから雑草がのび放題にのび、再び春がめぐってきても、園内はさむざむとしていた。建物は窓紙も破れたままで、机や寝台がとり払われてがらんとした床に、砂や埃がつもっていた。

高い梁木に細いが丈夫そうな索《なわ》がかかって、呉炎がそれにぶらさがっていたのである。こんどは仏罰ではなかった。床のうえに遺書が置いてあったのだ。そこだけ埃が払われて、遺書のうえに拳《こぶし》大の石がのせてあった。遺書には、

『生きる望みを失ったので死ぬ』

と、ごく簡単に記されていた。

呉炎は一と束の索をもちこんでいた。首を吊るのに使うのはわずかだが、残った索束を踏台に使ったのである。

遺書のそばに細い竹竿がころがっていた。そのさきに鉤形の金具がとりつけられてあった。梁木は相当高いし、それに索をかけ渡すには、足場にできる家具類が一つもない。そこで鉤つきの竹竿に索をひっかけて、それを梁木までもって行ったのだろう。

高佐庭の仏罰と呉炎の自殺が重なったので、塩商は方壺園を壊してしまうことにした。園内の建物がただちにとり除かれた。それだけではいけない。方壺園の方壺園たるゆえんは、外界を隔絶するその高い壁にある。園内にいて外界のなにかが見えるようになって、はじめて『方壺園』の生命が消えるのだ。

何日もかかって、壁に沿って材木の足場が縦横に組みあげられた。職人がそれにのぼって、鉄槌で壁の磚《せん》をこわしにかかった。

李標は竹かご造りの合間に、よくこの工事を見に来た。傲岸にそそり立っている壁が、鉄槌で容赦なく粉砕されて行くのを見ていると、彼は爽快な気分になるのだった。

ある日、李標が方壺園の石畳のうえに腰をおろして、鉄槌の破壊力に見とれていたとき、主人の崔朝宏がやってきた。

邸の主人は李標のすがたを見ると、つかつかと近づいて、言葉をかけた。

「おまえは福昌から来たかご造りだな？」

「はい、そうです」李標はあわてて立ちあがり、かしこまって答えた。

「最近おまえは呉炎と大そう仲がよかったという話だが、ほんとうかね？」

「仲がいいといっても、べつに……。はい、よく一しょに歩きはしましたが」

「そうか」ちょうどそのとき、一と塊の磚が落ちてひどい音をたてたので、塩商はしばらく口を噤《つぐ》んだ。やがて、

「それにしても、呉炎は気の毒なことをした。いい若い男が自殺とはなあ……。どうし

て死ぬ気になったのだろう？　おまえはよく連れ立って歩いていたというが、心あたりはないかね？」

李標は首を横に振って、

「とんと心あたりがございません」

「あの男は一時部屋にこもって勉強にはげんでいたことがあった。その時分は陰気くさい青年じゃった。それが最近はよく出歩くが、なんとなく明るさをとり戻したようで、このぶんなら、と思っておったのだが」

「そういえば、大そう明るい感じで……自殺するなど、とても考えられませんでした」

「自殺の前日、あの男はおまえと一しょに邸を出たというが？」

「はい、さようでございます」

「そのとき、なにか変った様子はなかったか？　よく考えてごらん。あとで、そういえば、と思い出すことがよくあるものじゃから」

李標はしばらく考えていたが、

「べつに変った様子もございませんでした」

「歩きながら、なにか話をしただろう？」

「そりゃもう、いつものように世間話を」

「どんなことを話したのじゃね？」

「じつは」と李標は言った。「あの日は、私がおもに話をして、呉炎さんはもっぱら聞き役にまわっておいででした。と申しますのは、その日の朝、杜牧という学者がわざわざ私を訪ねて来てくれたのです。私にとっては、まったく珍しいことで、それでその話を呉炎さんにきかせてあげたようなわけで……」

「杜牧は李賀の友人ではないか？」

塩商は詩人については詳しくなっていた。

「さようでございます、旦那様」と李標は言った。「私の従兄の友人でした」

「あ、そうか。おまえは李賀の従弟だったのだな」

「はい」と李標は答えた。「杜牧さんは私に、その従兄の少年時代のことをききにきたのでございます」

「李賀の少年時代のことを？　なんのためにきくのだろう？」

「なんでも杜牧さんは私の従兄の全集を刊行するとかいう話でした。ほんとうは高佐庭さんがその仕事をすることになっていたそうです。でも、ああしてお亡くなりになったので、杜牧さんがそのあとを引き継いで……」

「それはいいことだ」と塩商は言った。「李賀の詩集を刊行するのは意義のあることだ」

「話によりますと、私の従兄の詩稿は高佐庭さんがぜんぶ持ってお行きになったそうです。でも、そのまえに杜牧さんもその写しをとっていたのでございます。ですが、やっぱり肉筆の詩稿に拠《よ》るのが正式だそうで……。けれど、高佐庭さんの持物はあの事件のあと、みんなお役所へもって行かれました。そこで杜牧さんはお役所へ行って、それを貸してほしいと交渉したのでございます」

「なるほど」と塩商はうなずいた。

「ところがお役所は、そんなものはないと言って相手にしません。たしか錦嚢のなかにあったはずと説明しましても、お役所のほうじゃ、錦嚢はたしかに預かっているが、なかに詩稿なんぞ一枚もない、白紙ばかりだ、と申すだけです。もういちど調べてほしいと頼んでも、埒があかないということでした」

「お役所というのはそんなものだ」と崔朝宏は言った。

「李賀の詩にも官僚の仕事ぶりを諷刺したのがある。官来ラズ、官庭秋ナリ、という詩だ。……畳声佐ニ問ウ、官来ルヤ否ヤト。官来ラズ。門、幽々タリ……」

「でも、杜牧さんは私の従兄の詩をぜんぶ写しておりますので、肉筆のがなくても全集刊行には差支えありません。いよいよその仕事にかかり、まず簡単な伝記を含んだ序文を作るということでした。それで私に、従兄の子供の頃のことで、なにか面白い話はないかとたずねに来たわけです」

「そんなことにはせいぜい協力するんだな」

「あの男は――というのは私の従兄のことですが」李標はかすかに唇をゆがめて言った。

「たしかに頭はよく、学問もよくできました。私はそれだけしか知りません。――私は杜牧さんにそう言ってやりましたよ。じつは従兄はちいさいときから私をばかにしていたのです。いいえ、もうばかにするというより、てんで私など眼中になかったのです。湊もひっかけません。そりゃ私は出来のわるい子でした。でも、こちらだって虫けらじゃありません。そんな仕打ちをされてまで近づけるものですか。一しょに遊びもしなければ、めったに話もしませんでした。正直に申しますと、私はあの男を憎んでいたのです。大きらいでした。あいつの書く字をみても、反吐が出そうでした。私は辛うじて自分の名前が書ける程度で、ほとんど字は読めませんが、その形だけはわかります。あいつの右あがりの、そして左にはねるとき思い切り長くひっぱる、その気どった字が無性にきらいでした。……でも私は杜牧さんには、ただ『あの男のことはよく知りません』と言ってやっただけです」

「ふん、そうかい」と、崔朝宏は言った。

塩商は李標の気持がわかるような気がした。鬼才の李賀と出来ぞこないのその従弟。そのあいだには崔朝宏対高佐庭のような、血みどろの戦いはなかったであろう。李標は重みのある自分の世界を、その背に負っていないのである。正面切っての戦いは考えられない。だがいまの李標の言葉から、ときには暴発もしかねない、陰湿な敵愾心が感じとられた。

「で、あの日、私は杜牧さんの来訪を、呉炎さんに話していたのですが……」

そこまで言って、李標は急に口を噤んだ。

李標はふと、あの話をしたとき、呉炎が一瞬妙な顔つきになったのではないか、――という気がしてきた。

　呉炎は南曲、李標は北曲と、それぞれ行き先がちがうので、二人は平康坊で別れた。

「じゃ、また」と、いつものように呉炎はちょっと手をあげて歩み去った。が、そのうしろ姿も、どこかふだんと違っていたような、――そんな気がいまになってするのである。

　崔朝宏はしばらく工事の様子を見ていた。

「三日ぐらいで壁をぜんぶこわせるかな？」

そう呟いて、彼は扉のほうへ歩きだした。

李標はじっと考えこんだ。塩商が歩きだしたのをみて、すこし躊躇したが、五、六歩目あたりのとき、思い切ったようにうしろから声をかけた。

「やっとわかりました！　呉炎さんの自殺なすった理由が」

　崔朝宏は足をとめて、ふりむいた。

「わかった？　心あたりがあったのかね？」

「はじめ、私にもちょっと、その、心あたりがないでもなかったのです」李標はせきこんで言った。「でもそれでは、どうもおかしい。うまく、その、自殺の説明がつかんのです。ところが、やっぱりちがいました。最初私が考えていたような理由じゃありません！　もっとほかに理由があったのです」

「ほう」と言って、塩商は李標の顔をじろりと見た。うまく誘導しないと、この男は興奮のあまり、満足に筋道の立った話ができないかもしれない。そう思ったので、彼は歩み寄って、「とにかく、最初おまえが考えたのはどういうことか、それから話してごらん」

李標はゴクリと唾をのみこんでから、

「最初は、その、呉炎さんが、その、高佐庭さんを殺したので、気がとがめて……」

「呉炎が高佐庭を殺したと？」

足場にのぼった職人が、やけに壁をたたいている。鉄槌の音がみだれて、しかも急調子になった。

「ええ、そうなんです」と李標は言った。

「それはもう確かなんです。が、考えてみれば、人殺しは一年もまえのことでした。気がとがめるなら、もっと早く自殺しそうなものなのに。それに、近ごろなにが嬉しいのか、呉炎さんはうきうきしとりました。急に自殺するなんて、説明がつきません。高佐庭さんの怨霊がとりついたんじゃないかと思ったりもしましたが、どうもよくわからなかったんです。いまやっとわかったのは……」

「まあ、待ちたまえ」と、崔朝宏は早口になった李標を制した。「おまえは呉炎が高佐庭を殺したなどと言うが、どうしてそんなことを考えたのじゃ？　もし呉炎がやったとすれば、この方壺園へどうしてはいれた？　扉はぴったりしまってすきまもない。門は内がわからかかっている。壁はこんなふうに、高すぎるほど高い。誰もここへははいれなかったはずじゃが……」

李標は呼吸を整えてから、落ち着いた声で、

「誰もここへはいれなかったとおっしゃいますが、高佐庭さんはたしかに人手にかかってお亡くなりになったのでございます。胸の含光剣は誰かがつき立てたのです。自殺ではありません。両手はお行儀よく、きちんと蒲団のなかに入れてありました。誰かがはいってあの人を殺したに相違ありません。その誰かというのが、呉炎さんでした。呉炎さんもお亡くなりになりましたから、もう申し上げて差支えないと存じますが……」

「そうだ、誰かが入ってあの男を殺した。それはたしかだ。しかし、それならどうして入ったか、それが知りたい。呉炎が犯人だというなら、その呉炎がどうして……」

李標は主人が話しおわるのも待たずに言いだした――。

「壁を歩いておはいりになったのです」

「壁を歩いて？」

「ご説明致しましょう。呉炎さんは道具をお使いになりました。その道具は、あの人が自殺なすったとき、この方壺園の建物のなかへ、みんなもちこんでおります」

「あそこへ持ちこんだ？……何を？」

磚の壁は鉄槌の乱打に耐え切れなくなった。小さな塊がばらばらと石畳のうえに落ちた。その音がしばらくつづいた。

8

「索《なわ》の束と鉤つきの細い竹竿。それにあの遺書のうえにのっていた石ころです」

そう言って、李標は主人の顔をじっと見た。

「たしかあの索は」と崔朝宏が言った。「大食（アラビア）人から買ったものだ。彼らは船に使うらしい。細くて軽いが大そう強い。大切な品物を荷造りするときのために、わしは大量に仕入れてあった。呉炎がそれをとり出して、首つりに使ったのだ。しかしその索がどうして……」

「旦那様」いやにゆっくりした口調で李標は言った。「呉炎さんの特技をご存知ですか？あの人が誰よりも上手だったことは？」

「呉炎の特技？」と塩商はきき返した。

「石投げです」と李標は言った。「空にむかって石を投げる。――ね、そうじゃございませんでしたか？」

「そういえば、いつか庭で石を投げているのを見たことがある。天にむかって唾するという文句を、わしは思い出したものだが」

「呉炎さんは、西がわの壁のそとに立って、索のさきに石を結びつけ、そいつを園内に投げこんだのです。……結局その索をよじのぼって、しのびこんだわけですが」

「なんだって？」と塩商は言った。「索をよじのぼる？　むちゃを言っちゃこまる。一たいその石の大きさはどれほどかね？」

「遺書のうえの石ぐらい。……ひょっとすると、あの石だったかもしれません」

「拳大だな。……いいか、人間がよじのぼるには索がしっかりしてなけりゃいかん。だから、少くとも人間より重いものでおさえなくちゃならんのだ。拳ぐらいの石では……」

「まあ、おきき下さい」と李標は言った。「呉炎さんは石を索《なわ》にゆわえつけて、それを投げあげました。壁の頂上を越すだけでよかったのです。つまり、索つきの小石が壁を越して、むこうで宙にぶらさがったわけです。壁のうえはまるいので、うまく手繰れば索はうごきます。筒になった出口を目標に、ちょうど溝のうえに索をもって行き、それをゆるめてむこうの溝のなかにおろしました。こんどは鉤つきの竹竿です。溝の出口の筒へ、それをつっこみました。鉤はうまく石と索の結び目あたりにひっかかります。そいつをひっぱり出したわけです。すると、どうでしょう、索は外から園内にはいって、また外へ出てきたことになるではございませんか？」

「それから？　それからどうしたのじゃ」

こんどは崔朝宏のほうがせきこんでいた。

竹かご造りの若者はすっかり落ち着いて、

「壁のすぐそとに、節のある切株がありますね。そこへ索の両端をぐるぐるとまきつけたのです。節があるので、はずれっこありません。人間の重みがかかっても、もう大丈夫です。呉炎さんはその索にすがって、足を壁にかけてよじのぼりました。壁を歩いてあがったというのは、このことでございます。壁にあし跡をつけないため、あの人は靴をぬぎました。さて、園内へおりるのは、もっと簡単です。索にぶらさがって、すべり降りればよかったのです。もっとも、溝のなかに足をつっこまないように、地上すれすれのところで、横にとばねばなりませんでしたが……」

「そうだったのか」と塩商は呟いた。

「そうでした」李標は相手の言葉をひきとって、「それから呉炎さんは、あの建物のなかにしのびこみ、書斎の含光剣をとって、寝台の高佐庭さんを刺しました。帰りも同じ要領で、索をつたってそとへ出たのです。それから切株の索をとき、壁を一とまわりした索を回収しました。これでおわりました」

「なるほど、索と石ころと竹竿だったのか。あれだけ大ぜいの役人が調べて、一人としてこいつに気づかなんだとは」

塩商はそう言って、まるで褒めるような目つきで李標の顔を見た。

「溝の出口の筒を調べたお役人はいませんでした」と李標は言った。「磚《せん》の壁はつるつるで、索のあとはつきませんが、下の溝の筒には、ちゃんと索の通ったあとが残るはずです。と申しますのは、あそこには一面に苔が生えており、索が擦ったところは、それが剝げていたはずでした。お役人は溝の大きさだけを見て、赤ん坊も通れないと、すぐにあきらめてしまいました。狭い溝のなかでも、索や竹竿はくぐれるのです」

「えらい！」と言って、塩商は感嘆のあまり舌うちをした。「溝の苔から考えつくなど、専門の役人でも気づかなかったことだ。おまえは出来のわるい子供だったというが、とてもどうして、すばらしい頭だ。さすがは李賀の従弟じゃよ。しかしな、侵入の方法はわかったが、そうして入ったのが呉炎だということは、どうしてわかったのじゃ」

「白状しますと」と言って、李標は一と息ついた。それからゆっくりと、「私は溝のなかの苔などから思いついたのではありません。あのとき私は、げんにこの園内におりまして、呉炎さんがそんなふうにしてはいって来られるのを、この目で見たのでございます」

「なに？　園内にいたと？」

このとき、鉄槌にとばされた磚が、大きな音をたてて、石畳のうえに落ちた。その音で、塩商の言葉は半ば消された。

「さようでございます。そのとき私は園内におりました」

と、李標はくり返した。

「園内に人影はなかったそうじゃないか」と塩商は言った。「大ぜいの客が帰るまえに園内をぶらついたが、誰もあやしい人間を見かけなかったと言っておるが？」

9

はいるのは、しごく簡単でした。みなさんが建物のなかでお酒をのんでいらっしゃるあいだに、私はらくらくと入ったのでございます。しかし、私も道具を用意しておりました。それは、一種の提灯だったのです。

故郷《くに》にいたころ私は提灯造りをしておりました。いまでも頼まれて造ることがあります。あの夜のために、私は大きな提灯を造りました。提灯と申しましても灯をつけるためではございません。なかに人間、この私が入るためです。ここには八基の石人が置いてあります。私は石人に似せて提灯をつくりました。竹で骨を組み、かなり厚い紙をはりつけ、絵具を塗りました。ただし底ははってありません。人間がはいるからです。むろん伸縮自在の提灯です。私はその『石人提灯』をかぶって、石人群のなかにまぎれこみました。

目のへんにちょっとした孔をあけたので、前方だけが見えます。ほかに空気孔もわからないようにあけてあったのです。客の一人がうしろにまわったときは、ひやりとしました。でも、おぼろ月夜で、いい加減酔ってらしたので、まさか張子の石人とは気づきません。石人のうしろに人はかくれていなかったと、あとでその客はお役人に申し立てました。そうです、石人のうしろにはいませんでした。人間は、そのなかにいたのでございます。

どうせおたずねになると思いますから、さきに申し上げておきましょう。なぜ私が園内にひそんでいたかを。――あの高佐庭さんを殺すためでは決してありません。理由は……

私の従兄の詩人のことは、さっきも申し上げました。私があの男をどんなに憎んでいたかも。……彼はかなり高名な詩人です。その名声が、私にはとても癪にさわるのです。どう言っていいか、もう口では言えないほど口惜しくてたまらなかったのです。私は心がねじけているのでしょうか？　私を虫けらのように見ている男が、世の人にほめそやされます。私にだって、意地もあれば魂だってございます。あの男が有名になればなるほど、私はうちひしがれたものです。

きけばあの男には未発表の詩が沢山あって、高佐庭さんがその詩稿を錦嚢のなかに保管し、いずれそれをもとに全集が刊行されるといいます。……全集が出ると、あの男の名声はますます高まるではございませんか。

お笑い下さい。私は死んだ男に妬けていたのでございます。あいつの全集が世に出ないように、その詩稿を盗んでやろうと決心しました。私が方壺園にしのびこんだのは、このためです。こんな気持は、とてもあなたにはおわかりになれないと存じますが……。

客が帰ると、高佐庭さんは扉をしめて、閂をかけました。でも、あの人はすぐには寝に行きませんでした。書斎の灯はだいぶおそくまでついていたのです。

やっと灯が消えました。でも、熟睡するまで待たねばなりません。私は『石人提灯』をぬいで畳み、石人のうしろに坐って待ったのです。そして、そろそろ仕事にかかろうと思ったころ、西がわの壁に妙なものがぶらさがっているのに気づきました。月あかりで見ますと、どうも索《なわ》のようです。そして、そのさきにまるいものがついています。……それがするするとおりて、溝のなかにはいりました。しばらくすると、溝にたまっていた水が、しきりにうごくのです。つぎに、壁のうえに人影があらわれ、索をつたって降りてきました。

石人のうしろから、私ははっきりと見ました。呉炎さんではありませんか！　呉炎さんは建物のなかに入り、しばらくしてから出てきました。高佐庭さんはぐっすり寝ている、と私は思いました。もの音ひとつしませんでしたから。なんのためにしのびこんだのかわかりませんが、呉炎さんは壁の索をつたって、そとへ消えました。やがて索は回収されました。

さて、高佐庭さんの熟睡が証明されたので、私はあの小さな建物にはいりました。ぬき足さし足で。……最初の部屋が書斎です。戸をあけたままにしておくと、月の光で机のうえのものが見えます。私は錦嚢のなかみをとり出しました。字を書いた紙のほかに白紙が半分ほどありました。字のある分だけを懐にねじこみ、私はそっと建物から出たのです。

幄のむこうはのぞきませんでした。私の目的は従兄の詩稿だけです……。高佐庭さんは朝起きると、そのまま方壺園から抜け出して、本邸の庭を散歩する習慣があります。私はそのあとで抜け出そうと思いました。もしそのとき、いそいで逃げ出すと、門をはずさねばなりません。すると、高佐庭さんが朝起きて散歩に出かけるとき、それに気づくでしょう。泥棒がはいったと、あの人はすぐに考えます。それじゃいけないのです。私は高佐庭さんに、詩稿をどこかで落としたのではないか、と思わせたかったのです。

あの日はどこか妓楼からの帰りでしょう、それに客が一しょでしたから、錦嚢はあけていないはずでした。

とにかく、門はかかったままにしておく必要があるので、私は朝まで待つことにしました。ところが翌朝、いくらたっても高佐庭さんは起きてきません。あまりおそいので心配になって、――それに夜中に呉炎さんがしのびこんだこともあったので、おそるおそる建物のなかにはいり、幄をそっとかかげてみましたら……。

そうです、含光剣があの人の胸につき立っているのが見えました。私は驚いてとび出しました。扉のそとでは、人声がしています。私はもう抜け出すことができません。方壺園のなかで人が殺されています。そして、高い壁にかこまれた園内には一人の男がいた。――犯人でなくてなんでしょう。

10

「しかし、おまえは結局抜け出したではないか。扉をこわしたあと、客の一人がずっとそこに立っていたが、誰も園内から出てこなかったと言っておったよ」と塩商は言った。

「扉が材木にはねとばされたとき」と李標は説明した。「勢いあまって、大ぜいの男が園内へなだれこんできました。文字通りなだれこんで、そのあたりにころがるやつもいました。そのとき私は石人のうしろからとび出して、ごろりと横になったのです。そばにころがった男が、『やれやれ、こんなに力まずとも扉はやぶれたものを』などと言いながら、起きあがりました。私も『ほんとだ、ほんとだ』と合槌をうって立ちあがり、彼らと一しょに邸のほうへ戻ったのです。畳んだ提灯をもっていたので、ひやひやしたものですが、誰も怪しみませんでした」

崔朝宏は李標の顔を、つくづくとうち眺めた。そのうちに、塩商の眉のあたりが、しだいにけわしくなった。

「そして、それからあとでおまえは呉炎と仲よくなったのだな？」

塩商の語気はきびしかった。

李標は思わず目を伏せた。

追い討ちをかけるような、鋭い鉄槌の音が、一としきりひびきわたった。

福昌県で提灯造りをしていたころから、李標は貧乏だった。花の都の長安へやってくると、貧乏は同じでも、慾が出はじめた。あれもほしい、これもほしい……。あの夜のことを知っているぞとほのめかすと、呉炎は金《かね》をくれた。それから平康坊へ連れて行って、円円という妓を紹介してくれた。

だが李標はおそろしかった。あんなふうに高佐庭を殺した呉炎のことだから、その秘密を知った自分も危い。竹かご造りの小屋に一人で寝るのがこわくなった。そこで、邸のなかの隅の部屋を借りたのである。それでもたえず用心しなければならなかった。

……

「まあそんなことはどうでもよい」と、崔朝宏は言った。「それより呉炎が高佐庭を殺したわけがわからない？」

「呉炎さんの話では」と李標は言った。「高佐庭さんになにか恨みがあったとか。どんな恨みかは話してくれませんでした。でも、そんなことではなかったのです。ついさっき気がついたことですが……」

「というと？」

「杜牧さんが訪ねて来たとき、高佐庭さんがもっていたのは私の従兄の肉筆の詩稿だと申しておりました。私はほとんど字が読めません。でも、まえにも申しましたように、従兄の書く字の形はわかるのです。私は盗んだ紙の束にざっと目を通しました。そのときは気にもとめませんでしたが、いま思い返してみますと、従兄の字体のものはなかったようです。高佐庭さんはあの錦嚢に私の従兄の詩稿だけではなく、自分のも入れておりました。私は盗んだものをもう糞溜めのなかに抛りこみましたが……」

「糞溜めだと！」塩商は思わず声をたかめて、「なんということを！」

しかし、李標は自分の話に夢中だった。

「私は『ざまあみろ！』と叫びながら、その紙束を糞溜めに投げこみました。あの男が精魂を傾けたすぐれた詩が糞にまみれる、――じつにいい気味でした。ところが、それはあの男のではなかったのです。肉筆であると杜牧さんがおっしゃった、――さきほど自分の口でそう言ったあと、はっと思いつきました。……じゃ、糞溜めにつっこんだのは何でしょう？　高佐庭さんの詩稿です。では、私の従兄のは？」

「呉炎がさきにさらって行ったのかな?」

と塩商が言った。

「そうです。私は錦囊のなかの、字を書いてある紙をぜんぶ盗みました。そのなかにないとすれば、さきにはいった呉炎さんがもって行ったにちがいありません」

「なんのために?」

「それを自分のものにするためじゃありますまいか。高佐庭さんを殺したのは、なぜでしょうか? 私はそこまで思いつきませんでしたが、呉さんは文盲ではないので、こういうことも知っていたのでしょう。――高佐庭さんは李賀の詩を読んでいて、詩稿が盗まれても、そのなかの詩はほとんどおぼえているにちがいない、ということを。とにかく、同じ詩をどこかで見れば、これは李賀の詩だと断言できます。だから殺されたのでしょう」

「すると、未発表の李賀の詩を、自作として呉炎が発表しようとでもしたのだろうか?」

「そんなことは、私にはわかりません」

と李標は答えた。

しかし彼は、呉炎が詩人歌妓といわれる翠環のところへ通っていたことを知っている。あそこへは、詩が作れないと行けないという話もきいていた。

詩稿を盗み、高佐庭を殺し、そして翠環に李賀の詩を自分の作として見せていたら……。

李賀の未発表の詩は杜牧がべつに写しをとっていて、近く全集を刊行する。——自殺の前日、呉炎はそういう話をきいたのだ。

「おたずねしますが」と李標は主人にむかって言った。「もしそんなものを発表していて、まもなく李賀の全集が刊行され、盗作とわかれば、どういうことになるでしょうか、あんな世界では？」

「嘲笑と侮蔑を買うだろうな。それもとびきりひどいやつを」と塩商は答えた。

「生きてそんな恥をかくより、呉炎さんはむしろ死を選んだのじゃありませんか」

「そうか」と塩商は言った。「それで謎はとけたか……」

「すっかりとけました」と李標は言った。

方壺園の壁は上のほうからだんだんこわされて行く。だが残っている壁はまだ高く、外界の景観をかくしていた。そとのものが見えなければ、方壺園はまだ生きて呼吸をつづけているのだ。

「すっかり？」と塩商は言った。「あんなに元気だった高佐庭が、なんの抵抗もなしに殺された。おまえが園内にいて、ひっそり静まりかえった夜なかに、物音ひとつきかなかった。どうしてだろう？」

崔朝宏はあの日のことを思い出しながら、扉のほうにむかって歩きだした。

玉霜がおそくなったから、おそらく高佐庭が部屋まで送ってくるだろう、そしていつものように、からかい半分に仙丹をねだるだろう、——あの日、彼はそう考えた。

崔朝宏は胡人の薬種商から波斯の奇薬を買っていた。一種の睡眠薬だが、分量が多いと睡ったまま死んでしまうそうだ。彼はその薬をたっぷり入れた丸薬を一つこしらえて、紙に包んだ。そして、ふつうの仙丹二包みと一しょに朱塗りの卓のうえに置いたのだ。

……

崔朝宏はつぶれた扉のところで立ちどまった。そして、呟いた。――

「高佐庭は勝手に一包み選んでもって行った。……どの包みだかわからない」

残った二包みは溝にすててしまった。だから、高佐庭がどの包みをとって行ったか、いまではもう調べようがない。

しかし、あの男は手もうごかさなかった。

含光剣は心臓をそれていたのに。……

突然、すさまじい音と地響きがした。――鉄槌にうたれた壁の磚《せん》が、大きな塊となって石畳のうえに落ちたのだ。埃が濛々と舞いあがった。いままでのなかで、一ばん大きな塊だった。

と、いまこわされて空いたところに、春靄にかすんだ大慈恩寺の大雁塔の尖端が、ぼんやりとうかんでいるのがみえた。

外界の景色が見えたのだから、方壺園はもう消滅したといえる。

そして、方壺園の謎も。

大南営

1

もと長官司の王界は、慶橋でしばらく休憩したのち、陽が傾きかけてから騎馬で大南営にむけて出発した。

甲午光緒《こうしょ》二十年（明治二十七年）九月の半ばのことだった。

遼東の荒涼たる沙原の真ん中に、島のように浮かんでみえる台地、それがめざす大南営である。ずいぶん遠くから見えていたが、なかなか近づかない。やっと台地の下に辿りついたとき、王界は馬上で顔を拭った。途中でかぶってきた砂塵が汗と混って、顔じゅうべとべとしている。

「顔基のやつ……」と彼は呟《つぶや》いた。

病のため軍務を辞して静養すること一年、医者は王界のからだが完全に旧に復したと保証した。しかし当分無理をしないほうがいいのは言うまでもない。それなのに、こうしてかなりの強行軍をしたのも、顔基から受け取った手紙のせいである。

「余計な世話を焼かせやがる。……それにしても顔基のやつは？」

薄暗くなった周囲を見まわすと、東のほうに一軒の民家があって、そのまえで手を振っている男の姿が見えた。この大南営で前鋒校をつとめている後輩の顔基であった。

「おおい、そこにいたのか、くよくよしている男は！」王界は大声で呼んで馬を進めた。

顔基は王界を待ちうけ、馬から下りるのに手を貸しながら、

「長官司」と旧官名で呼びかけた。「遠路お越しいただいて、なんとも申訳ありません。して、おからだのほうは？」

「ふふん」王界はわざと不機嫌そうに鼻を鳴らした。「見てのとおりだ」

だが旧友に会った悦びは抑え切れず、無理にひきしめた口もとがすぐに綻びかけた。

「もうすっかり回復されたと伺いましたが」

「どうやらおれは医者にだまされたらしい。とにかく一年遊んだおかげで贅肉がついた。目方も増えたと見えて、馬が青息吐息だ」

「お疲れでしょう？　本当に恐縮です」

「なあに」王界はもう屈託なげな声になって、「正直なところ、おれも昔の友だちに会いたくて仕様がなかった。それにしても、君はずっとここで待っていてくれたのか？」

「そうです。なにしろ長官司のことですから……」顔基は言葉を濁した。

王界は苦笑した。兵隊を連れて少し遠い所へ演習に出ると、彼はよく道に迷ったものだ。盛京の営にいた頃も、練兵中に道がわからなくなり、藍翕長として同行していた顔

基に部隊を誘導してもらったことがある。

「おれが迷子になるかと思って、心配してくれたのか？」

と王界は言った。

「そうですね……練兵のときなら、連れて行った兵隊に教えてもらう手がありますが、おひとりでは、と思いまして」

「慶橋を出るともうこの大南営の台地が見えておる。こんないい目標があるのに、迷子になったりするものか。おれが苦が手なのは、八本目の柳を左にまがって十二軒目の家を右に折れる、といったうるさいやつだ」

顔基は轡《くつわ》をとり、「馬はここに預けておきましょう」と、民家の裏へ馬を引いて行った。

そのあとで、営の兵卒が一人やって来て、家の戸をたたきながら、どなった。

「おい、旗の洗濯は出来たかい？」

「持って帰りなさるか。だけんど、夜中は乾きゃしねえだよ」家のなかから、年寄りらしい声が答えた。

「営のもんは営に持って帰らにゃ」兵卒はそう言って、平服姿の王界を胡散臭そうにじろりと見た。「抜きうち点検でもあってみな、おいら尻をひっぱたかれるだ」

「じゃ、持って帰りなせえ」

戸をあけたのは、はたして一人の老爺で、何やら青い束を兵卒に手渡した。

それは青旗のようであった。この旗は清《しん》国軍隊でよく使用される。規定によれば、参将級で青旗四本を用意しなければならない。副将級で六本、総兵官以上は八本を要する。察するにこの兵卒は、将校から命じられた青旗の洗濯を、民間人におしつけたものらしい。

「夜中でも干しときゃ、すこしは乾くじゃろ」兵卒はそう言って、立ち去った。

顔基が民家の裏手から出てきた。

「そろそろ営へ行くか」王界は大南営の台地を見上げて言った。「少し坂道だな」

「ここで一服されたら？　お疲れでしょうからお茶でものんで」顔基はまだ戸口に佇んでいる老爺をかえりみて、「茶をもらおう」

「へえ」と老爺は腰をかがめた。「汚ねえとこでがすが、よかったら、ま、なかにおはいりになってくだせえ」

2

台下の民家で王界は茶をのみながら、しばらく顔基の話をきいた。それは主に同僚の劉応東《りゆうおうとう》にかんする苦情であった。

劉応東はやはりこの営で護軍校をつとめている。顔基と劉応東は同じ年に武科に合格した同期生であり、現在も同営に服務し、封階も同じ従八品の奮武佐校尉である。それなのに、この二人は以前からそりが合わなかった。顔基は万事につけて細心で、軍務にも精励したが、劉応東は天才肌で、練兵といった仕事をばかにして、いい加減にしてしまうことが多かった。それにもかかわらず、劉応東が時々口にする奇言が妙に上司を感心させ、「あれは大物になる」などと評価され、軍務の懈怠《けたい》もさして咎められないのだ。汗水たらして駆けずりまわる顔基に、劉応東は揶揄と侮蔑をまじえた横目をくれる。むろん顔基はその目つきが気に入らない。当然、にらみ返すこともあった。

このごろでは、二人は口もきかない。が、顔基は劉応東の目つきに重苦しい威圧を感じる。むこうでも、意識的に無言の圧迫を加えようとしているらしい。大南営に二万の軍兵が駐屯していた頃はまだよかった。しかし豊中亜将軍が師を率いて、日本軍と戦うために朝鮮へ出征したのち、営はがらあきとなった。数少い留守部隊将校は、いやでも毎日顔をつき合わさねばならない。劉応東の態度や目つきで、顔基は神経衰弱にかかってしまった。

考えあぐねた末、顔基は先輩の王界に手紙を書いて、劉の目つきをかえさせてくれるように、と頼みこんだ。

王界は磊落な性格で、後輩の青年将校たちに人気があった。盛京の営で長官司だったころ、劉応東もその部下で、彼にだけは心服していたようである。

顔基の話が一段落すると、王界はやおら茶碗を卓上に置いて、言った。

「あのころおれも言ったように、君と劉応東は二人で一人前だ。劉はたしかに頭がいい。しかし君の言うように、一日じゅう寝ころんでいたのじゃ仕事にならん。頭に浮かんだ着想を肉づけするには、君のような実際家の手腕にまたねばならんのだ。君だって凡庸な仕事で一生を棒に振りたくはなかろう？ 劉応東の頭脳を利用してやることだ。頭からひねり出したものなんて、利用してやる人間がいなけりゃ、屁とおんなじだな」

暗いので反応は十分看察できなかった。しかし王界は、相手の面上に一瞬いらだちの表情がかすめたのを見のがさなかった。

王界は憂鬱な気持になった。顔基はたしかに勤勉である。が、彼が軍界を一人でよじのぼろうと精魂を傾けている姿を、王界は以前から内心にがにがしく思いながら見ていた。執拗な出世主義者なのだ。その彼が、怠け者の劉応東のほうがどうかすると上司に受けがいいと知ったとき、胸中にどんなものを醸し出しているか、王界にはおよその想像がつくのであった。

〈この男のそばに寄ると、きっといやなにおいがするぞ〉内心そう考えていたが、王界はそれをおくびにも出さず、快活に立ちあがった。——「さぁ、行こう」

二人は連れ立って坂道を登った。

立木一本もない殺風景な広い台地に、見渡すかぎり営舎の列がならんでいる。ここにかつて二万の兵を収容したのだ。

「いったい営舎は幾棟あるんだ？」

「二百五十あります。東西に十棟、南北に二十五棟の列です」事務的に顔基は答えた。

各棟は四室に仕切られ、各室とも南北両方に戸がついている。室といっても小さいので、戸と戸は殆んどくっついているようなものだ。

玩具の家のように並んだ泥壁の営舎の列を、王界は奇異の目で眺めた。大南営に来たのははじめてである。今まで王界が勤務した営はもっと建物が大きかったので、兵員のわりに営舎の数もすくなかった。こんな小さなものをやたらに数多く、所狭しとばかり並べられると、目まぐるしい感じがする。

「いやに安手なちっぽけなやつを、数だけ沢山そろえやがったな」

王界は営の風景に毒づいた。

「仕方がありません」顔基はまるでそれが自分の責任であるかのように、熱心に弁明した。「豊将軍の命令で急造させたのです。時間がなかったので、同じ形のものを、急いで沢山こしらえたわけです。幸い台地が広いので……」

「迎えに来てもらって助かった。これじゃ君の部屋をさがすのに一と苦労だったろう」

「いえ、目じるしがありますから」

「そうか、手紙に書いてあったな」王界は言った。「万一迎えに行けなければ、兵卒にきくこと。壁に詩を書いた紙の貼ってあるところ……誰の詩だったかな？」

「王維です」顔基は答えた。「空山《クウザン》人ヲ見ズ、但《タダ》聞ク人語ノ響キ、の一句です」

ここに二万の兵隊がいたころは、さぞ騒々しかったことだろう。殆んど空《から》になってしまった現在は、まさに空山の趣きがある。かつて兵隊に満ちた営舎は二百五十棟も並んでいるが、まるで草木のように声もない。

「人ヲ見ズ、はわかるが、ここでは人語ノ響キもきこえないぞ」と王界が言った。

「二万の兵がいまは五百です」と顔基。

「一人もいないような気がするな」

「いま兵卒は二十棟しか使っていません」

棟と棟のあいだを抜け、数回折れまがって、やっと顔基は立ちどまった。

「ここだな」王界は壁に貼った詩に目をとめて、言った。

「そうです。どうぞおはいり下さい。……いや、私がさきに入って明りをつけます」

顔基がひとりで部屋に入った。

〈まるで墓場を歩いてきたようだ〉戸の前で王界は左右を眺めながら、ひとりごちた。

このとき、彼は営内に入ってはじめて人影を見た。はるか西のはずれを、一人の男が竿をかついで歩いている。竿には旗のようなものがくくりつけてあった。はじめて見る男ではない。さっき民家でみかけたあの兵卒にちがいない。洗濯した青旗を竿にとりつけて、それを干そうと場所を物色しているらしい。最西端の棟の戸口に、彼は竿を立てかけようとしはじめた。

隠れていた月が、やっと雲間から姿をのぞかせはじめた。

「長官司、すみません。燈油が切れておりました」

部屋のなかから、申訳なさそうな顔基の声がきこえた。

「なあに、明りなんか要《い》らんよ。戸をあけたままにしておこう。月が出はじめたから」

王界はそう言って、部屋に入った。

3

月光が流れこんでいる。

対坐した二人が、互に相手の顔をぼんやり認めうる程度のあかるさだった。

「狭い部屋だな」王界は薄暗い部屋を見まわして、「ここに兵隊を何人入れていた？」

「二十人、ときにはそれ以上」

「そんなに詰めこんだのか」

戸口に近いところに、木製の簡単な寝台が置かれてあった。将校用である。兵卒は土間にごろ寝であろう。

「われわれ将校でさえ、一時は一室に三人も詰めこまれましたよ」

「今は将校一人に一室だろうな？」

「もちろんです」

しばらく会話はとだえた。これから王界を仲に立てて劉応東と話し合うのだと思うと、顔基は緊張をおぼえるらしい。

「いつまでここにいても仕様がない」と王界は言った。「劉応東を呼んでくるか、それともこちらからおしかけようか？」

「いまはだめです。あの男はまだ寝ています。いつも夜食を搬ぶ兵卒が彼を起こすのです。もうしばらく待たねばなりません」

「ほほう、よくも一日じゅう寝ていられたものだ」

「夜食に起きてから朝までねません。あの男のやることは、人とあべこべなんです」

「夜起きて何をしているんだ？」

「知りません」顔基は答えた。「兵卒にきくと、横文字の本を読んでいるそうですが」

「すると、君の言うように、怠けてばかりいるわけでもないな。熱心に勉強しているのかもしれない」

顔基は返事をしなかった。

「とにかく仲違いはよろしくない」王界は語をついだ。「性格の違いはさておき、同期で同僚なんだから、長短相補うべきだ。互ににらみっこするのはいかんな」

「にらむのは劉応東のほうです」

「いまは戦争の最中だ。先月も日本の伊藤祐亨というやつが靖遠艦を沈めちまった」

沈黙がつづいた。

さすがに気まずく感じたのか、ややあって顔基は立ちあがった。

「あいにくこの部屋にはなにもありません。従卒が食事をはこんでくるまで、せめてお茶でも……。誰かに持って来るように言いつけましょう」

「言いつけるといったって、このあたりには誰もいないんだろう？」

「たまには兵卒が通りかかるかもしれません。ひとつ見て来ましょう」

顔基は表に出たが、やはり兵卒の姿は見かけなかったらしく、すぐに戻って来た。

「長官司」顔基は思い直したように元気な声で、「すこし戸外《そと》へ出てみませんか？ じつは二人分の食事をもって来るように言ってあるのですが、うっかりして酒を頼むのを忘れておりました。それに、燈油ももらって来なくちゃ」

「そうか、月もだいぶあかるくなった。月夜の散歩もわるくないだろう」

王界は椅子から立ちあがって、戸口のほうへ歩きだした。すると顔基は、

「厨房へ行くのですから、あちらから出たほうが早いですよ」

と、入ってきたのとは反対側の、北むきの戸口を指さした。

月はもうすっかり雲から離れていた。戸外は部屋のなかよりあかるかった。

二人は営舎のあいだを縫うようにして、西北の隅にある厨房まで行った。

食事の用意はすでに出来ていたが、それはあとで従卒にはこばせることにして、まず燈油をもらい、酒壺を一つずつさげて二人はひき返した。

「いい月だ、たしかに」王界は月に照らされたあたりの風物を眺めながら、「しかし、下界のこの殺伐なことはどうだ！ どちらをむいても同じ恰好の営舎。いやはや、白楊樹の一本か二本欲しいところだな」

二人はゆっくりと、営舎の間をまるであてもなく徘徊するといった足どりで歩いた。

しばらくすると、顔基が立ちどまった。王界も足をとめると、目のまえの壁に例の貼り紙を認めた。

空山不見人
但聞人語響

「ここだったな」と彼は呟いた。

4

明りがともされた。さきほどは、おぼつかない月明りでなにもかもぼんやりとしか見えなかったが、いまは部屋の隅々まであかるくなった。

王界はなつかしい軍隊勤務の生活を、あらためて思い出した。それが彼を無性にうれしがらせた。

「ああ、やっと軍隊のにおいがしてきた。今までなんだか営舎じゃなくて、墓場にいるような気がしていたが」

「そうでしょう」と顔基が言った。「大部分の営舎は無住なんですからね」

二人は酒を汲みかわした。二杯目をついだとき、従卒が食事をもって来た。

顔基が客のために鶏の焙《あぶ》り肉を裂いてやっているとき、なにやらざわめきの音が、風に送られてきこえてきた。だいぶ遠い所らしいが、もともとあたりが静寂なうえ、戸も開けたままなので、それが耳に達したのだ。

「人語ノ響キがはじめてきこえたぞ」

と、王界は笑いながら言った。

しかし、顔基は眉をひそめた。

「何ごとだろう、今ごろ？　こんなことはめったにないのですが……」

二人は耳をそばだてた。遠いのでざわめきとしかきこえなかったが、じっと耳を澄ましてきくと、叫喚、怒号の声もまじっているようであった。

しばらくすると、さっき食事をはこんできた従卒が、あたふたと駆け戻ってきた。

「すぐお出で下さい！　劉護軍校が死んだそうです。殺されたそうです！」

「なに？」顔基は反射的に椅子を蹴って立ちあがった。「殺された？　いつ？」

「たった今です。ご自分の部屋で」

「誰に？」

「わかりません」

「すぐ行く」と言って、顔基は王界のほうを見た。その面上には、怯えの表情がきざみつけられていた。

「劉応東が殺されたのか……」

あまりのことに、王界もそれ以上ものが言えなかった。ただ顔基の顔をまじまじと見つめるだけだった。

顔基は顔面蒼白となって、かすかに唇を顫わせていた。

「よし、行こう。行かにゃならん」と王界は促した。「劉の部屋は遠いのか?」

顔基はやっと我に返ったように、

「ええ、だいぶ離れていますが……」

二人は月光を浴びて、営舎の間を駆け走った。顔基の部屋からは相当遠いのである。仲違いをした二人の将校は、ことさら互に離れた宿舎を選んだにちがいない。つね日ごろ練兵に精を出している顔基は、おそろしく足が早かった。一年間も軍隊生活から離れ、しかも療養中に贅肉をつけてしまった王界は、とかくおくれがちになる。

劉応東の部屋のまえに着いたとき、王界は息を切らし、肩で喘ぐ始末だった。

大ぜいの兵隊が劉応東の部屋のまえに群がっている。数人の将校が、声をからして彼らに命令を下していた。営の出入口は四つあるが、犯人の逃亡を防ぐため、急遽衛兵を増員する指図を与えているのだ。

二人は兵隊たちをかきわけて、部屋のなかにとびこんだ。

そこには、将校三人と、兵卒が四人いた。

手提燈をもって部屋の隅っこを調べていたらしい将校が、あきらめたように、

「どこにも変ったところはない」

と、報告しているところであった。

劉応東は戸口に近い寝床のなかで殺害されていた。顔を蔽《おお》ってある白布をそっとつまみあげて、王界は後輩の死顔をのぞいた。

苦悶の表情は殆んど認められなかった。奔放なりし才子肌の一軍人が、あっけなく息絶えて横たわっているのだ。蒲団を通して、胸のあたりだろう、剣がつき刺さったままになっている。

将校の一人が、顔基に説明した。――

「可哀そうに寝ているところを殺《や》られた。従卒が食事をはこんできた時みつけたが、死体にはまだぬくみがあった。ほんのすこし前、十分かせいぜい二十分ほど前に殺られたのだ。とにかく見事な一と刺しだ。蒲団のうえから、狙いたがわず胸を刺してある。剣は劉自身のやつだよ。知っての通り、彼はいつも枕もとに剣を置いていた。やれやれ、この通り、血は殆んど蒲団に吸いとられている。犯人は返り血を浴びちゃいるまい。まったく面倒なことになったわい。いずれ犯人の詮議があると思うが、君も参将に呼ばれるだろうな……」

その将校は、唇を意味ありげに歪《ゆが》めた。

「ここにはなんの手がかりもない」恩騎尉の制服をつけた将校が言った。「とにかく、死体を営本部に移そうではないか」

四人の兵卒が寝台ごと死体を運び出した。

将校たちも出て行ってしまった。

部屋に残ったのは、王界と顔基の二人だけとなった。

「あの劉応東がなあ……」

王界の口からはじめて慨嘆の声がもれた。

劉応東を殺す者があるとすれば、顔基のほかには考えられない。しかし、その顔基が犯人でないことは、はっきりしている。死体の状況からみて、殺されたのは十分か、せいぜい二十分まえだという。夕方に顔基は台下まで王界を迎えに行った。王界はそこの民家で、顔基とすくなくとも半時間以上は話しこんだ。それから彼の部屋に入り、十分ほどいたであろうか。厨房へ行って再び戻るまでの時間をあわせると、王界は彼と一時間は行動を共にしているのだ。

運び去られた寝台の跡に、じっと目をそそいで、顔基は身じろぎもしない。劉応東の死に、彼が複雑な感情を抱いているのは当然であろう。

「そとに出よう」と王界は誘った。「くよくよするな！　それより、もしおれが君とこの一時間一しょにいたのでなけりゃ、おれはてっきり、君があの男を殺したと信じただろうな」

5

王界は南側の戸からそとへ出た。

顔基はまだ室内で、棒立ちになったままでいる。茫然《ぼうぜん》自失の態とみうけられた。

王界は顔基を待っているあいだ、なんとなくあたりに目をやった。……そして、彼は首をかしげた。

しばらくすると、全身の力が抜け切ったような恰好《かっこう》で、顔基がよろめきながら出てきた。

「なあ顔基」王界は呼びかけて、顔基の手をとった。「君のほかに、劉応東を殺すような人間がいるとは、おれにはどうしても思えんのだ」

「あの男はとかく人に不快の念を与えました」と顔基は言った。「死屍に鞭うちたくはありませんが、私のほかにも、あの男の態度に嫌悪をおぼえた人間がいるはずです。……きっといたはずです」

「そうかな……」王界は握手の手の甲を顔基の腹におしつけながら、「おれはこの一時間、ずっと君のそばにいたと思いこんでいた。しかしよく考えてみると、ほんの二、三分のあいだ離れていたことがあった。それを、おれはいま思い出したのだ」

王界は顔基の手をはなした。

「なんのことですか、一体？」けげんそうに、顔基がたずねた。

「最初、君の部屋に入ってしばらくしてからだ。お茶をもってくるように兵卒に命じるとか言って、君は部屋から出たよ」王界はじっと顔基の目を見据えたままつづけた。

「そのあいだに、君は劉応東を殺したかもしれんじゃないか」

「なんということを！」顔基は驚きのあまり、しばらく言葉が出てこなかった。――

「いまも、あなたは二、三分のあいだとおっしゃった。いいですか、私の部屋からここまで、さっきも走りに走って、たっぷり五分はかかったじゃありませんか？　往復十分はかかりますよ。二、三分のあいだに殺して戻ってくる、そんな芸当ができますか？」

「なるほど、時間は短かすぎる。だが、最初君がおれを案内して入れた部屋は、じつは君の部屋ではなく、この隣の部屋じゃなかったかね？」

そう言って、王界は隣の部屋を指さした。

「とんでもない！」顔基は叫んだ。「私の部屋の壁には、王維の詩を書いた紙が貼ってあるんですよ！」

「紙なんか、どこにも、何枚でも貼れる」

月明りに見ると、王界の顔には憐愍《れんびん》とも嘲笑ともつかぬ表情がうかんでいるのだった。

「何枚でも貼れる？　でも、この隣の壁には紙が貼ってありませんよ」

「君はあらかじめこの壁に、君の部屋のと同じ字を書いた紙を貼っておいた。あの二、三分のあいだに、君はまず劉応東を殺し、それからその紙をはがしたのだろう。おれが部屋から出るとき、こちらから行こうとしたら、君はとめたね、北側から出たほうが早い、と言って。おれがこちらから出て、もし紙がないのをみつけたらまずいと思ったのだろう」

「なんという邪推！」

「邪推じゃない。おれも長いあいだ営舎生活をしたが、最初入った部屋――そうそう、燈油が切れたなんてごまかして暗くしておいたね、君は。――あそこには軍隊生活のにおいが薄かった。そのはずだ。空き部屋でしばらく軍人が住んでいなかったのだろう。

二度目に入ったのは、たしかに君の部屋だ。軍隊のにおい、将校生活のにおいがしたものな」

「あなたの嗅覚で私が罪人にされるのですか？　お話にならない！」

「なるほど、おれはぼんやり者だ」王界は顔基の抗議には構わず、「練兵に出るとすぐ道に迷ってしまう。君がこんなまやかしをやったのは、さすがに目のつけ所がいい。二百五十もおんなじ形の営舎が建ちならび、目標になる樹木一本もない。そしておれは折紙つきのうかつ者ときている。全く考えたものだ。しかし、おれだってはっきりした目標があれば、迷子になんかならないぞ。たとえば、この台地みたいに何里も先から見えておれば、こうしてまちがいなく辿りついたじゃないか。……君には気の毒だが、ここにもおれにはっきりした目じるしが一つあったのだ」

言葉を切って、王界はゆっくりと、営舎の列の西はずれのほうを、指で示した。一ばん端の営舎に、旗をしばりつけた竿が戸口に立てかけられてあった。

「あれがそうだ」と王界は言った。「君が明りをつけると言って、先に部屋へ入ったあと、一人の兵卒がふらふらとあらわれて、あそこに竿をおっ立てちまった。そのとき、おれはまだ表で君が明りをつけるのを待っていたのだ。あれくらいはっきりした目標なら、いくらおれだっておぼえているぞ。君もあれから一度戸外《そと》へ出たが、劉応東を殺すのと、紙をはがすのに忙しくて、あれには気がつかなかったとみえるな」

顔基の額にあぶら汗がにじみ出ているのを横目で見やりながら、王界はつづけた。

「あのはぎとった紙は、うっかりその辺に捨てることもできまい。きっと君がまだ持っているにちがいない、——その懐にな。そう思ったから、さっき握手をしながら、手の甲でそっとさぐってみた。はたしてザラザラしたやつがあったよ」

顔基は観念してうなだれた。そして、

「私は……私はなにも……劉応東その人を憎んだのじゃありません。……人ではない」

と、口走った。

さらに顔をあげてから、こんどは大声で、

「人ではない！」ともう一度繰り返した。

「わかった、わかった」王界はうなずいた。

はたして本当にわかってくれたのであろうか？　どんなことがあっても立身出世をしてやろうと、一途に精励した彼の前に立ちはだかったものは何であったか？　競争なら競争で、同じ道を走ってもらえばなんの不服もない。彼は誰にも負けず、力走するだろう。しかし近道をして、ときには彼の目の前を横断して力走を妨げるもの、汗水たらした彼を愚弄するもの、そういった種類の人間、いや人間ではなく、性格——いやそういった現象……劉応東という一人物がそれら一切を象徴して、彼の行手をはばむのだ。なんとかしなければならない。劉応東を殺してから、顔基ははじめて彼が風を斬りつけたにすぎないことを悟った。劉応東が死んでも……風は吹きつづけるだろうに。第二、第三の劉応東がすぐにあらわれるだろうに。

「おれは君を司直の手に渡したくない」王界は言った。「とにかく旧友だからな。しかし、友人として君に期待したいことはある」

顔基は懐から短刀をとりだし、鞘《さや》を払って言った。――「万一の覚悟はしておりました」

「喉を突くのが一ばんいいぞ。それから、おれをだしに使ったことは許してやろう」王界はなごやかな顔で深くうなずき、相手の顔からそらした視線を、からだと一しょに例の竿のほうにむけた。そして、「ああ、あの竿の旗がなあ……」と呟いた。

短刀の柄を握りしめる顔基の手には、渾身の力がこめられていた。その手の顫《ふる》えは、追いつめられた獣の息づかいに似た。ただ目には人間らしい光がまだ残っていて、手のうごきに逆らおうと、しきりに煩悶している。

王界は顔基の前に、恰幅のいいそのゆたかな背を、大きくひろげて立っているのだった。

九雷渓

1

九雷渓はふしぎな河である。山にあたれば両岸がせまって、急流となる。平地に出れば、川はばがひろがり、しずかな流れとなってしまう。それをなんどもくりかえす。中国の福建省西北の山岳地帯には、山間に平地もかなりあるのだ。

急流のところで、河は雷のような音をたてる。九雷渓という名は、そんな激流が九個所もある意味だろう。

寧安から仙営への道中で、高見清治はなんども九雷渓を見た。道路に沿って流れていた河が、急に山かげにかくれ、しばらく音だけがきこえ、やがてその音も消える。河が道路から遠く離れてしまうのだ。河の存在を忘れかけたころ、ふいに眼前にすずしげな水面が浮きあがったりする。九雷渓が姿をあらわすとき、前ぶれの音がきこえることもあるが、流れのゆるやかな場所では、それもきこえない。

はげしさとおだやかさは、同じ河の流れで表現される。さまざまな環境を、河は姿勢をかえて、迎えるのである。

高見は、抒情《じよじよう》詩人と革命家を兼ねた史鉄峯のことを、九雷渓の流れから連想した。最初に史鉄峯の随想を日本語に訳したのは、東京の雑誌社の注文によってであった。そのあと、高見は史鉄峯の文章をつぎつぎと翻訳した。それは、彼が人間史鉄峯に惹かれて、進んで訳したもので、発表の機会をえたのもあれば、篋底《きようてい》にひめたままになっているのもあった。

「もうすぐ仙営に着きますぜ」

運転手が、どなるように言った。

九雷渓はゆるやかに流れていた。だが、かすかな音がきこえている。

「音がきこえるね」と高見は言った。

「仙営の手前で、河がせばまってるんでさ。河の雷さまが、あすこあたりで、鳴りはじめるってわけでね」

運転手はそう言って、ハンドルをまわした。

難儀な道中だったので、運転手は不機嫌であった。

一九三四年の春である。南京の国民政府は、江西・福建の紅軍にたいして、第五次の総攻撃をかけた。蔣介石はこれを『総決算の掃蕩戦』と呼び、百万の大軍を投入した。塘沽《タンクウ》協定によって日本と妥協し、北方の憂を除いているのである。

高見の便乗したトラックは、ほとんどたえまなしに、兵隊の列に出会った。軍用車もひっきりなしに通った。戦場に近いこのあたりは、風景さえなんとなくあわただしく見えた。行軍の兵士の靴の裏から、軍用車のタイヤから、砂塵は濛々と舞いあがる。空は晴れているのに、前方が灰色に霞んで、見通しがわるい。運転手はしきりに舌打ちをした。

砂塵で象徴されるエネルギーは、巨大であるが、むなしいものだった。それでいながら、避けることのできないものなのだ。

歴史の歯車をちょっぴりうごかすだけでも、想像もつかぬほど莫大なエネルギーが消費される。——これは、史鉄峯がどこかに書いた文句である。

史鉄峯の論文は、総じて激越であった。いかにもギリギリの線で書いているといった感じで、魯迅のような、大手をひろげてものを包む趣きはない。なにかに突きあたれば、はねとばすか、それともはねかえされるか、どちらかである。包容力をもたぬ、純然たる戦闘的文章であった。

だが、正面切った論文ではなく、気らくに書いた雑文のなかに、悠揚せまらぬ風格と、ほのかなユーモアを漂わせたのがある。また、あまり上手ではないが、彼はときどき新旧の詩をつくった。彼の詩に『蘭妹ニ与エル』というのがある。

才似玄機俠骨涼
情如李娃合歡粧

氷肌幸得毫端点
悩殺史郎木石腸

蘭妹とは何者か？　訳者として高見は考証してみたが、どうやら史鉄峯の愛人のようであった。これは、たわむれに、愛人に与えた詩なのだ。

――あなたの才は玄機（唐の女流詩人）に似て俠骨があり、すがすがしい。しかも、あなたは李娃（唐の名妓）のように、情がこまやかで、おしゃれでもある。白い肌は氷のようにつめたいけれど、幸いに筆先から滴った点がついていて、それが私のごとき木石人をも悩殺するのだ。

以上が、詩の大意である。

第三句の意味は、高見もかなり迷った。蘭妹という女性は、色が白く、一見つめたそうな美人だったらしい。ところが、どこかに黒子《ほくろ》がついていて、それが全体のつめたさを救っている、――高見はそう解釈した。さらに、美人の蘭妹が、玉に疵《きず》の黒子を気にするので、「それがかえっていいのだよ」と、詩にことよせて慰めたのかもしれない、などと想像していた。

ともあれ、こんな気軽に作った詩のなかに、人間史鉄峯が、ひょいと顔をのぞかせている。高見が親しみをおぼえるのは、革命煽動家としてよりも、こんなくつろいだ姿の史鉄峯だったのだ。

高見はまだ史鉄峯に会ったことはない。なにしろ、相手は反政府組織の巨頭なのだから、かんたんに会えるはずはなかった。この数年来、宿痾の肺患で寝たきりだという噂を、ときどき耳にする。かねてから高見は、史鉄峯に会いたいと思っていた。訳者としては、当然の願望であろう。

その史鉄峯に、仙営で会えるかどうか、まだわからない。はたして、ほんとうに彼が仙営にいるのか、それすらたしかとは言えないのだ。

高見の乗ったトラックは民間のものだったので、いたるところで、兵隊にどなられたり、いやがらせの検査を受けたりした。そんなとき、高見のもっていた国防部発行の身分証が、案外ものを言った。とにかく、大きな判こは、どこへ行っても尊敬されるものである。

受難の旅が終り、運転手は車をとめた。

「河のむこうが仙営でさ。渡し舟の乗り場が、そちらに見えるでしょうが」

高見の顔が、砂塵と汗で、べとべとになっていた。口のなかもざらざらして、鼻の孔はまっ黒にちがいない。彼は九雷渓の流れで顔を洗い、口を漱いだ。

対岸に高い堤防があって、すれすれに大きな建物がたっている。

「あれが、旦那のきいてた余家の邸《やしき》でさ」

運転手が、その建物を指さして教えてくれた。

「なるほど……」と高見は呟《つぶや》いた。

対岸の仙営の町は、低い家屋が匍《は》いつくばるようにならんでいる。堤防のうえの余家は、まるで彼らを睥睨するように、ひとりそそり立っているのだ。

「だけど、ありゃ、裏がわですぜ」

と運転手は言った。

二階の中央あたりの窓が、ピカと光った。

「つい目のまえだが」と高見は言った。

「ここじゃ、河は渡れませんや。流れが急なもんで。だから、あすこの広くなったところに、渡し舟があるんでさ」

すぐそこにある余家へ行くのに、かなりまわり道をしなければならない。高見は、赤煉瓦の余家を横目に見ながら、渡し場のほうへ歩き出した。

史鉄峯が仙営にいるとすれば、おそらくあの家のなかであろう。――

渡し舟に乗って対岸へ渡り、余家の正面へまわったとき、高見は自分の推測がおそらくまちがっていないだろう、と思った。

豪壮な表門の左右に、数人の衛兵が銃を構えて、いかめしく立っているのが見えたのだ。

2

高見が仙営へやってきた経緯を述べよう。

彼はF新聞の上海《シャンハイ》特派員だった。江西・福建の最前線へ出て、国共戦の取材をしたいと思った。しかし、戦争の性質上、外国人記者の行動は制限されるにきまっている。それではつまらないので、友人のいる『華中晩報』という三流夕刊紙の記者に化けることにした。そして、名も『高清隆』と中国風にあらため、国防部の許可まで取った。彼は大陸育ちで、中国語には不自由しなかったのである。

ところが、現地へ行ってみると、案に相違して、中国人記者でさえ、行きたいところに行かせてくれない。情報係の将校が読みあげる発表を、そのまま鵜のみにするだけである。

質問をしても、たいてい、「答えられない」で片づけられた。

面白くないので、高見は司令部のある寧安近辺で、毎にち酒をのんで、ぶらぶらして暮した。とはいえ、職業的嗅覚にピンとくるものがあると、彼の背筋はシャンとのびた。ある日、小さな居酒屋で、近所の教会の医者と看護婦が、政府軍に徴用されたという話をきいたときがそうである。

彼が思わず、のみかけた杯をテーブルに戻し、腕組みをして考えこんだのは、一つの重大な理由があったからだ。

白皙の革命家史鉄峯が、政府軍につかまったという、かなり信憑性のあるニュースが流れたばかりのところである。情報係の将校も、半ば公然と、その事実をにおわせた。史鉄峯が現在どこにいるかは、わからない。ただ、彼がもっと後方へ護送されるのはたしかだ。むろん史鉄峯護送は極秘のうちに行われるだろう。捕虜が重患の病人だから、医者や看護婦が必要である。数すくない軍医は前線へ出て、司令部には一人もいなかったのだ。

記者仲間の情報を綜合してみると、史鉄峯逮捕の模様は、かなりはっきりしているらしい。史鉄峯のかくれ家は、一個師の軍隊で囲まれた。紅軍の護衛は、わずか三十人ばかりだったという。しかも、護衛隊長が、その前夜に姿を消していた。その隊長が史鉄峯を売ったと想像される。いや、裏切ったのではなく、彼ははじめから政府のまわし者で、所期の目的をはたしたのだ、という説もあった。つかまった場所は、そんなに遠方ではないらしい。

高見は早速、問題の教会へかけつけた。

「医者と看護婦を一週間ほど借りたいと、政府軍から依頼されただけです。行先は教えてくれませんでしたね」

白髪の牧師は、目をしょぼしょぼさせながら、そう答えた。

医者は胡という姓で、教会付属の小さな診療所で七年間献身的に働いてきた、熱心なクリスチャンだという。看護婦の羅淑芳は、教会に来てまもないが、経験豊富な、三十二歳の有能な女性だそうだ。

「なにしろ戦争ですからな。軍の機密に関することもありますし、はっきりたずねるわけにもいかんのでね。……でも、李師長からは、ちゃんと保証をとっております。十日以内に帰してもらうちゅう保証をね」

と牧師はつけ加えた。なにか弁明するような口ぶりだった。

高見はつぎに、荷物をはこんだ教会の雑役夫にきいてみた。彼は荷物を、役所の裏で待っていた貨物自動車まではこんだそうだ。

「行先ですか？　わかりませんな」雑役夫はしばらく考えてから、「とにかく南の方へ行ったんですが……そういえば、運転手が仙営までの道はどんなふうかって、きいてましたね。十九路軍の作った道だから、りっぱなものだと、あっしゃ答えてやりましたがね」

史鉄峯のような重要人物の護送は、高級将校が担当するにちがいない。彼らは、その土地の有力者のところに泊りたがる。高見は仙営のことをしらべ、土地の最有力者は余家だということを知った。

高見は、余家と親しい人物をさがし出して、紹介状まで書いてもらった。紹介状のなかで、彼の身分は茶商となっており、医術の心得もある、と書き加えられていた。高見はこの紹介状のために、横文字のラベルのついた葡萄酒を二瓶つかったのである。

『とらわれた史鉄峯との一問一答』――これは大スクープである。だが、高見がこうまでして史鉄峯に会おうとするのは、スクープ意欲に燃えたせいではない。職業意識を越えた、もっとつよい動機があった。訳者として、彼は史鉄峯に親近感をもっていた。いま、史鉄峯の前途には、確実に死が待っているのだ。刑死か病死、そのいずれが先にくるか、まるで競争である。高見は、生きている史鉄峯にどうしても会わねばならぬ、と思った。

余家の門では、高見は国防部発行の身分証を見せなかった。史鉄峯がもしそこにいるとすれば、新聞記者は最も歓迎されない人種となるだろう。だから彼は、余家の主人にあてた紹介状をふりかざして、衛兵と押し問答をした。すったもんだの末、衛兵の一人が紹介状を奥へもって行ったが、やがて通行を許すということになった。

二瓶の葡萄酒で紹介状を書いてくれた男は、余家の主人とはよほど昵懇の間柄とみえ、高見の待遇はきわめてよかった。

応接間には、余家の主人のほかに、二人の軍人がいた。主人は、一人を黄少校（少佐）、一人を張上尉（大尉）と紹介してくれた。

「なにしろ軍人さんがたんと来とりますんで、空いた部屋はないんですじゃ。弱りましたな」と、主人は困った顔をして言った。

「どこでもいいんです。納屋の隅っこでも、横になれさえしたら」と高見は言った。

そのとき、黄少校が口をはさんだ。

「わたしの部屋はひろいから、どうです、ベッドを一つもちこんだら？」

「そうしていただくと助かりますが」

と、余家の主人は揉《も》み手をした。

黄少校は年のころ三十四、五で、その濃い眉と角ばった顎は、いかにも頑固で几帳面な軍人といった感じを与える。それにくらべると、張上尉は、つかみどころのない人物にみえた。性格だけでなく、年齢もよくわからない。見る角度によって、若く見えたり、ときには、ひじょうに年をとっている感じもした。高見は初対面で、『くえない男』という印象をうけた。

史鉄峯に近づくのは容易ではないと覚悟していたが、どうやら、やり方によっては可能性もあるという希望がうまれた。というのは、同室の黄少校が史鉄峯護送の主任だとわかったからである。

黄少校はこう言ったのだ。――

「戦線に出たほうが、わたしは気がらくですな。こんな、その、大事な品物をあずかって、輸送の監督をするなんて、芯が疲れますよ、まったく」

おそらく彼は、どんなことがあっても、史鉄峯のことは他言するなと、かたく命じられているのだろう。あまり融通性のない彼は、史鉄峯を『品物』と言いかえさえすれば、問題はなかろうと思ったにちがいない。

史鉄峯がどこに監禁されているか、高見はまもなく、だいたいの見当がついてきた。二階の裏がわの、物置場のような部屋である。その扉のまえに、兵卒がいつも四、五人立っている。また黄少校も、よくそこへ巡回に行く。しかも扉は外側から閂《かんぬき》をかけていることがあった。閂が新しくとりつけたものであることは、そこだけが真新しい木材を使っていることでわかった。

夜になると、もっといろんなことがわかった。旅疲れで早目にねようと思って、高見が服をぬぎはじめたとき、黄少校がはいってきた。軽い風邪をひいたのか、彼はしきりに咳をした。しかし、彼の顔つきは、さいぜんにくらべて、晴ればれしている。

彼は高見にむかって、言った。

「あと四、五日すると、交替の連中が来る。やれやれ、どうやらお役御免らしい。問題はそれまで医者が……」

ここで、黄少校は急に口を噤《つぐ》んだ。どうやら『医者』という言葉は禁句であったらしい。しばらくして、彼は、

「とにかく、品物がいたまないように保管するだけだ」

と言い直した。辻褄を合わせたつもりであろう。

黄少校は、また一としきり咳をした。

「風邪でもおひきになったのですか？」

と高見はたずねた。

「ほんのちょっとですよ」と黄少校は答えた。「たいしたことはないです」

「医者に診てもらったらどうです？」

「医者にねえ……」と黄少校は言った。「ここにもいるんだけど、あんまり……」

黄少校の口ぶりは、教会から徴用した医者を、彼はあまり信用していないらしい。高

見には、そのほうが好都合であった。

「じつはね、わたしも医術の心得があるんですよ」これが突破口になるかもしれないと思ったので、高見はいそいで言葉をついだ。

「わたしのは、西洋医学と漢方医の混合なんです。それで、名医ともてはやされたこともありましたよ。当節は西洋医ばやりですが、それだけでは、欠点もあるんですな。漢方医を併用すれば、まさに鬼に金棒です。……軽い風邪なんか、ピタリとおさまる薬もありましてね」

「そうだ、偏向しちゃいかん」黄少校は言った。「学校を出た医者は、もう西洋医一点張りだ。ことに教会にいる連中は、西洋崇拝もはなはだしい」

脈がありそうに思えた。高見ははやる心をおさえて、

「ねえ、黄少校、ひとつ風邪の処方をしてあげましょうか」

「いや、いいんです」黄少校は手を振って、「薬をのむほどの病気じゃない。……わたしはいいが、しかし、しかし……」

「しかし……どうしたのです?」

と、高見は畳みかけて、たずねた。

黄少校は返事をしないで、考えこんだ。

大切な『品物』──それをいためずに、後任者に渡さねばならない。管理の責任者である医師は、どうも信用が置けない。ここに自称名医があらわれたが。……

黄少校は服をぬぎながら、

「ほかに病人がいるんですが、まあ、それは明日にでも……」

と、曖昧なことを言っただけである。

翌る朝、高見が目をさますと、黄少校はもう部屋にいなかった。彼が黄少校をみつけたのは、二階へ通じる階段の下であった。そこで黄少校は、一人の女性と押し問答をしていた。身につけた白衣で、彼女が教会から徴用された看護婦だとわかった。白衣の下に、黄色の旗袍を着て、高い襟が顎のところまで達している。すらりとした、色白の都会型の女性である。高見は横顔しか見なかったが、彼女が近代的な魅力をそなえていることは、一と目でわかった。

「口をきくのもやっとという病人ですわ。足も立たないのよ」

と、彼女は黄少校に言っていた。

「とにかく、わたしは、あの男を逃がしてはならんと、厳重な命令を受けている」

と黄少校は答えた。

看護婦は肩をすぼめ、あきらめたように、二階へあがった。

黄少校は高見をみつけて、呼びかけた。

「高先生、ひとつご相談したいことがあるんですが……」

「なんでしょうか？」

と言って、高見は黄少校のほうに近づいた。

「あなたが医術に心得があるとききましたので、折り入って……」と黄少校は言った。

「とおっしゃるのは？」

「じつは、ここに一人の病人がいましてね、医者と看護婦はいるんですが、どうも信用できん気がするんです。おききだったかもしれませんが、さっきも看護婦が部屋をかえろと交渉にきましたよ。いまの部屋が、病人によくないなんて理由をつけてね……」

「じゃ、部屋を移したらいいでしょう？」

「ところが、そんなことはたやすくできんのです。お願いするからには、あなたにはかくしても仕様がないと思いますが……つまり、病人というのは一種の捕虜——大切な捕虜なんですよ。逃亡を防止するには、あの部屋が一ばん適当でしてね」

「病気は？　重患なんですか？」

黄少校はうなずいた。

「どんな部屋なのか、ちょっと見せていただけませんか？」

「ええ、それをお願いしようと思っていたのです」と黄少校は言った。「はたして病人にとって非衛生的な部屋なのか、病人の状態と見くらべて、判断してほしいのです。……病人はかなり重患ですが、その……一週間ほどもつかどうか、それが問題です。いまの状態でも、一週間もつとわかれば、それでいいんです。あの看護婦や医者が言うように、もっといい部屋に移さねば、あと二、三日しかもたないとわかれば、当然移転を考慮しなければならんでしょうが」

そのとき、張上尉がこちらへやって来た。唇のあたりに、彼の特徴であるつかみどころのない薄笑いをたたえている。彼は階段下の二人のまえを通りすぎた。二人の軍人は、目礼をかわし合った。だが高見は、黄少校の顔に、奇妙な表情がうかんだのを見のがさなかった。直情な黄少校は、感情をかくすのが下手である。高見はすぐにわかった。――黄少校は張上尉にたいして、軽侮と嫌悪をまじえた感情を抱いているのだ。

「さて」と、黄少校は高見のほうにむき直って、言った。

「それでは、病人の部屋を見ていただきましょうか」

3

かなり広い部屋に、窓が一つしかない。その窓には、ふとい鉄棒が縦に三本、横に二本はめられていた。そのすきまからは、頭一つ出すこともできない。窓の真下は堤防で、九雷渓がすぐせまっている。脱出防止には、うってつけの部屋なのだ。

病人は目をとじていた。これが、高見の会いたかった史鉄峯なのだ。絢爛たる才能を縦横にふるった史鉄峯が、いま粗末なベッドのうえに、横たわっている。

痩せているというだけでは、十分表現し切れない。皮膚が骨のうえに、薄く貼りついたような顔である。くぼんだ眼窩とこけた頰が、左右に二つずつ対をなして、翳をつくっていた。蒼白い顔に、唇だけが真っ赤にみえるのが、高見にはいたましかった。

「どうです、この男の病状は？」

と黄少校がたずねた。

高見は返事のかわりに、首を横に振った。

「なんとかして、一週間はもってもらいたいものだ」と黄少校は言った。

「しかし黄少校、人の生死を司るのは、閻魔庁の仕事ですからな」

「閻魔庁とかけひきをするのが、医者のつとめじゃなかったかね?」

高見は、その場にいた医者のほうを見て、苦笑した。教会の医師は謹厳そのもので、顔の筋肉ひとつうごかさない。

「まあ、いい」

そう言って、黄少校は病人を見下ろした。彼の目には、ベッドに横たわっている病人が、たんなる物品に見えるらしい。こわれやすい貴重品、『取扱い注意』の荷物である。彼の役目は、これをあと四、五日保管して、無事に後任者へひきつぐことだけなのだ。それまでに、こわしてしまってはならない。

「理想を言えば」高見は部屋のゆかを見まわして、「もっと清潔な部屋に移したほうがよろしいですな」

ここは物置場の一つである。余家のような大邸宅になると、物置場も多いが、この部屋は、主に漬物類の甕や樽を貯蔵する場所らしい。部屋の隅に高く積みあげられた、汚ならしい小甕は、おそらく需要の多い豆豉《タウシー》のたぐいと思われる。農繁期にやってくる、夥しい日傭人夫に、蕃薯簽《ファンツーチャム》(さつま芋の切り干し)のまじった飯に、これをかけて食べさせるのであろう。

甕や樽の列は、部屋の半ば以上を占め、窓に近い病人のベッドのすぐそばまで、大きな樽がならんでいる。そのなかみは、塩蔵野菜らしい。内からもれる汁が、樽をしっかり縛ってある縄のところでせきとめられ、灰色の薄い層を残していた。

壁は、むきだしの角石を積みあげたものだ。石と石のあいだに、申訳ばかりに塗られた漆喰も、塩気や湿気にずいぶんいためつけられているようだった。

この部屋にはいっただけで、塩分を含んだ湿潤の気が、すぐ肌に感じられた。重態の結核患者に、ここの空気がよかろうはずはない。

「ぜいたくは言えないんです」と黄少校は言った。「なにしろ、民間の家を一時拝借しているんですからね」

「でも、われわれは、ずいぶん良い部屋を借りているようですが」と高見は言った。「こんな窓になっているのが、ほかの部屋にないんですよ」

黄少校は、むっとしたような顔で、言った。

鉄格子の窓が、ほかの部屋にはないのだ。

高見は、なんとかして史鉄峯と話をかわしたいと思った。しかし、相手は目をあけないのだ。それに、黄少校のいるところでは、めったな口もきけない。しばらくすると、張上尉がはいってきた。

張上尉は右手の人差指をさし出し、それを横にして、病人の鼻の下へもって行った。

病人の生死をたしかめる、最も露骨な動作である。かすかな呼吸を指に感じて、彼は安心したのだろう、大きくうなずいた。

病人はその気配を感じたのか、ほそく目をひらいた。その瞳がかすかにうごいたようだ。張上尉が指をさし出したのは、品物に異常がないか検品している倉庫番の態度を彷彿させた。高見はそれに、嫌悪の情をおぼえた。しかし、瀕死の病人の疲れた目には、そんな嫌悪以上のものが宿っていた。高見の観察に狂いがないとすれば、それは底知れぬ、深い侮蔑のまなざしだった。

すでに生気を失った目が、こんなに強い表現をするとは、ほとんど信じられない。高見は思わず目をそらした。

そこへ、一人の老人がはいってきた。彼が腰をかがめただけで、扉の衛兵はなにも言わずに入室を許可したのだ。白髪頭だが、筋骨隆々とした、赤銅色のみごとなからだをしている。その老人は樽のそばへ寄って、縄をかけはじめた。なれた手つきである。

「ここは物置場だけじゃなく、仕事場にもなるんですか?」と高見はたずねた。

「そうです」黄少校は答えた。「しようがないんです。あのおやじは、この家の使用人で、四十年もつとめているそうだが……」

「あっというまに縄をかけてしまうな」張上尉は感心したように、老人の手のうごきを見守った。「しかも、一旦しばりあげると、金輪際ゆるみはしないんだから、じつにたいした腕前だ」

死の床にある病人のそばで、現世の生業の営みが行われ、そこにいる人たちがそれに見とれている。これは、なんとも残酷な気がした。いそがしくうごく老人の赤銅色の手と、じっとうごかぬ病人の蒼白な顔とは、あまりにもなまなましい対蹠だった。老人はときどき、ペッと唾をはいた。

看護婦の羅淑芳は、病人のまわりを点検した。琺瑯の白い洗面器が一つ、ベッドのそばの台のうえにのっていた。その脚つきの台は、ベッドよりやや低く、病人がすこしからだをねじると、ちょうど洗面器のなかへものを吐くことができる。喀血のときの用意なのだ。台上の洗面器は、なかみがすでに赤く染まっていた。淑芳はそれを台からはずした。ベッドの下には、予備の洗面器が、もう一つ置いてある。彼女はそれをとり出し、台のうえにのせた。あらかじめ三分の一ほど水が入れてあった。

「あたし、これをすててくるわ」

彼女は血染めの水のはいった洗面器をとりあげて、出て行った。

高見がふと横を見ると、彼女のうしろ姿を見送る黄少校の目に、妙に熱っぽいものがあるのに気づいた。羅淑芳はうつくしい。白衣を身につけていると、すばらしく清楚にみえる。史鉄峯の詩ではないが、黄郎の木石の腸を悩殺するに十分であろう。

張上尉でさえ、老人の樽しばりの妙技から目をはなして、羅淑芳のうしろ姿を見ていた。そして、彼のとらえどころのない顔には、一つだけ、はっきりつかめる表情がうかんでいる。唇のあたりには、好色なうごきが認められるのだ。目尻も、いやしげな弛みをみせていた。

黄少校は扉のところまで行って、廊下に立っている見張りの兵卒たちに、なにやら命令した。あるいは、それは、羅淑芳のうしろ姿を廊下まで出て見送るための、口実だったかもしれない。張上尉もそれにつられたのか、やはり扉のほうへ行って、兵卒と話をはじめた。

胡医師は部屋の隅で、診察鞄をひろげて、なにかさがしているようだった。老人はあいかわらず、岩乗な縄で樽をしばっている。

病人のそばには誰もいない。

高見は史鉄峯のうえにかがみこんで、そっと囁《ささや》いた。——

「史先生、わたしは高見という日本人です」

史鉄峯の唇が、すこしひらかれて、かすかにふるえた。高見は耳を近づけた。

病人はかぼそい声で言った。

「わかりました。……私の文章を……日本文に訳して下さった、あの高見先生ですね」

高見はうなずいた。

十年まえ、春のきざしのみえたある日、史鉄峯は日記に『愁惨ノ陰雲ハスデニ散ジ尽シ、凝静ノ死雪ハスデニ溶ケ去ッタ』と書いた。かつて訳したその文章を、高見はなぜか思い出した。史鉄峯には、もうそんな春は再び訪れないであろう。彼の詩に『皓月滄海ニ落チ、砕影万里ヲ揺ル』という句があった。史鉄峯の肉体は、いま滅びかけている。

だが彼の情熱は、ながく残るにちがいない。『貴族ノ血ハ冷タク、市儈ノ銅ハ臭ク、労工ノ汗ノミカンバシ』とうたった彼の執念は、洋上の砕影となって、人びとの心をいつまでも揺すぶってやまないだろう。

史鉄峯の手が、毛布の下で、かすかにうごいた。高見は毛布ごしに、彼の手を自分の手のひらのなかに包んだ。憐愍の情が顔にあらわれるのを、高見は懸命におさえた。

やがて高見は、自分の手につよい反応を感じた。史鉄峯は一旦手をひき、こんどは反対に、高見の手を包もうとしていたのだ。

史鉄峯との会見記をスクープしようという気は、高見の念頭からすっかり消えていた。この枯れはてた史鉄峯に、ものを言わせるなど、残酷このうえもないという気がする。二人の手は、毛布をへだてて、からむように握りあった。互に手をとりあった、――それだけで、高見はここへ来た甲斐《かい》があった、と思った。

黄少校が扉のほうから、ひきかえしてくる。高見は手をはずして、そこからはなれた。彼は鉄格子の窓のところへ行って、そとを眺めた。

真下の九雷渓は見えない。ただ、水の音がきこえるだけだ。東のほうから、戴雪山脈の山々がせまり、仙霞嶺の連山が、北西にかすんで見はるかせた。廂つきの鉄格子窓に、杉の木のてっぺんが、ちょっぴりのぞいている。狭い堤のうえに生えた、いびつなやせた、低い杉の木である。

黄少校がそばへ寄ってきて、

「高先生、あなたのご忠告に従って、この病人をほかの部屋へ移そうと思っています。どこかさっぱりした部屋へ……」

「それは、よかったです」

高見は心からよろこんだ。

しばらくして、看護婦の羅淑芳が戻ってきた。そこで高見は、いまきいたばかりの吉報を、彼女に知らせた。ところが、意外なことに、彼女はよろこばなかった。それどころか、戸惑ったような顔つきになって、

「困りましたわ、ほんとに」と言った。

「どうしてですか？」そばから黄少校が心外そうに、口をはさんだ。「あなたはさっきも、わたしに部屋をかえるように頼んだじゃありませんか？」

「おそすぎますわ」彼女は隅の机のうえにあった、柄つきの手鏡をとりあげて、顔をうつしながら、さりげなく答えた。「もう清潔なお部屋へ移るよりも、病人をうごかさないほうが大切なことになりましたもの」

4

その日の午後、高見は黄少校とベッドをならべて、ひるねをした。横になって二人は、しばらく雑談したが、高見は黄少校の話しぶりで、いろんな事情を知ることができた。

「同じ軍服をつけている男の悪口は、じつは言いたくないが」黄少校はそんな前置きを

して、言った。「しかし、張上尉は軍人とは言えないね。彼がすぐれているのは、戦争じゃなくて、策略ですよ。……むろん、そんな人間もいなけりゃならんです。しかし、わたし個人としては、あまり好きじゃありませんな。たとえ任務とはいえ、裏切りとか、そういったことは……」

史鉄峯が護衛隊長の裏切りによってとらえられたという噂を、高見は思い出した。黄少校の話は、当然その噂に結びつけて考えられる。史鉄峯が張上尉を見たときに示した、あの深い侮蔑のまなざしも、それで説明されるのではあるまいか。

一本気な黄少校が、謀略家の張上尉をきらう気持はわかる。そのうえ、この二人のあいだには、看護婦羅淑芳の存在もからまっているらしいのだ。

「それにしても、あの看護婦は天使みたいにやさしいね」

黄少校が、とつぜん言い出した。彼は武骨な手で、顔の半分をかくしている。

この意見には、高見はいささか異議があった。羅淑芳が魅力のある美人であることは、たしかである。しかし、はたして天使のやさしさをもっているだろうか。瀕死の病人のまえで、「おそすぎますわ」と言った神経が、高見には気がかりだった。彼女の声は、ベッドの史鉄峯にも、はっきりきこえたはずである。いかに死生を超越した境地にある人間とはいえ、自分の病状について悲観的な言葉をきかされては、気持がよかろうわけはない。

だが、讃美者である黄少校は、彼女のあの言葉を、心ないものと思っていた。高見は彼女のつめたさなどには気がつかない。

高見は、なにか意地悪をしてみたくなった。——彼は寝がえりをうちながら、できるだけさりげない様子で、言った。

「張上尉も、あの看護婦に気があるようですな。彼の目つきでわかりますよ」

高見は横目をつかって、黄少校の反応をじっと観察した。

半分かくれた黄少校の面上を、一瞬かすめた表情から、彼の動揺が読みとれた。予期していたとおり、いやそれ以上に、はげしい動揺をみせたのだ。高見は黄少校の顔半分から、彼の心のなかを、隅々までのぞいた気がした。

このぞき見を、高見はすぐに後悔した。一本調子の男をからかうのはたやすいことで、相手はなにもかも、開けっぴろげて見せてくれる。とはいえ、まったく陰翳のないものをさらけだすので、こちらがまぶしく感じ、しまいには、かえって面映ゆくなるのだ。

「とにかく、ひと寝入りしましょう」

と高見は言った。

しかし黄少校は、そのままではねむれないようだった。彼は相かわらず、顔を半分かくしたまま、言った。

「張上尉は策略家でして、その方面じゃたしかに才能がありますよ。しかし、策略だけで、女がだませるものですかねえ？　いや、ふつうの女なら、あるいはたぶらかされるかもしれんが……」

黄少校は、羅淑芳をふつうの女ではないと思いこんでいるらしい。それでも、彼は心配そうな顔をしていた。

「もう寝ましょう」

と、高見はもういちど繰り返した。

黄少校が安眠できたかどうかは、わからない。高見が目をさましたときには、彼のベッドはすでに藻抜けの殻だった。

陽は西に傾いていた。

「われながら、よくねたものだ」

旅の疲れがまだとれていないのだろう。精勤な黄少校が、この時刻にはとっくに起き出しているのは、当然のことだった。

高見がねぼけ眼をこすりながら廊下へ出ると、看護婦の羅淑芳が、胡医師と立ち話をしているのに出会った。

「二階の病人は、当分大丈夫だろうとわたしは思いますがね」

と医者が言っていた。

「それじゃ、お手すきのとき、ちょっとその子供を診てやっていただけないでしょうか?　あたし、おひるに行ったとき、とりあえず、解熱剤を与えておきましたけど」

と羅淑芳が言った。

「じゃ、いまから行ってみようかな」

なく「べつにいそがなくてもよろしゅうございますわ、先生」と看護婦は言う。「あたし、お薬をやっておきましたし……そうね、夕ご飯のあとにでも、散歩がてらにお出でになればどうでしょう?」

「そうしますかな」と医者が言った。

「川べりの穀物倉庫から右へ三軒目、葉《よう》って姓の家なんですのよ。その辺へ行けば、すぐにわかりますわ」

高見は医師と看護婦に目礼して、二人のそばを通り抜けた。廊下のまがり角のところで、高見は張上尉の姿を見かけた。彼はずっとそこに立っていたらしい。高見を認めると、彼はなにか妙な笑い方をした。

表に出てみると、庭で黄少校が兵隊たちを集めて、体操をしていた。重要人物の見張りという仕事は、きわめて退屈なものである。気ばかり使って、からだは使わない。そのため、からだがなまってはいけないと思って、黄少校は部下をきたえているのだろう。

黄少校は、兵隊たちにまじって、力いっぱい、手足をふりまわしていた。あるいは、そんな動作で、頭にこびりついてくる羅淑芳の面影を、払いのけようとしていたのかもしれない。

一人の使丁が、邸から出てきて、鈴を振った。食事の合図である。余家の邸に泊っているのは、数人の将校だけで、一般の兵卒は付近の廟で寝泊りしていた。史鉄峯が監禁されている部屋の扉のそとで、いつも見張りに立っている数人の兵卒は、二時間ごとに廟から交替に来るのである。

鈴が鳴っても、黄少校はまだ五分間ばかり体操をつづけた。高見はさきに余邸の食堂にはいって、待った。張上尉もやってきたが、唇をゆがめて、目もとで笑っていた。おかしな笑いだ。

黄少校が来るのを待って、食事がはじめられた。医者も看護婦も、将校たちと一しょに食事をとった。

福建省の北部山岳地方は、四月になっても、まだ肌さむい。戦場は遠くない。食事のあいだ、人びとは戦争の話をした。瑞金周辺の赤衛軍が移動しつつあること、すでに放棄された根拠地が幾つもあることなどが、話題にのぼった。国民党軍の主力は、現在、赤都瑞金の南方にある『筠門嶺』の陣地を包囲攻撃中である。――

「筠門嶺が陥ちると、瑞金はもう半分裸にされたも同然となる」

黄少校は、いかにも軍人らしい口ぶりで、戦局を説明した。それでも彼の目は、ともすれば羅淑芳のほうへ走りがちである。

しかし、『天使のような』看護婦は、その視線に気づかないのか、そ知らぬ顔をしていた。それどころか、むしろ張上尉のほうに興味をもっているような素ぶりさえみせた。高見は注意ぶかく彼らの表情を観察していたが、羅淑芳が流し目と見まがう視線を、一、二度、張上尉にむけたのに気づいた。張上尉の目も、かすかに、それに応えたようであった。

「もう戦争の話はやめましょう。うっとうしいじゃありませんか」

と、羅淑芳が黄少校の話をさえぎった。

「うっとうしい？」

黄少校は赤くなって問い返したが、そのまま口を噤んでしまった。

「病人の看護で、もうくたくたですわ」と羅淑芳は言った。「すこしぐらい休息させてほしいの。あたしはね、無心に象棋をさしていると、疲労が回復しますのよ。お食事がすんだら、象棋でもしないこと？」

羅淑芳は、高見のほうをむいて、話しかけたのだ。

「お相手になりましょう、よろこんで。あなたも、たまには骨休めをしなくちゃね」

と高見は答えた。

「黄少校はおつよいでしょうね？」

と、羅淑芳は黄少校のほうをむいて、たずねた。

「いや、たいして……」

黄少校はかたくなって、答えた。

「象棋というのは、戦争とおなじじゃありません？」羅淑芳はにっこり笑って、「戦争のつよいお方は、象棋もおつよいんじゃなくって？」

黄少校は、気の毒なほど、どぎまぎしていた。――「そうですかな？」

「そしたら、あたしたち三人で、かわるがわる勝負してみない？」

と羅淑芳は誘った。

断わるわけはなかった。

食後、三人は食堂に残って、象棋をはじめた。二人が対戦しているあいだ、あまった一人は観戦にまわった。高見と羅淑芳は、ちょうど実力伯仲で、接戦をつづけた。黄少校はやはり、一ばんつよかった。高見も羅淑芳も歯が立たない。

「やっぱり、軍人さんにはかなわないわ」と羅淑芳は言った。「あたしたちでは、お相手になれませんね。張上尉もおつよいでしょう？　あの方と勝負なすったら？」

黄少校は眉をしかめた。張上尉と対戦するくらいなら、象棋なんかやめたほうがいい、と彼は思ったにちがいない。だが羅淑芳は、相手の思惑には、一切おかまいなしであった。

「張上尉を呼んできますわ」

彼女は廊下へ出て、張上尉を呼びに行った。が、彼の部屋からは、返事はなかったらしい。

「どこへ行ったのかしら？」

と言いながら、彼女は戻ってきた。それでも、彼女は未練がましく、所用ではいってきた余家のボーイにむかって、

「張上尉をさがして、象棋のお相手になっていただきたいと、そうお願いして下さらない？」

十分ばかりしてボーイはまたやって来たが、

「張上尉はどこにもおられません」

という返事であった。

5

高見が黄少校と対戦していたとき、羅淑芳は急に立ちあがって、

「胡先生がもうそろそろお帰りですわ。あたし、もうこれで失礼しますわ。どうぞ、ごゆるりと」

八時半をすぎていた。『天使』がいなくなれば、黄少校は象棋をつづける気持がなくなっていた。高見も強いて勝負をしたいとは思わなかった。一局すんでから、二人とも立ちあがった。

何時間もひるねをしたので、高見は今夜は目が冴えて早くねむれないだろう、と覚悟した。暗くなっているので、散歩もできない。それで、広い邸内をぶらついた。そのうちに、喉がかわいてきたので、水をのもうと思って、井戸のところへ行った。

井戸は建物の東隅にあったが、台所のランプがもれてくるので、そんなに暗くはない。そこで高見は、羅淑芳に出会った。

「象棋はおしまいなの?」と彼女はきいた。

「あなたがいなくなると、とたんに黄少校は戦意を喪失しましてね」

と、高見は笑いながら言った。

羅淑芳も、ホホと笑った。彼女は病人の洗面器の水を、すでに来たところである。

「病人の状勢はどうですか？」

とたずねて、高見は洗面器のなかをのぞきこんだ。はっきりとは見えなかったが、やっぱり赤く染まっているようだった。

「あれからね、いちどだけ喀血したのよ」

と彼女は説明した。そして、洗面器のなかのものを、溝にあけた。

そんなに真っ赤というほどではなかった。しかし、赤黒い砂のような、小さな塊が洗面器の底にしずんでいた。凝結した血かもしれない。看護婦は水を汲んで洗面器をゆすいだ。

史鉄峯のことが心配なので、高見は彼女について、二階の例の部屋へあがった。

胡医師はすでに往診から戻っており、職務に忠実な黄少校もそこにいた。

史鉄峯は目をとじていた。ねむっているのかどうか、わからない。

「おやすみですか？」と高見はたずねた。

羅淑芳は、しばらく病人の顔を見つめていたが、やがて、

「おやすみです」と断言した。

黄少校は、なんだかいらいらしていた。

「張上尉は、どこへ行ったかな？　ずいぶんさがしたのにみつからない」

そう呟いて、部屋のなかを歩きまわった。

そこへ、余家の使用人が二人がかりで、塩蔵野菜の樽をもちこんだ。そのうちの一人は例の老人で、癖とみえて、しきりに唾をはきちらす。

張上尉は、きっと宿舎を抜け出して、遊びに行ったのだろう。そう思うと、黄少校は虫のいどころがわるくなるらしい。

「唾をはくな！　べとべとするじゃないか」

と彼はどなった。

老人はここの人間なのだ。一時宿を借りているよそ者にどなられて、心外にたえぬふうだった。老人はとがらした口を、もぐもぐさせた。

「壁にまで唾をはきやがって！」

と、黄少校は叱りつけた。

「壁へは唾をはかねえだ」と老人は言った。

「うそをつくな。あそこを見ろ！」

壁石の一つに、ちょっと濡れた個所があった。老人は首を縮めた。

史鉄峯がねむっているので、高見はその部屋に用がなかった。黄少校があれだけどなっても、目がさめないところをみると、よほど眠りが深いのであろう。

高見は自分の部屋にひきあげた。ベッドにもぐりこんでも、なかなか寝つかれない。ひるねがすぎたのである。

十一時半ごろに、黄少校が戻ってきた。さっきは不機嫌だったのに、こんどはうきうきしているように見えた。

「張上尉は？」と高見はたずねた。

「さあ、どこへ行ったのかな？」

黄少校は口笛を吹きながら、上衣をぬいだ。

「なんだか、うれしそうですね」と高見は話しかけた。「筠門嶺が陥落したのですか？」

「いや、そんなことじゃありません」と黄少校は答えた。「じつは、明日、交替の連中が着くんです。病人……いや、その、あずかり物をひき渡して厄介払いですよ。さっき連絡がありましてね」


翌日の午後、連絡通り、行政院直属の高官一行五名が仙営に到着した。しかし、仙営では、午前中に大事件が起こっていたのである。

九雷渓の流れが、広くなってゆっくりカーヴするところで、張上尉の死体が杭にひっかかっていたのだ。

胡医師は死体をしらべて言った。

「脳天を鈍器で一撃――おそらく、そのあとで、河に投げこまれたのでしょう」

そうだとすると、犯人がいることになる。

「弱ったね」黄少校が呻くように言った。「ひるから、南京のお偉ら方が来るんだ。そんなときに妙なことがおこって、参ったよ、まったく。過失死の可能性は、ぜんぜんないのですか?」

胡医師は、もういちど、首をひねった。

「このあたりには、水面に露出した岩はないんですが……」

「しかし、底のほうには岩があるんだろう?」

と、黄少校はくいさがった。

「そうですな」胡医師は一としきり考えこんでいたが、やがて顔をあげて、「ひょっとすると、やっぱり、河に落ちてから、岩に頭をぶつけたのかも……」

「それでは、とりあえず、そういうことにしておいてもらおう」

と、黄少校は命令するように、言った。

妥協らしいものが成立したのである。

余家には裏門もあったが、ながいあいだ使用されていない。内がわから門がかかっていて、そのうえに埃が積ったままである。最近それが開けられた形跡はない。とすると、余家の出入口は表門だけである。

その表門には、衛兵が数名、徹宵で警備にあたっていた。しかも、八時半以後は夜間警戒といって、ときどき邸の周囲を巡視することになっていたのだ。表門の衛兵は、張上尉が八時すぎに門を出たのを見た。彼はそれっきり戻らなかった。どうやら彼は、外泊することがよくあったらしい。史鉄峯の部屋を見張る邸内の兵卒が、二時間ごとに交替で出入りしたほか、張上尉のあとで表門を出たのは一人もいなかったそうだ。入ってきたのは、胡医師だけである。彼は往診から轎《かご》で戻ってきた。

表門から出た者はいなくても、部屋の窓からは、どうだろう？　夜間巡視のすきまを縫って、こっそり出入りする可能性も考えられる。しかし、当夜の主要関係者の行動は、かなりはっきりしていた。

まず黄少校だが、九時まえに象棋が終ると、史鉄峯の様子を見に行き、そのあと、連絡係の少尉のところへ行った。南京から史鉄峯ひきとりの一行が来るという報せも、そのとき承知したのだ。それから、もういちど病人の部屋を点検して、十一時半ごろ、居室に戻っている。

胡医師は葉家の子供を診察し、八時半すぎに戻ってきた。葉家では轎を仕立てて、胡医師を余邸まで送りとどけた。轎をかついだ人足は、葉家から余家まで直通し、途中どこへも寄らなかった。医師はそのあと、十時半まで病人のそばにいた。

羅淑芳は、高見と黄少校を残して、さきに食堂を出たが、すぐその足で階上の病人の部屋へ行った。胡医師より一あしおくれただけである。洗面器をとりかえたり、あれやこれやと雑用をして、十時に自室へ戻った。そして、十一時と十二時に、再び病人の部屋へ行った。彼女は毎にち、十二時まで、一時間おきに患者の様子をみに行ったのだ。

部屋のそとの番兵も、みんなの行動を裏書きする証言をした。

余家の使用人や、廟に泊っている兵卒たちを、一人一人調べるのは大へんなことだ。しかも、表面は事故死ということになったのだから、べつに事を荒ら立てる必要もなかったのである。

このようにして、張上尉の事件は、なんとなく闇に葬られてしまった。

6

ひるまえに、高見は史鉄峯の部屋へ行った。黄少校もそこにいた。医師と看護婦は、病人のベッドの両脇に立っていた。

黄少校はむっつりしていた。まもなく史鉄峯をひき渡して身軽になれるのに、とんでもない事件がおこったのである。事故死ということにしてしまったが、彼は几帳面な武人らしく、ごま化したことにうしろめたさを感じるのであろう。

そこへ、二人の兵卒がはいってきて、黄少校に敬礼をした。

「副食物がなくなりましたので、塩蔵野菜を一樽もらってくるように、李少尉に言いつかってきました!」

「よし!」

黄少校は、うるさそうに答えた。

塩蔵野菜の樽は大きくて重い。二人で抱えなければもてない。二人の兵卒は、一ばん近くにあった樽をえらんだ。もちはこびに便利なように、樽には縄がかかっている。

「一、二、三！」かけ声をかけて、二人の兵卒は樽をもちあげた。

「早く行け！」

黄少校は二人にむかって、どなった。二人とも、あまりすぐれた兵卒ではない。体格も貧弱で、上官にどなられて急ぎ足になったが、その足がもつれるのである。

史鉄峯は目をとじていた。ベッドのうえで彼は、部下にあたりちらす上官にたいして、憤怒の火を燃やしているにちがいない。高見はそう思った。眉ひとつうごかさぬ病人が、どんなふうに心をうごかしているか、訳者である自分が最もよく理解できる、――高見はそう信じた。

むかし史鉄峯は、『起て、農民の兵隊よ』という題の新体詩をつくった。

農民の兵隊よ
きみたちを頤使する上官は何者か
きみたちの拳で、彼らを斃せないのか
ただ起ちあがりさえすればいいのだ
　起て、農民の兵隊よ

高見はかつて訳したことのあるこの詩を、心に思いうかべた。史鉄峯もいま、自作のこの詩を、その半ば潰滅した胸のなかに、掘りおこしていることだろう。高見はそう想像した。すると、史鉄峯と自分の結びつきが、一層つよいものと思えてくるのだった。

高見がこうした感慨にふけっていたとき、ふいに、階段のほうからけたたましい音がきこえてきた。なにかが階段から、ころげおちたようである。

史鉄峯が細目をひらいたのを、高見は羅淑芳の肩ごしに見た。羅淑芳は史鉄峯の顔のうえに、かがみこんで、

「樽を階段からおとしたらしいわ。たいしたことじゃありませんの」

と、小声で言った。史鉄峯はまた目をとじた。彼には高見が見えなかったようだ。

黄少校は靴音あらあらしく、部屋から出て行った。やがて廊下から、彼のわめき声がきこえた。

「二人がかりで、そんな樽もはこべないのか？　大まぬけめ！」

階下から、兵卒のおろおろ声が答える。

「途中で、樽の縄が、ほどけてしまったのであります」

「気をつけろ！」

黄少校は気が立っているのだ。午後になると、史鉄峯ひきとりの高官たちが来るので緊張しているうえ、張上尉の事件もまだ気がかりなのだろう。彼がいらいらしているのは、無理からぬことかもしれない。

なんだか、すべてが大詰めに近づいているような気がする。

部屋にひき返してきた黄少校は、こめかみにまだ青筋を立てていた。扉のところで、

彼は二、三度深呼吸をしたらしい。それから、気をとり直したように、つかつかと高見のそばへやってきた。咳払いをしてから、彼は高見に話しかけた。

「高先生、どうもいろいろお世話になりました。じつは、三、四日はかかると思ったんですが、連中は飛行機でやってきましたよ。それで、わたしの役目も、今日で終ります。もう先生をわずらわさずにすみました。南京の連中だって、医者ぐらいは連れてくるでしょうからね」

高見へ話しかけるというよりは、自分の気持をしずめるために、話をしているようだった。さきほどから、部下にあたり散らしたのを、彼はやはり羞《は》じているとみえる。バツのわるそうな表情をみせた。

吶号の時代である。誰もが鬱積したものを心に抱いているのだ。筠門嶺に今日もこだましているであろう兵士の喚声が、ここにいる人たちにまで伝わってくる。砲を放ち、銃を撃つ人たちは、なんのために戦っているかも知らず、ただ駆りたてられて、汗を流し、血を流す。彼らは一人一人が、首筋をおさえられているように感じている。どうしようもないと知りながら、叫び声をあげてみる。が、やっぱり、どうにもならない。彼らはなにかにうごかされているだけである。

ごく少数の人は、時代の意味と闘争の目的を知っている。彼らは叫ばない。彼らはいわば時代のおもしで、ものをうごかすほうの人である。史鉄峯も、そのうちの一人にちがいない。高見はかねてから、史鉄峯がわかれば、この時代を理解できると思っていた。

だが史鉄峯は、寝息をたてる気力もなさそうに、ベッドに横たわって、うごかない。時代のおもしは、情熱によって重みをつけられているはずだ。高見はその情熱を知りたかった。

　黄少校は疑いもなく、うごかされ、叫び立てるほうの人種である。しかし、同じ叫ぶにしても、戦場へ出せば、もっとさわやかな叫び声をあげるだろう。

　高見は言った。――

「黄少校、どうやら念願叶って、戦場へ行けそうですね」

　黄少校は、ぎごちなく笑った。

「一つのことにうちこめる場所へ、一刻も早く行きたいですな。もうこんな退屈な、しかも気を使う任務なんて、こりごりですよ。ま、南京の連中との応対がすんだら、すぐ、北へとんで戻りますよ」

　ここに、一つの情熱がある。だが、高見の求めているのとは、別種のものだった。

　高見は史鉄峯のことが気になった。ただそこに横たわっている存在にすぎないが、すべてが彼を中心にうごいているような感じである。事実、そうなのだ。この辺鄙な小さな町に、一連（中隊）の兵隊が駐屯しているのも、医師や看護婦が来ているのも、みんな彼一人のためである。彼の文章の翻訳家までが、かけつけてきた。――そして史鉄峯はじっとベッドに横になって、たまに血を吐くために、からだをよじるだけなのだ。

　今日のひるすぎには、彼のために南京から高官がやって来るという。――

高見はもの悲しくなって、居室へ戻った。そして机のうえに肱をついて、考えた。——あの燃えるような史鉄峯の情熱は、どこへ行ったのか？　燃えつきて、灰となってしまったのだろうか。その灰も、すこしのぬくみもない、死んだ灰なのだ。

なぜかいたたまれない気持になって、高見は立ちあがった。

史鉄峯は燃えつきた形骸にすぎないのか？　灰の底にかすかな火でも残っていないのか？——高見は、自分がここへ来たのは、それをたしかめるためだと、はじめて気づいた。できることなら、その火で、自分を照らしてみようとしたのである。

情熱の痕跡。——いまのところ、高見はそれを史鉄峯のなかに見出せなかった。

7

南京から来た五人の高官は、余邸に到着すると、奥の部屋で黄少校をまじえて、なにやら協議している様子だった。

一時間ほどして一人で出てきた黄少校は、緊張の色を顔にうかべていた。彼は部下を邸前の広場に集合させ、いつもより甲高い声で、三人の兵卒の名を呼んだ。

呼ばれた兵卒たちは、進み出て、黄少校のまえで直立不動の姿勢をとった。

「これから、おまえたち三人に用がある。ついてこい！」

黄少校はかたくなっていた。残りの兵隊を整列させたまま、あとの処置もせずに、歩き出した。呼ばれた三人は、かしこまって、彼のうしろに従った。

残った中年の李少尉が、「休め！」の号令をかけて、苦笑した。

「黄少校は、すこしのぼせたね」と彼は言った。

「いったい、どういうことなんです？」

と高見はたずねた。

「なんにも知らせてくれませんよ。でも、だいたいの見当はつきますよね」李少尉は片頰だけで笑って、言った。

「というと？」

「呼び出されたのは、連（中隊）でも折紙つきの射撃上手の兵隊ばかりですよ」

と李少尉は答えた。これでもわからないのか、といった顔つきだった。

「射撃上手ということは……」高見は呟くように言った。

「銃殺なんて、ほんとうは一人で十分なんですよ」と李少尉は言った。「どうせ至近距離から撃つんだから、はずれっこないですよね。でも、射手にしてみれば、気やすめになるんですな。殺したのは自分一人じゃないってことで」

史鉄峯が死を免れないことは、高見もはじめから知っていた。だが、いまここで、彼が銃殺されるときくと、心が動揺した。

李少尉は四十の坂を越した軍人である。一兵卒からたたきあげて下級将校となったが、これまでに幾多の戦場で、生死の境を彷徨したにちがいない。人間の生命のはかなさなどに、感傷をまじえることは、たえてなくなったのだろう。

「人間なんて、どうなるかわからないもんだ」李少尉はあっさりと言った。「昨日までピンピンしていた張上尉だって、あっけなくお陀仏して、もう女にも手が出せなくなりましたからね」

高見はいそいで邸のなかへかけこんだ。どんなにいそいでも、彼の力では、もはやどうにもならないことである。それでも、彼はぼんやり立っていることができなかった。

階段の下に二人の衛兵がいて、高見をさえぎった。ふだんは、そこに衛兵などいなかったのだ。ちょうどそこへ、南京から来た一行が、黄少校に導かれて、通りかかった

「この男は何者だ？」

黒眼鏡をかけた男が高見を見て、黄少校にたずねた。

「医者です」と黄少校は答えた。

「医者と看護婦は二階にいるときいたが？」

「医者でも、この男は助手格です」

「史鉄峯には、もう医者は要らない。……が、まあいいだろう。心臓がとまったかどうか、しらべる仕事が残っている。……」

黒眼鏡の男は、含み笑いで言葉を結び、そのまま、階段をあがりはじめた。

高見は一行のうしろについて行った。衛兵は、もうとめだてをしなかった。

その日は朝から曇りがちだった。ひるまえに、すこしうす日がさしたが、それもつかの間であった。いまは、黒い雲が空一面を覆ってしまった。

史鉄峯のとじこめられた部屋も、いつもより暗く、心なしか寒ざむとしていた。

南京から来た連中は、どうしたわけか、五人ともそろって背が高かった。なかでも、黒眼鏡の男が一ばん高い。その男が、一行の代表者のようであった。

史鉄峯のベッドのまえに、長身の五人が黙ってならんだ。五人のうち、三人が長い中国服、二人が背広を着ていたが、みんな黒がかった灰色だった。なにか異様な雰囲気が、そこに醸し出されていた。軍服姿の黄少校は、彼らのうしろで待機している。

やがて黒眼鏡の男がまえに進み出て、史鉄峯の顔をのぞきこんだ。

「史鉄峯、目をあけるんだ」

彼は低い、陰にこもった声で言った。

高見は息をつめて、斜め横から、史鉄峯の様子に目をこらした。……史鉄峯は目をひらかなかった。

「わしだ。わしの声がわかるか?」

黒眼鏡の男が、再び同じ口調で言った。史鉄峯は依然目をとじたままだったが、顎をかすかにひいたように見えた。うなずいたのである。

「広州で一しょに仕事をしたことがあったな」男は眼鏡をはずして、言った。「あれは国共合作時代だ。きみのような男と、もういちど協力して働きたかったが……」

高見は懸命に、その男の目をうかがった。しかし、そこには、憐愍も憎悪の色も、うかんではいなかった。

「いまとなっては、仕方がない」と男はつづけた。「手おくれになった。きみの処置については、すでに南京で決定ずみだ。……立ってもらおう」

その男も、叫ばない人種に属しているのではなかろうか？　同種の人間同士として、史鉄峯とのあいだに、言葉以外のやりとりができるのかもしれない。

この黒眼鏡の男がベッドに横たわって、史鉄峯がそのそばで、「立ってもらおう」と言うこともありえたのだ。そうした場面が、なんの抵抗もなしに、高見の胸に想像できた。

その想像のおそろしさに、高見は身ぶるいがした。部屋はしいんとしていた。史鉄峯に話しかける男の声も、部屋の空気をすこしもみださない。

史鉄峯は、はじめて口をひらいた。

「立てない。このままで撃ってくれ」

低い声だが、はっきりとききとれた。そして、その声は、鋭く高見の胸を刺した。

高見は数多くの史鉄峯の文章を読んだ。生気躍動する激越な文字が多かった。そこには、ほとばしる人間の情熱が、濃縮されていた。そのエネルギーは、文字のなかにとじこめられるのを拒んで、いまにも行間に溢れ出そうであった。彼の文章の断片は、折にふれて高見の脳裡にうかんだ。それは、もぎとられるようにとび去るが、つぎつぎと、はげしい言葉の波がおしよせる。そんなふうに、史鉄峯の文章は高見を圧倒してきた。

だが、史鉄峯のどんな文章も、いま彼の口からもれたこの言葉よりつよい力をもたない。

黒眼鏡をかけなおした長身の男は、ふりかえった。彼は高見たちにむかって言った。

「横になった人間を撃つのは、どうも都合がわるい。左右から支えて、そとへつれ出してもらおう。これは、医者の役目だろうと思うが……」

高見はふらふらと進み出た。胡医師もおなじように、よろけながら、まえへ出た。

「高先生はいいの。あたしにまかせて……」

羅淑芳の声に、高見はふりむいた。彼女は彼のそばをすり抜けて、ベッドに近づいた。医者と看護婦が、史鉄峯をまずベッドに坐らせた。医者が脚のほうをうごかし、看護婦が注意ぶかく、病人の上半身をおこしたのである。

史鉄峯の目が大きく見ひらいているのを、高見はこのときはじめて見た。だが、その目から、彼はなにも読みとることはできなかった。とにかく、その目はすぐそばにいる羅淑芳にそそがれていたのである。

囁くような声で、史鉄峯は言った。――

「だめだ、とても立てない。昨日までは、なんとか立てたが……」

羅淑芳はやさしくうなずいて、史鉄峯の手を握った。彼女の目がうるんでいるように、高見には見えた。

「こうしているところを、撃ってくれ。……寝ているよりはいいだろう」

史鉄峯は黒眼鏡の男にむかって、そう言った。やっとのことで、喉から送り出した声である。

しかし、黒眼鏡は首を横に振った。

「邸のなかじゃまずい。ここの主人にもわるいしな。どうしても戸外に出なきゃいけない。さ、ゆっくり連れ出してもらおう。鉄砲をかまえた兵隊さんが三人、お待ちかねだ」

史鉄峯はほほえんだ。ほとんど肉のない顔が、すこし歪んだにすぎないが、すくなくとも、高見は彼がほほえんだと思った。それから、骨と皮ばかりの右手を顎のところにあげて、ゆっくりと自分の顔をなであげた。骨と骨とが、たがいに確かめ合ったのであろうか。

医者と看護婦は、病人の両脇をかかえて、そっとおこした。史鉄峯は二人に支えられて、はだしのまま、床《ゆか》のうえを、一歩二歩とあるいた。そして、三歩目のところで、彼はガックリと首を垂れた。

「あっ……」

と言って、医者は片手で史鉄峯の首をもちあげようとした。しかし、うまくいかなかった。

胡医師は、狼狽して言った。

「急に、様子がおかしくなりました」

黒眼鏡にむかって、早口でそう言うと、彼は看護婦に目くばせして、史鉄峯をベッドにかかえ戻した。

医者は史鉄峯の手をとって、脈をしらべた。それから、瞳孔をあらためた。

長身の五人は、史鉄峯の枕のそばに集まった。黄少校は彼らのうしろから、背のびをして、のぞいた。

「死んでおります」

と、医者は宣告した。必要以上に、断乎《だんこ》とした声であった。

8

史鉄峯は死んでしまった。

医者や看護婦は、もう用がなくなったのだ。

三人――高見と胡医師と羅淑芳――は、トラックにのせられて寧安方面へ送りかえされることになった。

トラックのうえで、三人はほとんど口をきかなかった。

九雷渓は、ときどき山かげからあらわれる。激流の岩をかむ音が轟くときもあれば、音もなく水が流れているときもあった。そして、いつのまにか、姿を消してしまう。

トラックに揺られて、高見はいろんなことを考えた。彼は往途、九雷渓から史鉄峯を連想したが、帰途、同じ流れによって、同じ人物を追悼することになった。

流れは、高いどよめきよりも、低いざわめきのほうが、力づよく人をゆすぶることがあるものだ。――そんなことを、高見はぼんやりと考えた。それから、仙営でおこった事件のことも、考えてみた。

途中、建明鎮という小さな町で、トラックは給油のために停車した。

建明鎮から道路は二つにわかれる。そのまま北へ行けば寧安へ出るが、もう一本の道は西南へ折れている。

北上してもしようがない。高見はもう福建・江西の戦場に戻る気はしなかった。戻ったところで、なんの収穫もないだろう。情報係の将校が、にこにこ顔で、「筠門嶺は陥ちた」と発表するかもしれない。――それが、どうしたというのだ。

「私はお別れします。南へ出て、厦門から上海か香港へ行くつもりです」

と、高見は同行の二人に言った。

西南行きのトラックは、しばらく待てばつかまるという話だった。

やがてトラックは給油をすませたが、出発間際に、羅淑芳は車に乗ろうとしなかった。

「あたしも厦門のほうへ行きますわ」と彼女は言った。「胡先生、短いあいだでしたけど、いろいろお世話になりました。あたしもう田舎の教会で、これ以上辛抱できませんわ。どうか、もっといい看護婦さんをみつけて下さいね」

胡医師は、しばらく、じっと羅淑芳の顔をみつめていたが、思い切ったように、口をひらいた。

「羅さん、ひとつだけおたずねしたいことがあるんですが」

「どんなことですの？」

「薬箱から、劇薬の小瓶が一つ紛失しているんですが……」

「ああ、あれですか。どうもすみません。あたしがもっていましたのよ」

羅淑芳は笑って、言った。なにか淋しげな笑いであった。彼女は小さなトランクをあけて、なかから薬瓶をとり出し、それを胡医師に手渡した。その小瓶には、赤いレッテルが貼ってあり、なかみは白い粉状の薬のようであった。

「すこし減ってるかもしれませんわ」と彼女は言った。

「そうですか」胡医師は、深刻そうな顔つきで、うなずいた。

「それから、オブラートを二枚ほどいただきましたけど、それはいいでしょうね？」

胡医師はそれには答えず、べつのことを言った。——

「どうも、あの病人の最後のしぐさが、気になってならないのです。私たちが彼を支えて立たせるとき、彼は手で顔をなでましたね。その手の指のあいだに、なにかはさまっていたのじゃないか、という気がするんですがね……」

「そうかしら」と羅淑芳は言った。

医者は、それ以上なにも言わなかった。例の薬瓶を注意ぶかく、薬箱のなかにおさめると、背筋をのばして、看護婦にむかって手をさし出した。

「さよなら」

胡医師一人だけをのせたトラックは、砂けむりをあげて、北の方へ走り去った。

「荷物を預けて、散歩でもしませんか？」

高見は羅淑芳を誘った。

「そうね、お供しますわ」と彼女は答えた。「九雷渓の川ばたを歩いてみましょうよ。暑くなりましたけど、川のそばなら涼しそうですわ」

建明鎮の付近では、九雷渓は川はばがややせばまっている。急流というほどではないが、ざわめきの音がきこえる。石造の橋がかかっていて、その手前に数個の岩が水面から頭を出していた。その岩にぶつかった流れがたえずザブザブと音をたてるのだ。岩の近辺で水は泡立っているが、ほかのところは、川底が透けて見えるほど澄んでいた。

橋の欄干にもたれて、高見は言った。

「史鉄峯のはげしい人生も、あれで終りだったのですね。なんだか、あっけないようじゃありませんか？」

「そうでしょうか……」羅淑芳はぼんやりと、岩のあたりに目をやりながら、言った。「あのひとは、毅然とした死に方がしたかったのですよ。そのことばっかり考えていましたわ。銃殺されるとき、しっかりと両足で大地を踏まえて、堂々と死にたかったのです。死ぬまえ、ずっとベッドでおとなしくしておりました。それというのも、なんとかして、死に際のために、体力をたくわえておこうとしたからです」

「というと、あのころは、起きあがろうと思えば、出来たわけですね？」

「そうですわ」風にほつれる髪を、手でおさえながら、彼女は答えた。「でも、とうとう、最後には足が立たなかったのです。可哀そうで、あたし、見ておられませんでしたわ。あのひと、あんなに執念を燃やしていたのに、やっぱり望んでいたような死に方はできなかったのです……」

「それで、いっそのこと、薬をお渡しになったのですね？」

と高見は言った。

羅淑芳は、それには答えず、ちょっと肩をあげただけである。旗袍の高い襟が、彼女の顎をしめつけた。

高見も、流れに逆らっている岩に目をむけ、そのざわめきに耳を傾けた。しばらくして、彼は深呼吸をしてから、言った。

「史鉄峯は立派な死に方をするために、体力を養っていたそうですね。……それで、だいぶ体力がついたのではありませんか？　すくなくとも、まえの日にあんなことがなければ……おそらく、彼は念願通りに、大地をしっかと踏まえて、ひろげた胸に銃弾をうけたでしょう。ねえ、あなたはそうお思いじゃありませんか？」

羅淑芳は、ふりかえった。

「まえの日にあんなことって？」おうむ返しに繰り返して、彼女は高見の顔をまじまじとみつめた。「では……あなたはご存じでしたの？」

「ええ」と高見は答えた。「ここへ来るトラックのうえで、考えついたのです。なにしろ単調な旅行ですから、ものでも考えていないと……。まず最初に、二人の兵卒が樽をはこんで、階段からおっことした事件を考えました。縄がゆるんで、すっぽ抜けたのでしたね。ところが、あの老巧な爺さんがかけた縄は、ちょっとやそっとでは、ゆるみはしないはずでしたよ」

「思わぬところで、手がかりをつかまれたわけですね」と羅淑芳は言った。彼女は高見の顔から目をはなさず、「それから？」とさきを促した。

「あの縄は、いちどはずして、あとで素人がしばり直したのだと思いました。はずしたというのは、当然、なにかに使うためだったのでしょう。そこで、なにに使ったかを考えてみたわけです」

「で、おわかりになりまして？」

「さんざん頭をひねりましたが、やっと、どうやらわかったような気がしたのです」

「どんなことがおわかりでしたの？　おっしゃって下さいな」

高見を見つめる羅淑芳の目は、だんだんまぶしそうに細まった。

「壁にはめこまれた石は、ぐらぐらでしたね。物置部屋ですから、漆喰も丁寧に塗ってありませんし、湿気にやられているのか、かなりいたんでいましたよ。壁の石を一つ抜きとるぐらいは、簡単だったでしょう。で、その石を縄でしばり、鉄格子のあいだからおとし、それからまたひきあげることができます。石はもとのところにおしこめて、縄も樽にしばりつけます。――すると、もうもとどおりなんですね」

「でもね、もとどおりというわけにはいかなかったのです。痕跡が残りましたのよ」

と羅淑芳は言った。

「そうかもしれませんね」と高見は言った。「あの窓の下には、張上尉がいたのでしょう？　石は彼の脳天を割りました。彼はせまい堤防のうえで態勢が崩れ、九雷渓に落ちこみます。河は、あのあたりでは音を立てているのです。張上尉が墜落した音は、きこえなかったでしょうね。でも、ひきあげた石には、ちょっぴり血痕でもついていたのじゃありませんか？」

「よくご存じですね」

「血痕は、あの洗面器の水で洗いおとしたのでしょう。血ばかりじゃなく、石についていた漆喰や泥屑まで洗っちまったのです。あなたがあれを、井戸端へ流しすてるとき、わたしはその場にいました。洗面器の底にしずんでいたものを、そのときは喀血の塊かと思ったのですが、そうじゃなかったのですね」

「とても鋭い観察眼ですわ。もうなにもかもご存じなんですね。でも、はやく気がつかずに、トラックのうえで、やっと思いあたったのは、ほんとうに幸いでしたわ」

「はやく気がついていても、わたしはしゃべりはしなかったでしょう」

「ありがとう」と言って、羅淑芳ははじめて高見の顔から、視線をはずした。「張上尉という男は、史鉄峯を裏切って、敵に売った男なんです。……あなたは史鉄峯の文章を日本文に翻訳された方だそうですね。きっと、あのひとのことを、よくご存じでしょう？　あのひとは、人間を奴隷にするのは、諦観の精神だという意見でした。最後まであきらめない、やりたいことは、どんなことがあっても、最後までやり抜こうと、執念を燃やせ、その意気があってこそ、はじめて人間は解放される。——そんなことを彼はどこかに書いていましたわ」

「ええ、『飛曲』という雑感集のなかにありました。意欲を喪失した人間は精神的な囚人である、とも書いております。私はその文章を日本語に訳しました。もっとも、まだ発表はしておりませんが」

「そう、意欲ですわ」と羅淑芳は言った。

「史鉄峯は、肉体的には囚人となっていましたが、死ぬまで意欲を失いませんでした。自分を売ったやつに、なんとかして復讐してやろうとしたのです」

「わかります。史鉄峯が身を以て示した人間の積極的な生き方は、訳者として、わたしにはわかる気がします。ただわからないのは……問題が小さくなりますが、どうして、あの石が、張上尉の脳天に命中したかということです。第一、張上尉があそこにいると、どうしてわかったのか、ふしぎでなりません」

「張上尉は、ある女のひとに誘われたのですわ。その時刻に、あそこの枯れた杉の木の下で待ってるようにと……」

羅淑芳はそう言って、かすかにほほえんだ。

「それでも……」高見はまだ首をかしげていた。「よくも脳天に、狙いたがわず落下したものですね。鉄格子のすきまからじゃ、首を出してのぞくわけにもいかないのに」

「あたしは、あのひとのかわりに、張上尉を殺そうと思えば、殺せましたわ」羅淑芳は空を見上げて、言った。「でも、あのひとは、どうしても自分の力でやると言い張ります。その気持は、あたしもわからないではありません。……で、あたし、長い柄のついた手鏡を、部屋に残しておきましたの。それを、あの鉄格子のすきまからつき出し、庇にあてて下にむけると、下にいる人の頭がどこにあるかぐらいは、なんとか見えますのよ。あたしたち試してみたことがありましたけど」

仙営に到着した日、九雷渓越しに、余家の裏二階の窓がピカと光ったのを、高見は思い出した。あれは、二人が実験していたのであろうか。

川面から吹いてくる風は、トラックで揺られてきた旅人には、このうえもなくさわやかであった。

羅淑芳は、旗袍の襟のホックをはずした。風をいれようとしたのだろう。襟がすこしひらくと、それまでかくれていた喉のあたりが見えた。そこに、かなり大きな黒子が一つあった。

「史鉄峯の詩のなかで、わたしが一ばん好きなのを思い出します」高見は、彼女の喉もとをみつめながら、言った。「たわむれに愛人に与えた詩です。そのなかに『氷肌、幸ニ得タリ毫端ノ点』という句がありました」

羅淑芳は襟をおさえて、くるりとうしろむきになった。

一としきり、風が吹いてきた。

やがて、羅淑芳の肩が、風に揺られでもするように、小刻みにふるえはじめた。

梨の花

1

「まぶしくない？」

婚約者の坂谷芙美子が、病室のグリーンのカーテンを、注意ぶかく半分ほどひらいて、たずねた。

浅野富太郎はベッドのうえで、上半身をおこして、坐《すわ》っていた。今日はじめて、からだをおこすことを許されたのだ。彼は傷口を刺激しないように、ゆっくりと首を振った。

「そんなにまぶしくはないですね」

三階にあるこの病室の窓からは、秋晴れの、輪郭のはっきりした景色が見はるかせた。すぐ下は、農学部の実験農園である。大事な実験でもはじめたのか、最近、農園のまわりに、竹で高い柵がめぐらされた。浅野が入院したころは、まだ三分の一ほどしか、柵はできていなかった。文学部の建物の裏に、長い竹竿が山と積まれてあったのだ。いまは、柵もすっかり完成している。

農園のむこうが文学部で、その右端に、文化史研究所の小さな建物が、半分のぞいている。大学食堂は、かくれて見えない。

十日のうちに、めっきり秋らしくなった。十日まえは、まだ夏の名残りをとどめていたのだ。研究所のなかで、彼は備えつけのキャンバス・ベッドに寝て、毛布を腹のうえにのせていただけだった。岩乗な鉄格子がはまっているので、窓はあけたままにした。そこから、ときどき、すずしい風がはいってきたのである。

「あのときは、もっとまぶしかったの？」

と芙美子はたずねた。

浅野は微笑しただけで、返事はしなかった。

「ごめんね」と芙美子はあやまった。「まだ、あんまりしゃべってはいけなかったのね」

意識が回復したあと、あのときの模様を、なんべんも警察からたずねられた。立会いの医師が、執拗《しつよう》な警察の訊問をある程度チェックしたけれど、浅野はかなり疲れたものだ。

答えることは、そんなに多くはなかった。被害者の浅野自身、なにがなんだか、わけがわからないのだから。

被害者が命をとりとめた場合、たいてい犯人がわかるものである。だから、警察では、重傷の浅野が意識を回復すれば、事件は解決される、と考えたらしい。

彼らはまちかまえていた。

意識をとり戻したとき、浅野の目に最初に映ったのは、ベッドをとり囲んでいる、制服や私服の刑事の列であった。ぼんやりした意識のなかで、彼がもとめたのは、いうまでもなく、芙美子のすがただった。しかしそのとき、彼女は刑事たちのうしろにかくれて、見えなかったのだ。

——なん時ごろでしたか？

それさえわからない。

N大学の文化史研究所につとめている浅野は、最近、論文をまとめるために、月のうち半ばは研究所にとまりこんでいた。その日も、研究所の一室で、彼はおそくまで資料をしらべていた。午前二時ごろ、折りたたみのキャンバス・ベッドを部屋の中央にひきずり出して、横になった。

すぐに眠ったようだ。月のない夜であった。電燈を消したあと、部屋は真っ暗になった。眠りにおちてからどれほどたったか、わからない。

ふいに、なにかに射られたような痛みを目におぼえて、彼は思わずはねおきた。が、目をあけると同時に、その目がくらんでしまった。あまりにもまぶしすぎたのだ。部屋じゅうが、青白い光で焼かれているような気がした。

——その光には、熱がともなっていましたか？

刑事の質問に、浅野は首をかしげた。

熱いという感じはなかったようだ。浅野はそれを、「フラッシュをたいた光に似ていた」と説明した。フラッシュなら、たいてい何分の一秒かの短い時間だけの閃きである。だが、あの夜の閃光は、かなりながくつづいたような気がする。目がくらんだあとも、とじた目ぶたのうえから、光の攻撃はしばらくやまなかったようだ。

光の目つぶしをくって、彼は茫然とした。と、左肩の下に、激痛を感じた。そのとき、短刀様のもので、彼は肩の下をえぐられたのである。浅野は傷口をおさえて、床《ゆか》にころげ落ちた。生まあたたかい血が、傷口から噴き出し、おさえた手の指のあいだから、こぼれ出した。

「そのときは、すでに光が消えて、部屋はまっ暗でした。……くらんだ目には、まだ、あのブツブツの星が映っていましたが」

浅野はそう述べた。

——そのときは、まだはっきりした意識がおありだったのですね？

と、一人の刑事がたずねた。

「ええ、意識はありました」と浅野は答えた。「それで、警察に知らすべきだと、とっさに思ったのです。それから、早く傷の手当をしなければ、とも考えました。血の噴き出す勢いが、たいへんなものだと、自分でもわかっていたのです」

文化史研究所は、まんなかに廊下があって、その東側はぜんぶ書庫になっていた。西半分は四室にわかれている。

北むきの戸に一ばん近い部屋が、図書閲覧室になっていた。つぎの二室が研究室で、最後の部屋が予備室である。浅野はその予備の部屋で寝泊りしていたのだ。

彼は肩をおさえて、ふらふらと廊下へ出た。まずスイッチをひねって、廊下の電燈をつけた。まだ気力があったのだ。彼は壁に背をあずけた恰好《かっこう》で、閲覧室のほうへにじりよった。背中を使って、壁を匍《は》って行ったようなものである。

閲覧室のドアの横手に、赤く塗った非常ベルがあった。二た月ほどまえ、学内でボヤがあったので、それ以来、各建物に非常ベルがとりつけられた。それは、文学部の宿直室に通じているはずなのだ。

それを押したあと、浅野は急に気力が衰えて行くのを、感じた。潮が退くように、からだの芯から、なにかがサーッと退いて行く。――おれは、これから気を失うのだな、と彼は思った。非常ベルを押した以上、誰かが宿直室からかけつけてくる。おれは病院へはこびこまれる。――とにかく、命だけは助かるだろう。……

だがこのとき、彼は研究所の戸が、内がわから閂《かんぬき》をかけられていることを、思い出した。

救助の人が来たところで、これでは戸外《そと》から戸をひらくことができない。堅牢な戸であるから、そうたやすく壊れないだろう。……閂をはずしておく必要がある。

最後の力をふりしぼって、彼は戸のそばまで、匍って行った。もう立っている気力もなかったのだ。

閂にとりすがって、彼は息をついた。苦しいという状態は、すでに通り越している。

宿直室で非常ベルをきいた人たちが、そのとき、ちょうど戸の外がわまでかけつけたところであった。戸がひらかないので、彼らは拳でたたいた。

『死力』とでもいうのだろう。浅野は残った力に、精神力としか言いようのない力を加えて、やっとの思いで閂をはずした。

「浅野さん、どうかなすったのですか?」

戸のあく気配がしたあと、浅野はそう呼びかけられ、そして、からだを抱きおこされたところまで、おぼえている。

あとはどうなったか、わからない。

——犯人の顔も見なかったのですか?

なんべんおなじことを訊くのだろう。浅野はなにも見なかった。閃光の目つぶしに、彼は目がくらんでいたのだ。顔どころか、犯人の気配さえ、彼は感じなかった。

警察側の失望は大きかった。被害者さえ生きておれば、なにかがわかると期待していたからだ。

——こいつは、困ったことになった。

——密室事件ということになるね。

刑事たちが、そう囁《ささや》き合っているのを、浅野は耳にした。

こぢんまりした文化史研究所は、出入口といえば、表の戸一つだけであった。その戸に、内がわから閂がかかっていたのである。所内には、貴重な文献や資料が保管されているので、あらゆる窓に鉄格子がはめられていた。

人間の出入りできるスキマはないはずだった。とすれば、これはたしかに密室での事件ということになるのだ。

――閂をはずしたとおっしゃるが、そのとき、あなたは意識がすでに朦朧としておられたのじゃありませんか？　閂をはずしたつもりでも、じつは、はじめから、はずれていたのでは……？

「ぼくが閂をはずしたことは、絶対にたしかですよ。それだけは、はっきり申しあげられます」

浅野はそう断言した。

意識を失う寸前のことだが、あれだけはちゃんとおぼえている。忘れようとしても、忘れられるものではない。閂をはずさなければ、自分の命にかかわる、と彼は思ったのだ。

閂にふれた手ざわり。やっとのことで、それをはずしたときにおぼえた安堵感。――まざまざと、いまも記憶に残っている。決して夢や幻想ではない。

ベルの音をきいて研究所へかけつけてきたのは、宿直室にいた二人の職員だった。彼らも、研究所の戸が外からはあかなかった、とはっきり証言した。彼らは、内がわで閂をはずす音をきいていた。そのあとで、戸がひらき、そこに浅野がたおれているのを発見したのである。

二人のうち、沼田という守衛は探偵小説のファンであった。犯人が戸の裏がわにかくれて、人がなだれこんだときに脱出するという密室トリックの一つの型を、彼は知っていた。だから沼田は、慎重に、戸の辺をあらためたという。

犯人はそのあたりにはいなかった。――

沼田が一一〇番に電話をかけた。警察が来るまで、二人は戸口のところでがんばっていた。パトロール・カーが到着してからは、研究所全部が隈なく捜査されたのだ。書架のあいだ、資料棚の奥、ロッカーのなか、机の下、あらゆるところが調べられたが、犯人は発見されなかった。

繰り返したずねられ、自分でも懸命に思い出そうとつとめた。もうこれ以上の説明は、つけ加えることができない。

芙美子にまぶしさのことをきかれても、あの一瞬の記憶よりも、あとでいろいろ苦心して、答えた言葉のほうが、先に頭に、うかんでくる。

ながくつづいたフラッシュ……

実際には、これだけでは説明不足だった。

「ほんとに、わけのわからない事件ね」

と、芙美子は首を振りながら言った。

あのとき、かけつけた二人の職員と、すこしおくれてやってきた警察の連中は、硝煙

のにおいを嗅いでいる。だから、あの閃光のことは信じてもらえた。もしそうでなかったら、

「夢じゃなかったのか？」

と疑われたかもしれない。

あの部屋で、花火のようなものを仕掛けたことはたしかである。その目的も、おぼろげながら、推察できた。

部屋の広さは、十畳ほどあった。真っ暗闇だから、浅野がどこにねているかわからない。

ベッドは固定したものではなく、どこへでも手軽にひっぱって行けるキャンバス・ベッドである。犠牲者の居所をたしかめるために、花火ようの照明を使ったのであろう。

「犯人はなぜスイッチをひねって、電燈をつけなかったのかしら？」

芙美子にそうきかれたことがある。

だがこの点については、警察側でもその理由を推定していた。――万一、仕損じた場合でも、犯人が顔を見られまいとして、目つぶしの目的で、花火らしいものを使ったのであろう、と。

すると、犯人の計画は成功したわけである。げんに浅野は、犯人の顔を見なかったのだから。

「肩のところを、グサリと刺したんですから、犯人はよほどあなたのそば近くに、肉迫

してたわけでしょ？」

と芙美子がたずねた。

これは無理からぬ疑問である。犯人の息づかいぐらいは、きこえて然るべきだ。それなのに、浅野はなにも気づかなかった。花火の目つぶしは、浅野の目だけではなく、すべての感官をつぶしたのだろう。

「でも、よかったわ……」

このごろ口ぐせのようになった感慨を、芙美子はもういちどもらした。

ほとんど一日じゅう、ベッドのそばに芙美子がつきっきりでいてくれる。浅野もつくづく、生きていてよかった、と思う。

「そうだよ、ほんとに。死なないでよかったよ」

と浅野も言った。

「それにしても、あぶないところだったわ」と芙美子は言った。「花火が早く消えてよかったのよ。犯人はあなたがどこにいるか、見えなくなっちゃったものだから、でたらめに短刀をふりまわしたのよ。ベッドの横の安楽椅子の背に、ナイフをつき刺した跡が、いっぱいあったじゃない？」

アーム・チェアの背は、クリーム色の布で張ってあって、ふんわりしていた。そこへ、ナイフをつき刺した跡が、七個所ばかり認められたのだ。

浅野の肩の下を突いたのは、どうやら、第一撃のようであった。なぜなら、安楽椅子のナイフの傷は、そのまわりに血がにじんでいたのだ。すでに血ぬられたナイフをふりまわしたことが、それによって証明された。つまり、とどめを刺そうと思ったが、そのときは花火が消えて、部屋が真っ暗になったのにちがいない。で、犯人は浅野の居所を見失ったと想像される。だから、犯人は手あたり次第に、ナイフで突きを入れたらしい。兇器はナイフ、それも鋭利な両刃のものと推定された。兇器は発見されなかった。犯人が持ち去ったのだろう。しかし、その犯人がどうして脱走しえたか、どう考えても説明がつかないのである。

安楽椅子の背の傷を、浅野はまだ見ていない。芙美子はそれを見ているのだ。その模様を語るときの、彼女のおびえた顔つきで、浅野はあらまし想像できた。――気ちがいのように短刀をふりまわした殺人鬼の姿を。

あのとき廊下へ出て電燈をつけたが、あとで考えてみると、じつに危険なことだった。犯人がまだそのあたりにいたかもしれないのだ。

警察の解釈はこうである。――

犯人はあの襲撃のあと、ただちに遁走した。椅子の背をついたのは、かなりあわてていたからであり、おそらく半分逃げ腰になって、でたらめにやったのだろう。だから、廊下の電燈がついたとき、犯人はすでにいず、浅野はつぎの攻撃を幸いにも免れえた……。

「危機一髪でしたわね」

芙美子は思い出すと、からだをふるわせて、言った。

浅野はひとに言われても、自分で思い出しても、そのたびに、危機をのがれた幸運を、しみじみよかったと思う。

だがこのごろでは、命をとりとめたという興奮も、いささか薄れはじめた。そのかわり、あの夜の事件の不可解さが、心のなかで色濃くなってきている。はじめは、ただ不思議と思うだけで、じっくり考えてみるどころではなかった。傷の痛みに耐えるだけで、精一杯だったのだ。

「もう峠を越しましたよ」

今朝、主治医はにっこり笑って、そう言った。

からっぽになった心の芯に、なにかが戻りつつあるのが、自分でも頼もしく感じられた。ものを考えてみようという気力も、やっと湧いてきたのである。

「犯人はどうして入ってきたのか？　昼間から書庫の隅にひそんでいたのかもしれない。けど、どうしてあそこから逃げることができたのだろう？」

自分に言いきかせるように、彼は呟《つぶや》く。

低い声だが、芙美子はそれを聞きのがさなかった。彼女は浅野の手をとって、

「むろん、それは大きな謎よ。でも、もっと大きな謎があるわ。あたしは、こちらのほうが知りたいの。……つまり、どうして、あなたが狙われたかってことよ。殺そうと思うからには、なにか動機があるでしょ？　あなたが誰に、どんなことで恨まれていたか、

それのほうが、あたしにとっては、大切な問題だわ」

犯人の脱走方法よりも、このほうがたしかに大きな謎である。浅野には、これといった心当りはなかったのだ。

芙美子は、ほっそりした白い指で、浅野の腕を撫《な》でながら、つづけた。——

「川越さんのこと、あたし調べてみたわ。でも、あの晩、川越さんたちは会館で麻雀をしてたのよ。それも、徹夜の麻雀……しかも四人だけで……。一人がぬけ出すなんて、できなかったわ」

「川越君が、まさか……」

浅野はそう言ったが、じつはさきほどから、川越のことばかりを考えていたのだ。

2

川越義一は、大学院で幣制史を研究している男である。浅野と同じく、坂谷博士の門下生なのだ。恩師の娘である芙美子に、川越もまえから惹かれていたようだ。坂谷博士の目には、浅野も川越も、同じように映ったらしい。選択は娘にまかせたが、彼女は浅野をえらんだ。川越はすこし油断のならぬところがある、と芙美子は直感したそうだ。

浅野が芙美子と正式に婚約したのは、事件の五日まえである。そのあと、浅野は、いちど川越と顔を合わせた。

「やあ、おめでとう」

と川越は言ってくれたが、その言葉にはどことなくトゲがあるように思えた。

「ありがとう……」

浅野はそう答えて別れたが、なんとなくいやな気がした。生理的な嫌悪感であろうか。浅野は気分屋であった。いやな思いをすると、それを吹き消してからでなければ、落ち着いて仕事もできない性分なのだ。

川越と会ったのは、大学の構内であった。ふつうなら、浅野は徳利の一本もあけると、いやなことを、たわいもなく、忘れることができた。しかし、学内では、酒をのむ場所もない。研究所へ行くところであったが、浅野はまわれ右をした。大学構内で、気分転換に最も適した場所は、食堂である。午後三時近くだったので、食堂はがら空きのはずだった。彼はそこで酒をのもうとしたのではない。食堂の主人である中田祐作という男に会いたかったのだ。

中田祐作は、かわったおやじであった。食堂の主人であるが、一種の学問マニアで、歴史の研究をしていた。系統だった研究方法の訓練は受けていないので、ただもう、やたらに資料を蒐集するだけである。大学の食堂をひきうけたのも、どうやら、大学図書館を利用しやすかったからにちがいない。彼はヒマがあると、図書館に通って、資料を写していた。食堂の裏二階にある彼の部屋には、百冊以上の大学ノートが、本棚にぎっしりつまっている。丹念にコピーした資料なのだ。彼が偏執狂じみた熱意で取り組んでいるのは『倭寇の歴史』であった。

十四世紀から十六世紀にかけて、中国の沿海地方を荒らしまわった日本の海賊は、『八幡大菩薩』の旗をかかげたので、『八幡船』として知られている。中国側では『倭寇』と呼んだ。実際には、日本の海賊だけではなく、現地の不逞の徒が、日本海賊を装う場合もあったらしい。

大学食堂のおやじ中田祐作は、この倭寇にかんする資料なら、なんでも集めていた。集めているばかりでなく、それをよくおぼえているのだから、大したものである。ずいぶんながいあいだやってきたらしいが、彼によって発見されたという、新しい資料はなかった。また、集めた資料によって、彼がなにか新しい解釈を施したということもきかない。ただひたすら、蒐集に没頭したのだ。

だから浅野は、中田がいかに倭寇の歴史に詳しくても、たんなるアマチュアとしか思わず、決して研究者とは認めなかった。それでも、一途に一つのことにうちこんでいる態度には、好感がもてた。欲も得もないマニアと話をするのは、一種の爽快感があって、浅野はよくこのおやじのところへ、駄弁りに行ったのである。

川越の陰にこもった感じの挨拶に、浅野は不快感を催した。その彼が、大学食堂へ足をむけたのは、気分転換としては、最も穏当なコースをとったわけである。

食堂にはいると、はたして一人も客はいなかった。調理場で下働きの女たちが、大声でおしゃべりをしているのがきこえた。ふと見ると、隅のテーブルに、中田の娘の初子が坐って、算盤《そろばん》をはじいていた。売上げの計算でもしていたのだろう。

「初子ちゃん」と浅野は呼んだ。

初子は快活な娘であった。一昨年高校を出てから、ずっと食堂で手伝っている。中田祐作は空襲で妻をなくし、一人娘の初子を、男手一つで育ててきたそうだ。気むずかしい親父に似ず、娘はのびのびと育っている。

「あら、浅野さん、いついらしたの? ちっとも気がつかなかったわ」

初子はふりむいて、言った。

初子を見ると、浅野はいつも陽気になって、冗談の一つも言いたくなるのだった。

「もしこれが強盗だったら、どうするんだい? きみはうしろから、棍棒でぶん殴られて、そこにたおれてしまう。泥ちゃんは、テーブルのうえのお金をかきあつめて、遁走する。ほんとに油断しちゃいけないよ」

「テーブルのうえには、七百八十五円しかないわ。そんなことして、泥ちゃん、引き合うかしら?」

と、初子はいつもの調子で、応じた。

「七百八十五円ということは、泥ちゃんはご存知ないんだよ。七十八万円ぐらいはあるだろうと思って、コツンとやっちゃうんだよ」

「あとでがっかりね、その泥ちゃん」

「気がついてみれば、おたずね者……」

「人殺しは死刑か無期よ。たった七百円ばかりのお金でねえ……」

「初子ちゃん、まるでひとごとみたいに言うね。殺されるのはきみだぜ」

「あら、いやだ」

初子は屈託なさそうに、笑った。

「ところで、おやじさんは裏の二階にいるかい？」と浅野はたずねた。

初子はにやりと笑って、

「話をそらしちゃいけないわ、浅野さん。これからが、本番なのに」

「本番とは？」

「白ばくれないでちょうだい。浅野さん、坂谷先生のお嬢さんと婚約したんでしょ？」

「いやあ……」

浅野は型通りに、頭をかいた。

婚約して以来、同僚や友人になんども、こんなふうにひやかされた。そんなときは、頭をかいて、むにゃむにゃと、口のなかであいまいなことを呟くに限るのだ。

「うれしいでしょ？」

初子はいたずらっぽく、たずねた。

「ああ、うれしいね」と浅野は答えた。

「まあ、ぬけぬけと……」

「じゃ、どんなに言えばいいんだい？」

「とにかく、ご馳走《ちそう》さま」

「さあ、もうご馳走してやったから、いいだろう。これぐらいで勘弁してほしいね。それはそうと、おやじさんは？」

「お父さんは二階よ」

「じゃ、行って、すこし駄弁ってくるかな。初子ちゃんとちがって、おやじさんのほうがいいや。すくなくとも、意地わるくひとをからかわないからね」

『倭寇史』一本槍で、ほかのことにはなんの興味も示さない中田祐作である。ひとをひやかすようなことは、絶対にないのだ。しかし、浅野が婚約したことを、彼は知っているだろうか？　そんなことには関心をもたぬおやじのはずだが、浅野は、ふと初子にきいてみる気になった。

「おやじさんは、ぼくが婚約したのを知ってるかい？」

「知ってますよ」と初子は答えた。「あたしが報告したんですもの」

「まあ、いいや」と浅野は言った。「どうせ、おやじさんは、初子ちゃんみたいに、ひとをひやかしたりしないんだから」

「そうね、それがうちのお父さんのいいところかもしれないわね。ずいぶんショッキングなことを言っても、ちっとも動じないのよ。お父さんをびっくりさせようと思ったら、八幡大菩薩しかてがないわ」

「一途な人はいいね。ぼくは、そんな人が大好きだよ」と浅野は言った。

「浅野さんの婚約のことを話したらね、ああそうかい、でおしまいよ。特別ニュースを報らせてやったつもりなのに、ちっとも手応えがないものだから、おどかしてやったわ。あたし浅野さんに振られちゃったのよ、娘が口惜しがってるのに、お父さんは平気なのって、そう言ってやったわ。そしたら、やっぱり、ふむそうかい、だったの」

初子はそう言って、クックッと笑った。

浅野はそのまま、二階へあがって行った。

中田祐作はいつものように、鹿爪らしい顔をして、机にむかっていた。図書館から借りてきたとおぼしいぶ厚な本をひろげ、それをノートしている最中だった。

「やあ、おやじさん、あいかわらずがんばってますなあ」

と浅野は声をかけた。

ふだんなら、浅野の姿を見ると、中田はうれしそうな顔をして、

「まあ、おかけなさい」

と、座蒲団をすすめるところである。

浅野の専攻している東西の文化交流史は、中田祐作の研究テーマと、いくらか関係がある。そのクロスした部分について論じ合うのが、アマチュア学者中田祐作の、たのしみの一つだったのだ。

だが、その日、中田祐作はにこりともしなかった。浅野がはいってくると、反射的に立ちあがって、

「浅野さん、すまんが、わしは今から買出しに行かなくちゃならんのです。折角おいで

だけど、失礼させてもらいますよ」

いままで、こんなことはいちどもなかった。どんないそがしいときでも、浅野が訪ねて行くと、なにもかも放り出して、相手になる中田祐作だった。帳簿であれ、伝票であれ、算盤であれ、そんなものは机の下に片づけて、

「最近、こういう資料を手に入れたんですがね」

とはじめたものだ。そして、宏治三年四月に通州白蒲鎮を襲った倭寇は、『通州志』によれば七十余人となっているが、新資料によればじつは百人を越えていたらしい、などと弁じ立てるのである。その日の中田は、まるで浅野と顔をあわせるのがいやなので、そとへ出て行く、といったふうに見えた。浅野の記憶によれば、食堂の材料買出しは、いつも店員が担当して、中田自ら出て行くことはなかったのだ。

「ああ、そうですか……」と浅野が言ったとき、中田はもう彼のまえを横切って、階段のほうへ歩いていた。

階段を降りる中田の足音を、浅野は妙な気持できいた。中田は階下で下駄をつっかけ、カランカランと音を立てながら、戸のほうへ歩いて行く。

「おやじ、今日はおかしいぞ」

二階にとり残された浅野は、首をかしげて、そう呟いた。

3

病院にいると、ほとんど一日じゅうが、自分の時間である。だが、からだをうごかすことはできない。最初のうちは、痛みに耐えることが仕事だった。痛みが去ったのち、浅野のすることといえば、頭のなかで、いろんな考えをめぐらすことだけになった。専攻の学問にかんしては、あまり考えなかった。資料が手もとにないと、なんとなく不安だったからだ。

そこで、事件についての、さまざまな臆測が、浅野の頭を占めたのは当然だろう。不思議な閃光や、姿なき殺人鬼の襲撃、――そういったことよりも、芙美子の指摘したように、なぜ自分が狙われたか、という問題のほうが重要である。この謎について、彼はいろいろ考えてみるのだった。

自分をとりまく対人関係の網を、彼は一筋ずつひっぱって、吟味してみた。どう考えても、恨みを買ったおぼえはないのだ。強いていえば、芙美子との婚約で、川越義一がなにか含むところがあったかもしれない。

その川越が事件の夜、徹夜の麻雀をしていたことは、芙美子の調査でわかっている。麻雀相手三人は、浅野も知っている連中で、そろって嘘をつくような人たちではなかった。

川越義一について、浅野はあらためて検討してみた。婚約したあとはじめて会って、「おめでとう」と言われたとき、なにかいやな感じがした。その不快感は川越本人から来たものと、浅野は思いこんでいた。しかし、ひょっとすると、浅野自身が生みだしたものかもしれない。相手が芙美子を愛していたことを知っているので、妙にひっかかったとも考えられる。

浅野は学生時代から、川越を知っていた。かなりながいあいだ接触してきた相手だといえる。それにもかかわらず、川越にたいして抱いている現在の感情は、せいぜい、ここ半年来の経緯を背景にしているだけなのだ。つまり、芙美子をまん中にして、そのむこうにいる対立者として、川越を見てきた。だが、それでは、川越義一という人間の一面しか見ていないことになる。浅野は、ほかの角度から川越を見ることを忘れていたのではなかったか？

一しょに酒をのんだこともあれば、旅行をしたこともあった。そんな思い出のなかの川越は、ともすれば事件の線上にうかぶ彼の影を、薄めてしまう。

卒業の年、夏の暑いさかりに、浅野は川越とともに研究室にこもったことがある。そのとき、川越はビールをもちこんだ。まさに栓を抜こうとしたとき、廊下に足音がきこえ、癖のあるすり足で、それが坂谷博士だとわかった。博士は厳格なことで定評があり、研究室でビールをのむことすら許さなかったのだ。川越はあわてて、ビール瓶を机の下にかくした。博士が部屋にはいってからは、川越はどぎまぎし通しで、たえず机の下ばかりを気にしていた。

ビール瓶はみつからずにすんだ。だが、そのとき、川越のおどおどした態度に、浅野は笑いをこらえかねたことを思い出す。

ほとんど忘れかけた、ほんのつまらない出来事である。が、ふと思い出してみると、意外に鮮明な人間像がうかんできた。

川越には闇討ち行為などはできない、――浅野はそう確信した。川越を容疑者リストから除いたのは、麻雀のアリバイよりも、ビール瓶をかくしたときの手つきや、あわて方の思い出だった。

川越を除外すると、ほかに心あたりは全然なかった。こちらの思いもかけないことで、誰かに猛烈に憎まれているかもしれない。そう思って、知人の一人一人について、もういちど慎重に吟味しなおした。その人物について、いつも見慣れている面ではなく、かくされている面を、できるだけのぞこうとしたのである。

大学食堂の主人中田祐作を吟味する番になったとき、浅野はいまさらのように驚いた。人間と人間が、あらゆる角度で接触することなど、もとよりほとんどありえない。人が相手にむかってひろげているのは、限られた面だけにすぎないのだ。――ところが、中田祐作の場合は、それがとくに極端すぎると思われたのである。

浅野の知っている中田祐作は、『倭寇史』のアマチュア研究家という一面だけにすぎない。食堂の経営者という表むきの職業でさえ、浅野には、ピンとこないのだ。中田祐作の生活や感情に、別面があるなど、ほとんど考えてみたこともなかった。

はたして、どうだろうか？

中田祐作は空襲で妻をうしない、それ以来独身を通して、娘の初子を育ててきた。くわしいことは知らないが、これだけきけば、彼の生活が、決して月並みでなかったことが察しられる。つまり、彼には、『倭寇史』以外にも、生活があり、感情があったにちがいないのだ。『倭寇史』以外の中田祐作を想像してみようと、浅野は懸命に努力した。これは、ベッドのなかの作業としては、まことにふさわしいものだった。とはいえ、彼の想像力はたちまち行き悩んでしまった。『倭寇史』を抜きにして中田祐作を考えることは、どうやら不可能に近いのである。

中田祐作その人からすこし離れて、そのまわりから考えてみればどうだろう? これは一つの方法かもしれない。――彼のまわりといえば、まず娘の初子である。

浅野はじっと目をとじて考えた。

しばらくして、ふいに一つの異様な想定が、浅野の顔にうかんできた。それは、あまりにも奇怪な、飛躍しすぎた考えのように思えた。とはいえ、『倭寇史』以外の中田祐作をなんにも知らないことを思えば、一がいに異様にすぎるとか、飛躍しすぎるとは言い切れないのだ。

浅野はゆっくりと、上体をおこした。なんだか、横になったままではおれないような気がしたのである。

「どうかなすったの?」

そばの椅子に坐って文庫本を読んでいた芙美子が、本を伏せて、たずねた。

「べつに……」と浅野は言った。

しかし、彼の顔には、なにかただならぬ表情がうかんでいたとみえる。

「ほんとに、どうかなすったの？」

と、芙美子は繰り返して、たずねた。

「じつはね、いまひょいと、妙なことを思いついたんですが……」浅野は言葉を濁した。

「話してちょうだい。どんなことでも、あたしに話して下さい」芙美子は命令するように、言った。

浅野は言いにくそうに、口をひらいた。

「きみに笑われるかもしれないが……」

「心配ご無用よ」芙美子は言った。「笑ったりするものですか」

「あんまり退屈すぎて、とんでもないことを考えたのかもしれないが……」

「前置きはもう結構よ」

「では、話しましょう。……ぼくが命を狙われたのは、ぼくを憎む人間がいたからにちがいないんです。ところが、なんべんも言ったように、いくら考えても、人に恨まれるようなことをしたおぼえがありません。ひょっとしたら、これは誤解による怨恨じゃないかと思うんですよ」

「誤解？　とおっしゃるのは、なにか心あたりがおありなの？」

「ええ、ちょっとした心あたりがあるんです」と浅野は答えた。「相手は大学食堂のおやじなんですが、思いもかけない誤解を招いたかもしれないんですよ」

「どんなことで？」

「あのおやじには、初子という年ごろの娘がいるんです。彼女はぼくたちの婚約のことを、おやじに報告したんですが、おやじは知らん顔をして、いっこう手応えがなかったそうです。なにしろ、そのおやじは変った男でしてね。……それで、初子ちゃんは、ぼくに振られただなんて、おやじに言ったらしいんです。せっかくニュースを知らせたのに、反応がないんで、いたずら半分に、ピリッと胡椒をきかせるつもりでね」

「そのおやじさん、娘さんの話をまともに受けとったのかしら？」

「そこがよくわかりません。初子ちゃんの話だと、あいかわらず、ふむそうかい、と言っただけなんだそうですが」

「そんなことで……？　まさか」

「ぼくも、まさかとは思いますよ。でも、ほかに心あたりがないんですからね」

　中田祐作が『ふむそうかい』と言ったときの語気の強さや、顔の表情がどんなふうだったか、初子はなにも説明しなかった。それは、あいかわらず反応がないと、彼女が感じたからにちがいない。

　中田祐作には『倭寇史』以外なにものもないのだろうか？　妻をうしなって、いままで独身でいるのだから、よほど亡妻を愛していたと考えられる。いまでは、亡妻のわすれがたみの初子が、彼の生き甲斐《がい》になっているのかもしれない。浅野と接するとき、彼がみせるのは、アマチュア『倭寇史』の面だけだが、それ以外のときは、どうなのか。

初子がのびのびと育っているのは、愛情には飢えていなかったことを物語っている。父親の愛情は、彼女をあたたかく包んでいた。すくなくとも、初子の様子を見ると、そう思えるのだ。

とすると、愛する娘を裏切った不実な男にたいして、偏屈者の父親はどんな態度をとるだろうか？

あの日、食堂の二階へあがったとき、中田の様子がいつもとかわっていたことが、それで説明されないだろうか？

そういえば、あのときの中田祐作は、浅野の顔を見るのもけがらわしい、と思っていたのかもしれない。

こんな疑問が、浅野の頭脳のなかで、渦巻きはじめた。そして、次第に、『誤解』でなければ、事件は説明できない、という気がしだしたのである。しまいに、それが確信にまで、たかまって行った。

この確信が浅野に与えたショックは、残酷なものだった。

「横になったほうがいいわ」

と芙美子が言った。

浅野がひどいショックを受けているのを、彼女は女性の直感で気づいたのである。

芙美子の手をかりて、浅野は再び横になった。病室の天井をにらんでいると、なんともいえない気持になってくる。一種の腹立たしさ、といってもよかった。

娘の冗談さえ理解できなかったのか？

そう思うと、胸がむかむかする。命を狙われた憤りは、意外に湧いてこない。中田祐作という、畸形的人物が、砂利のように浅野の体内にばらまかれて、それが到るところで軋《きし》むのだ。

「でも……それは、途方もないことだわ。やっぱり、あなたの思いすごしかもしれないわよ」

芙美子は、浅野のうえにかがみこんで、慰めるように、言った。

「そうだったら、いいが。……いや、やっぱり、考えすぎだろう」

浅野は芙美子を安心させるために、そう言った。が、彼の臆測は、すでに確信の域に達しているのだった。

「そうだわ」と芙美子は言った。「たとえ、誰かがあやしいと見当はついても、あの密室の謎がとけなければ、お話にならないわ」

密室の謎よりも、動機のほうが問題だと言ったのは、ほかならぬ芙美子であった。その当の本人が、こんどは反対の意見を述べた。

「そうですね」と、浅野は弱々しい声で、合槌《あいづち》をうった。

動機については、いまや確信が生まれた。つぎは密室の謎が問題なのである。

4

浅野の負傷の経過はきわめて良好で、退院の予定もいくらか早まった。退院まぢかになると、さすがに彼も、仕事のことが気になった。そこで、芙美子に頼んで、研究所から、数冊の文献を借り出してもらった。仕事をするというよりは、遠ざかっていた研究のにおいを、すこしでも嗅いで、心の準備を整えておくつもりだったのだ。

「あまり無理をなさらないでね」

そばから、芙美子が忠告した。

「大丈夫、ほら」と浅野は言った。「ごらんのとおり、パラパラと頁《ページ》を繰ってるだけですからね」

書物からは、なつかしい研究室のにおいが漂ってくるようだった。彼はそれを思い出すだけでよかった。からだのなかに、病院のクロロフォルムのにおいがしみこんでいるような気がする。早くそんな病院臭を払いおとしたかったのだ。

頁を繰って、ところどころ、思い出したように拾い読みすることもある。ところが、そんなことをしても、彼の頭はすぐに活字から離れてしまう。そして、中田祐作にひっかかるのだ。

――中田のおやじは、毎にち、あの食堂にとまりこんでいる。食堂は大学の構内にあるんだ。……おやじは、学内の事情にもくわしい。おれが研究所にこもっていることも、知っていたはずだ。

書物の頁から目をはなして、彼はぼんやりと、前方をみる。心のなかで、中田祐作が軋る音を、彼はきいているのだ。すると芙美子は、彼が疲れているのだと思って、きまっていたわりの声をかける。

「お疲れでしたら、おやすみになったほうがいいわ。ご本なら、いまにいやというほど読めるんですから」

「病人扱いをしないで下さい。もう退院ですからね」と、浅野は笑って答える。

負傷の直前、浅野の取り組んでいたテーマは、東西文化交流史のうち、科学の伝播にかんする部分であった。それも、火薬について、さかんに資料を集めていた。

漫然と本をひらいていても、火薬のことが目につくと、ついひきずりこまれる。

火薬は中国人の発明したものである。南宋の『霹靂砲』などは、中国で造られた優秀な火器だった。しかし、明朝末期になると、逆に火器を輸入するようになった。たとえば、『紅夷大砲』は、ポルトガルのものである。火薬が成長しながら、ぐるりと一とまわりして戻ってくる、その遍歴が浅野には興味があった。

明初の中国火器は、たしかに西洋のものに劣らなかった。中国の書物では、それをとくに強調している。「神烟砲」などは近代の迫撃砲に酷似しているし、「八面転百子連珠砲」というのは、機関銃の原形といってよい。「混江竜」と称する兵器は現代の水雷である。実物は残っていないが、宋応星の『天工開物』という書物には、それらの簡単な図解がのっている。

「万人ノ敵」という物騒な名をもった兵器もあった。これは主として守城用の火器である。四角い形をしていて、城の上から下に投げつけると、そのなかの弾薬が炸裂して四方にとび、敵を傷つける。大型手榴弾の元祖なのだ。

火器はともかく、刀剣類になると、やっぱり日本の独擅場である。倭寇が猛威をふるった最大の理由の一つに、その武器の優秀性を算えなければならない。倭寇対策として、当然、日本刀に対抗するため、いろんな武器が考案されたであろう。

研究所からとりよせた書物のなかに、こうした対倭寇武器を説明した個所があった。それを読んでいるうちに、浅野の目が光りはじめた。彼は本を伏せて、

「そうかもしれない……」と呟いた。

彼の声があまりにも低かったので、芙美子にはきこえなかった。そのとき彼女は、ある重大なことを浅野に話そうと、口をひらきかけていたのである。

「ねえ浅野さん、あたし、今日、おもしろいお話をきいたわ」

浅野は出鼻を挫かれたように思った。彼もまた、彼女に「おもしろい話」をしようと考えていたところだったのだ。

「おもしろい話ってなんです？」

浅野は仕方なしに、応じた。

「大学食堂の例の娘さんね……」

「初子ちゃんのことですか？」

「そうそう、初子さんとかおっしゃったわね。この娘さんに、いい人がいるらしいの」

「ほほう……」

「一しょに散歩してるのを、見かけたひとがいるんですって」

「いい娘さんだから、世間の男性がほっておかないでしょうな」

「それがね、だいぶまえからいい仲だっていう話よ」

「相手はどんな男なんですか？」

「大学の庶務課にいる人らしいの」

「とにかく、初子ちゃんの幸福を祈るよ」

「相手の男の家からね、正式に人を立てて、初子さんのお父さんに申しこんだらしいわ」

「そうですか……」

「なんだか、あまり気のなさそうなご返事ね」芙美子は不服そうに言った。「これは大問題なのよ、あなたにとっては」

「どうしてですか？」

「だって、このままえおっしゃったような誤解があったとしたら、これでその誤解がとけるじゃない？　あのおやじさんは、二度とあなたを狙わないわ」

たしかに、浅野にとっては、重大なことにちがいなかった。

「じつは、ぼくのほうにも、べつに重大な話があるんですよ」と彼は言った。

「どんなこと？」

「ぼくが、どんな方法で襲撃されたかってことが、どうやらわかったような気がするんですよ」

「あら……」と芙美子は言った。

浅野は伏せてあった本をとりあげ、それを芙美子に見せながら、説明をはじめた。


――


「なんだか信じられないわ。だって、あんまり現実離れしてるんですもの」

説明をきき終えて、芙美子は首をかしげながら、言った。

「現実離れ？」浅野はおうむ返しに言った。「どうして、どうして。こんなのは、一ばん簡単じゃありませんか？　誰にでも出来ることなんですよ」

「そういえば、そうですけど……」

芙美子はそう言って、窓のほうに目をやった。陽は西に傾きかけていた。が、秋晴れの空は、あくまでも高い。農学部の実験農園には、赤や黄や緑の、いろんな植物がうえられていて、その偶然の配色は、絵画的であった。

実験の植物たちは、幸福な乳のみ児である。竹の柵で囲われて、世間の波から守られている。芙美子は、彼らのうち、選ばれた強い者だけが、そとの波になげ出されるのだろう。芙美子は、植物たちを守る竹の柵に、じっと目をこらした。

5

退院して三日目、浅野は芙美子と連れ立って、大学食堂へ行った。

午後三時半。一人も客はいなかった。

初子はテーブルにむかって、なにか書きものをしている。

「今日はお金の勘定じゃないの？」

浅野がうしろから、声をかけた。

初子はふいに話しかけられて、思わずふりむいた。

「あら、浅野さんじゃないの。このたびは、ほんとに大へんでしたわね。お怪我はもうおよろしいの？」

彼女は顔をかがやかせながら、たずねた。

「おかげさまで、三日まえに退院しましたよ」と浅野は答えた。

芙美子の存在に気がついて、初子は、すこし気おくれがしたようだが、すぐに陰翳のない、いつもの調子で、

「紹介していただける？」

浅野は初子に芙美子を紹介したあと、

「きみも婚約したんだって？」

「ニュースが早いじゃないの。……婚約はまだなんだけど」

「おめでとう、と言ってもいい？」

「かまわないわ」初子は素直に言った。「でも、ひやかさないでね。お互さまなんですから」

「それもそうだ」と浅野は笑った。「ところで、お父さんは？」

「二階にいるわ」

「じゃ、ぼくは、おやじさんに敬意を表してこよう。……芙美子さんは？」

「あたし、ここで待ってるわ。初子さんとおしゃべりでもして」と芙美子は言った。

初子は芙美子のために、テーブルの下から椅子をひき出した。

浅野は階段をあがって、「中田さん」と声をかけた。

中田祐作は、漢字のぎっしりつまった書物を読んでいた。本の横には、いつものようにノートが置いてある。

「おお、これは……」

中田祐作は、ほんとうに驚いたらしく、言葉につまった。

このとき浅野は、自分の想像がまちがっていないことを、はっきりと悟った。

「もう退院なすったのですか？」

虚ろな感じの声が、やっと中田の口からもれた。

「おかげさまで、三日まえに」

階下で初子に言ったのと同じ台詞を、浅野は繰り返した。だが言葉の調子は、さっきよりも硬くなっていた。それが浅野自身にもよくわかったのである。

「見舞いにも行かず……ほんとに……」

中田はまた言い淀んだ。

「いいえ」と浅野は言った。「どうせ、お忙しかったでしょう、初子ちゃんの縁談のことやなんかで？」

「ええ、そうです……ええ、ちょっと、そんな用事が……」

「病院では退屈しましてねえ」浅野はふだんの口調をとり戻そうと、自分に言いきかせながら、「傷よりも、退屈のために死にそうでした」

「そうでしょうな」

中田は合槌をうって、唾をのみこんだようだった。

「ここで、あんたと駄弁ったことなどを、よく思い出しましたよ。退院したら、思い切りしゃべってやろうと、なんべんも考えましてね。今日はこうやって、病院での念願をはたそうというわけです」

「いや、ほんとに、どうも」

中田は恐縮しているふうだった。

浅野は机のそばに坐りこんで、中田のひろげている書物をのぞきこんだ。

「なにか新しい資料でも？」彼はきいた。

「いや、べつに……」と中田は答えた。

中田は角ばった、ひろい顔をしていた。学生たちが『下駄』というニック・ネームをつけているほどである。下顎がたくましく大きいのが特徴だった。が、心なしか、今日はその顎が、まるで張子のように、弱々しく見えるのだ。

浅野は言った。――

「退院したら、倭寇について、ひとつおやじさんと大いに論じ合おうと思って、ちょっと資料に目を通したんですよ。でも、やっぱりだめですな。病院生活をしてると、すっかり怠け癖がついちまって、のんべんだらりと日をすごしちゃいましたよ」

「それでいいんですよ。……病気なのに無理をしちゃいけません。……それにしても、このたびは、ほんとに、とんだご災難で……」

中田祐作は神妙な顔つきで、言った。神妙すぎるほどである。

「病院で、ヒマにまかせて、ときどき考えてみたんですが、どうでしょうかな、倭寇があれほど猛威をふるった原因は？　まあ、いろんな原因が積み重なったんでしょうが、一ばん重大な原因はなんでしょうかね？……ぼくは、武器じゃなかったか、と思うんですが。……つまり、鋭利な日本刀の行くところ、つねに勝利があったと、そう考えられませんか？」

「そうです。日本刀の威力は大したもんでしたよ」

中田祐作の言葉に、やっと活気がこもってきた。倭寇のことになると、どんなうっとうしいことも忘れるらしい。

「中国側での、日本刀対策はどうだったんです？　いろいろ試みたと思うんですが」

浅野は、よほどこんな質問はやめようと思った。とはいえ、せっかくここまで来たのである。が、ひとを罠にかけるとき、うしろめたさを感じないではいられなかった。

得意の話題をもち出されて、中田祐作も落着きができてきた。彼は答えた。――

「同じ武器で対抗しようと、でも、やっぱり中国でも日本刀の鋳煉をはじめましたよ。かなりよく似たのが出来たのですが、でも、やっぱり肝心の刃は本物に劣るんですね。……べつに、本物の日本刀もさかんに輸入されたんですよ。足利氏が明の王室に贈った太刀は六百ふり以上、薙刀が五百本、という記録があります。民間貿易での取引は、もっと多かったでしょうが、でもやっぱり、大規模戦争に必要な数量は、なかなか集まらなかったようですね。そこで、日本刀に対抗する武器を、懸命に造ったのですよ」

「うまく出来ましたか？」

「日本刀にかかると、中国の刀剣はすぐに折れちまうので、いわゆる『多刃形』の長刀を発明したわけですよ。『狼筅《ロウセン》』というやつで、炎形の刃が九層から十一層ついてるんですな。倭寇の日本刀で、そのうちの二つや三つ切り折られても、役に立つという仕掛けになっておりましてね」

「説明をきいただけでは、どんなものかわかりませんな」と浅野は言った。

「図説がありますから、お見せしましょう。狼筅の実物は残っていないんですが、『武経』や『武備志』などに図がのっていて、それからほうぼうの書物に転載されていましてね」

中田祐作は立ちあがり、本棚から一冊の書物を抜き出して、頁を繰った。――「これですよ」

中田が浅野に示したのは、一人の人物が、問題の『狼筅』をかまえている図であった。大きな団扇のような感じの、かわった形の武器である。そばの註に、長さ一丈五尺とあった。

「長刀というよりは、槍ですね。ずいぶん重いでしょうね。これは」と浅野は言った。

「鉄で造ったのは重いでしょう」と中田祐作は答えた。「しかし、こいつは竹でも造れるんですよ。浙江産の堅竹というやつですね。明将戚継光がこれを使って、対倭寇戦でしばしば成功したそうです」

『狼筅』の先端には槍頭がとりつけてあり、木の枝のように、十一層の炎形の刃が左右についている。突くも可、斬るも可、という兵器であるらしい。十一層の刃は、いかにも苦肉の策のようにみえた。

「物量戦術といった気がしますな」

と、浅野は感想を述べた。

「そうでしょう。いくら竹で出来てるといったって、こんなに刃の枝がたくさん生えていては、日本刀でもお手あげですよ」

と中田祐作は言った。

彼はもう、すっかり落ち着いていた。『狼筅』の長さが一丈五尺だということは、つまり肉迫戦を避けたのであろう。そばへ寄ると、どうしても日本刀にかなわないのだから。

「これを見ると倭寇との戦争では、なるべく敵を近づけない作戦をとったようですね」と浅野は言った。

「そうです。それほど日本刀がこわかったわけですよ」

「これは長さからいえば、一種の飛び道具と考えられないこともありませんな」浅野は一と息ついてから、「ところで、本物の飛び道具も、倭寇戦にはさかんに使われたでしょうね？」とたずねた。

「もちろんです」中田は答えた。「とにかく、日本刀の使い途がなくなるような方法ばかり考えたのですからな」

「飛び道具にもいろいろありますが」浅野は二回咳払いをして、おもむろにいった。「このあいだ、梨花槍《リカソウ》のことをすこし読んだのですが、これも対倭寇兵器の一つだったそうですね。ご存知でしたら、ひとつ説明していただけませんか？」

表面、さりげない様子にみせたが、浅野の注意力は中田の顔を焼き尽さんばかりであった。どんな小さなうごきも、彼は見のがさないつもりだった。しかも、中田の顔には、誰の目にもあきらかな動揺が認められたのだ。

「リカソウ？」

いぶかしげなふりをしたが、中田の顔には、それが佯《いつわ》りであることを、はっきり物語る表情がうかんでいた。

「梨《なし》の花の槍、と書くんです」と浅野は言った。「明の軍隊が倭寇に用いて、大いに効果があったという記述を、このあいだなにかで読んだんですよ。あなたが知らぬはずはあるまいと思って、おたずねしたのですが」

ながい沈黙があった。

そのあいだ、中田祐作は動揺に耐えようと、懸命になっているらしかった。彼の顔は、だんだんと苦悩に歪んでくるようにみえた。

一つの頂点があったようだ。しばらくすると、諦めに似た色が、中田の顔をよぎった。

「知ってますよ、梨花槍のことは」と、中田は喘ぐように言った。

「参考のために、説明してくれませんか？」

浅野も、相手に釣られたように、かすれた声になって、言った。

「狼筅は明代に、対倭寇戦の武器として考案されたものでした」低い声で、中田は言いはじめた。さっきの『狼筅』の説明とは、うってかわった口調である。自分に言いきかせでもするような、呟き声なのだ――。「しかし、梨花槍は以前からあったものです。宋の李全が、この武器を用いて、山東に覇をとなえた史実があります……」

中田も、浅野の顔から視線をはずそうとせずに、なにかをうかがっているようにみえた。二人は、まるで、にらみ合っているように、対坐しているのだった。

浅野は息苦しさをおぼえた。しかし、彼は前もって、心の準備ができていた。それにひきかえ、中田祐作は不意打ちを喰ったのである。中田のほうが、はるかに息苦しいにちがいない。言葉がとぎれたのは、きっとそのためであろう。

「在来の武器を、倭寇のために使ったというわけですね」

浅野は口をはさんだ。

中田はうなずいて、

「沈荘というところで、大いに倭寇を破ったのは、梨花槍のおかげだったと、言われとります。たしかに、威力があったんですな」

「どんな形をしてるんですか？　教えてくれませんか？」

「簡単なものです」と中田は答えた。「でも、やっぱり図説を見てもらったほうがいいでしょうな」

中田はまた本の頁を繰って、浅野に見せた。

じつに簡単なものである。それは一本の長槍にすぎない。ところが、先端の刃のすこし下のあたりに、小さな筒状のものが縛りつけられている。

「説明するまでもありませんが」中田はゆっくりと言った。「図の横の説明文を読んでいただけば、たいがいおわかりでしょう」

浅野は『梨花槍図』の横の説明文を読んだ。それは、明の崇禎八年、兵部侍郎畢懋康の書いた『軍器図説』の註を、そのまま写したものであった。

槍の先端に近い部分に結びつけられた筒には、噴射火薬がこめられている。火をつけると、発射数丈、薬にあたった敵は昏眩して地に倒れてしまう。火尽きれば、則ち槍を用いて敵を刺す、とある。

火薬を装塡する筒は、なんどもとりかえることができる。筍形の筒は、先端の口径が三分、底のほうの口径が一寸八分だから、兵士は数筒を携帯できたのだ。底のほうに薬をつめ、泥土で閉じてあり、尖頭に点火するようになっている。――この梨花槍は『沈荘にあって、以て倭寇を禦ぎ、果してその用を得たり』

これ以上の説明が要るだろうか?

都会育ちの浅野は、梨の花とはどんなものか、知らない。白い花の粒が樹をつつむように、ふくよかに咲いているのだろうと思う。研究所でのあの青白い閃光からは、ほど遠いものにちがいない。彼は自分が梨の花のなかにいた、と想像してみた。見るほうと、見られるがわとでは、大へんなちがいがある。やわらかく咲き匂っているようにみえても、花のほうでは、精一ぱいなのだろう。花ざかりのなかでは、すべての花の器官がギラギラときらめいている。それ自身が発光体なのだから。

浅野はとんでもない『誤解』を受けていた。相手の目には、怪しい発光体であったろう。だが、彼自身はなにも知らなかった。思いもかけないことが、この人生ではおこりうる。知らぬまに、そして、うむをいわさず、発光体にされてしまうこともあるのだ。あの人工の閃光は、なにかを象徴するように、いつまでも浅野の心のどこかに、とどまるであろう。そして彼は、自分のすがたが他人の目にどんなふうに映るか、折にふれて考えこむにちがいない。それは、けっして体裁を飾ることではない。正しいすがたを、ひとに見てもらおうとつとめるのは、大切なことだ。

浅野の目はながいあいだ、『梨花槍図』のうえにおとされていたが、もうそれを見ているのではなかった。

「もう、おわかりですね？」

中田祐作の声に、浅野は我に返った。

「わかりました」

と、浅野は反射的に答えた。

中田はその本を閉じて、

「じつに簡単なものでしょう」と言った。

「説明文を読むと、その火薬では人を殺さないんですな」と、浅野は念を押すように、言った。「つまり、目つぶしに使うだけのようですね？」

「そうです。夜戦ではおそらく照明弾の役目もつとめたでしょうね。こちらからは見えるが、相手のほうは目がくらんで、こちらを見ることができんのです」

そう言って、中田はほほえんだ。なんとも形容のしようのない、奇妙な笑いだった。

笑いながらも、彼のほそい目は依然として、浅野の顔にそそがれていた。

ふだんから、中田はめったに笑わなかった。しかも、こんな異様な笑い方は、いちども見せたことがない。ひょっとすると、これは笑いではないかもしれない。中田の大きな顎から、すっかり力が抜けてしまったため、笑ったように見えただけではなかろうか？

浅野は、その不思議な微笑に、辛抱できなくなった。彼は立ちあがって、言った。

「では、今日はこれぐらいで失礼します。退院したばかりで、どうもまだ、芯の疲れがとれていないようですからね」

「それは、そうでしょう」と中田は言った。

「ところで、これからどちらへ？」

「家に帰って、やすみます」浅野は答えた。

「警察へは行かんのですか？」

「もう警察には、用はありませんよ。どうもあの事件のことは、警察でも諦めちゃったのじゃないですか。……被害者が助かったことでもあるし……」

「そうですか。……では、お大事に」

中田は階段のところまで、送りにきた。

浅野は、そこではじめて、中田の視線をのがれた。

階段を四、五段おりたところで、浅野はちょっとからだをねじって、

「初子ちゃんが、近いうちに婚約なさるそうですね？」とたずねた。

「そうです……」

そう言って、中田はなにか含み声で笑ったようである。浅野はそのまま、階段を降りた。

「一年まえからのつき合いだったそうで、まったく……ク、ク、ク……」

二階からの声はきこえたが、浅野はふりかえらなかった。

浅野は芙美子と一しょに、食堂のそとへ出た。

大学の構内には、秋風が吹いていた。芙美子のスカートが、ときどき、心もちふくらむ。浅野は、傷あとをかばいながら、ゆっくりと足をはこんだ。

実験農園のまえで、二人は立ちどまった。浅野は柵の竹をつかんだ。まだ青みの残っている竹は、秋の日ざしをその肌にたっぷり吸いこんでいた。浅野の手のひらに、そのぬくみが、やわらかく伝わってくる。

芙美子も、浅野に倣って、竹に手をふれた。

「この竹を使ったのね」と彼女は言った。

「そうでしょう」浅野は竹をつかんだまま、答えた。「このさきに、短刀をゆわえつけたにちがいない……」

「それから、火薬を仕込んだ筒を、とりつけたのね」

芙美子はそう言って、竹からそっと手を離した。

「本物の梨花槍は、鉄の筒だけど、夜店で売ってる花火みたいに、紙の筒でも代用できるんですよ。ぼくにとっては目つぶし、彼にとっては照明弾になったわけですね」

と浅野は説明した。

「おそろしいわ……」

芙美子は、かすかに肩をふるわせた。

「あの部屋は、鉄格子がはまっていたけど、窓はあいていたんです。すきまから槍をさしこむことぐらいはできますよ。暗いので花火みたいなものを、照明用に使ったんですね。彼は倭寇のことにくわしく、梨花槍のことも知っていたから、それで思いついたんでしょう。……それから椅子の背の短刀のあとは、ぼくを刺そうとしてしくじったのではないかもしれない。そのまま槍を窓からひきあげると、短刀から血がしたたって、兇器の径路がわかるじゃありませんか。椅子の背を突いて、血をぬぐったのだと思いますね」

説明の最中も、浅野は手のひらで、竹の肌を撫でながら、なにかを吟味していた。

自分の身辺のことで、わからない部分を、彼は『人生のふくらみ』と思っていた。一つのことが解明されると、それだけふくらみがしぼむ。こうして彼は、子供のころから、大きなふくらみを、小さくしながら、大人になった。

いま、事件の謎も解けたが、こんどのふくらみは、決してしぼまない。彼はこの『ふくらみ』を、墓場まで持って行かねばならないように、思った。

「でも」と、芙美子が思い直したように、言った。「あのおじさんも、これからは冗談がわかるようになるんじゃないかしら？」

「そうかな……」浅野は首をかしげた。「冗談がわかるのは、かなりむずかしいことですよ。しかし……すくなくとも、あのおやじ、これからは、なにをするにしても、ものごとを確かめてからにするでしょうね」

芙美子は、大きな息をついて、

「もう行きましょう」とうながした。

二人は秋の陽を背にうけながら、農園の柵に沿って歩きだした。

アルバムより

1

月にいちど、私は家賃を払うために、鄭清群の家へ行く。そのたびに、彼に会うわけではない。

「若旦那は奥でおやすみです」

顔のながい老女中の阿鳳《アフォン》がそう言うと、私は家賃を入れた封筒を彼女に渡して、そのまま帰ってしまう。

阿鳳は七十に近く、若旦那と呼ばれる鄭清群も、もう五十を越したはずだ。だが、彼は若旦那と呼ばれても不自然ではないほど、若々しいのである。房々した髪に白いものもなければ、色白の肌に皺《しわ》もあまり目につかない。この二十数年来、彼は年をとることをやめてしまったのだ。

起きているとき、鄭清群はいつも応接間のソファーにもたれて、指さきで翡翠《ひすい》をもてあそんでいた。私はそんな彼にむかって、

「いいお天気ですね」と話しかける。

彼は返事をしない。たまに頬のあたりを、ピクピクうごかす。はじめは微笑かと思ったが、そうではないのだ。彼は物を言うことも、笑うことも、そして泣くこともできないのである。顔の筋肉がうごくのは、いわば動物の生理的な反射運動にすぎない。

魂の抜けた肉体だった。その肉体が美しいので、よけい悲惨な気がする。彼のまえにながく坐《すわ》っているのが、私には苦痛だった。で、たいてい彼の顔から目をそらし、応接間のあちこちに視線をやってまぎらしたものだ。

ところが、その応接間というのが、魂を失った鄭清群にそっくりなのだ。壁は真っ白に塗られ、なに一つ装飾がない。からっぽなのだ。絵でも書でも、なにか壁にかけておけば、と私はいつも思う。百貨店で『泰西名画』の模写を入れた額を買って、もって行ったことがある。阿鳳に、それを応接間の壁にかけてほしいと頼んだが、一と月たって行ってみても、その額はかかっていなかった。

「あたしはかけたんですが、若旦那がはずしてしまってねえ……」

と、阿鳳は申訳なさそうに言った。

なにもない真っ白な壁。なにも考えない鄭清群。——応接間の風情は、私をいら立たせる。部屋に唯一の変化を与える煖炉も、白ペンキ塗りの板で釘づけされていた。なぜそんなことをしたのかと、阿鳳にきいたことがある。すると、彼女は答えた。

「煙の抜穴が鼠の出入口になりますでな」

たいてい十分ばかり坐って、私は別れを告げるために、立ちあがる。

「では、お大事に」

そのとき鄭清群は、心もち腰をうかせる。私が立ちあがったので、彼も反射的にそうするらしい。私の言葉が通じたのではないのだ。ドアのところでふりかえると、彼はもとのように坐って、指をうごかしている。指のあいだの翡翠が、ときどきキラとかがやく。すると私は、鄭清群の瞳から失われた光を思って、蕭条たる気持になるのだった。

その鄭清群がねむっているうちに死んだ。私が商用で上京しているあいだのことである。

「生きているときだって、死んだも同然の男だったが」

鄭の死を知らせてくれた男は、そう言った。

「葬式は？」と私はたずねた。

「十人ばかり集まったよ。華僑《かきょう》ばかりが」

とその男は答えた。

「十人とは、よく集まったものだ」

「狩り集めたんだ」

という返事に、私はやっと納得した。阿鳳と二人暮しの鄭清群は、ほとんど誰とも交渉をもたなかったのである。私はふと思い出したことがあって、たずねた。

「葬式は中国人だけだって？」

「そうさ。坊主まで中国人だったよ」

「古河という男は来なかった?」

相手の男は首を振って、

「とにかく、日本人は一人も見えなかった」

考えてみれば、古河と鄭清群の関係を知っているのは、私一人だけである。その私が東京へ行って留守だったから、誰も古河に通知するはずはなかった。

家に帰ってから、パイプをふかしていると、二十数年まえ、はじめて鄭清群に会ったときのことが思い出された。そして、私は古いアルバムをとり出して、ひらいた。知人が死ぬと、人は感傷的になるものだ。

『一九三八年初夏』と書かれた頁《ページ》に、三枚の写真がはってある。

あのとき、私は新聞記者の古河から、

「ある人の通訳をしてもらいたい。ただし、すべては絶対秘密にしてほしいんだ」

と話をもちこまれた。いかにもひめごとめいた口ぶりなので、好奇心も手伝って、私はひきうけることにした。

突堤へ行く車のなかで、古河は概略の話をしてくれた。それによると、私が通訳することになっている人物は、鄭清群といって、年は若いが優秀な青年政治家だ、という話だった。来日の用件については、古河はあまり語らなかったが、日本と中国の戦争を早く終らせる交渉だということをにおわせた。

「鄭清群という名は、きいたことがありませんな」

と私が言うと、古河は勿体《もったい》ぶって、鄭清群の父親の名を口にした。その名は私も知っていた。二十年以上もまえに、天津で暗殺された著名な政客である。

「鄭清群は親父に劣らぬ人物だ。なによりも、親父に欠けていた知性がある。すこし神経質なのが玉に疵《きず》だが、とにかく牛田少佐が彼をひっぱり出したのは、大成功だよ」

と古河は言った。

戦争終結工作には、中国側から有力な人物の出馬を要請しなければならない。その年の三月末、南京に維新政府というのが出来たが、爪の垢ほども魅力のない老朽政客の集団だった。だから当時の和平工作は、維新政府以外の線を通じて行なわれたのである。たとえば、汪精衛、孔祥熙、張群、呉佩孚などの線がうかんでいた。むろん、こうした要人が出馬するのは、お膳立てがすんでからになる。予備交渉の段階に、いろんな人物が両国間に往来したものだ。鄭清群もそのなかの一人だったにちがいない。しかし、彼が誰の線でうごこうとしたか、私は知らない。通訳を頼まれたが、中国人の私には、誰もくわしいことを知らせてくれなかった。

私が頼まれたのは、政治的な会談の通訳ではない。神戸で三日間休息する鄭清群のために、身辺雑事にかんする通訳をすることだけであった。

第二突堤に横づけされた但馬丸の甲板で、私ははじめて鄭清群に会った。私が想像していた以上に、彼は繊細な神経の持主だった。

アルバムの上段にはってある写真は、そのとき、但馬丸の甲板でとったものだ。古河がうつしたのだから、彼は写真にはいっていない。人物はぜんぶで五人である。むかって左端に、私がいる。密度感のない、間のびした顔は、二十数年間あまり変っていない。私の隣に、一人の大男が立っている。これは上海からついてきた専門の護衛で、姓はたしか李といった。無表情ないかつい顔だちのなかに、そういえば用心棒らしい風貌がそなわっている。

中央にいるのが、鄭清群である。横に並んだ大男の李とは、背丈はあまりかわらないが、いかにも線がほそい。ひょろりとのびたからだに、ほそい顔がのっていて、眉もながく、切れながの目がすずしそうである。たしかに知性は感じられるが、決して闘士だとか策士だとかいった面影はない。写真でみると、大任を帯びた緊張感で、からだがこわばっているようだった。ねばり強さというものが、彼にはまったくないのである。初対面のとき、私はなにかいたいたしい気がしたものだ。

鄭清群の右隣に、ずんぐりしたいが栗頭の男がうつっている。現役少佐の牛田という男で、これが鄭清群をかつぎ出した張本人なのだ。牛田少佐からだいぶはなれて、ぽつんと右端に、一人の中年の女が、不安そうな面もちで立っている。鄭家の女中阿鳳だった。鄭清群は幼時に父を凶刃に奪われ、まもなく母もなくした。彼を育てたのが阿鳳で、彼が行くところなら、どこへでもついて行くそうだ。鄭清群がフランスへ留学したとき、この女中もパリへ行ったときいた。

護衛はたしかに、その必要があった。中国側の抗日強硬派は和平工作をこころよからず思うだろうし、日本側でも戦争拡大派が妥協工作を妨害すると思われたからである。

2

鄭清群の宿泊場所が、旅館やホテルでなく、六甲の下村邸にきめられたのも、刺客をさけるためだったと思う。国から随行してきた用心棒のほかに、神戸で新たに一人の日本人の護衛が加わった。坂井という、顎に五センチばかりの傷痕のある男だった。ガニ股で歩くのを見て、私は彼が柔道家だろうと想像した。彼はながく大陸にいたことがあって、中国語ができた。彼に中国語で話しかけられたとき、鄭清群は一瞬、とまどったようにみえた。

アルバムの中段の写真は、下村邸の庭でとったものだった。下村邸の庭番がシャッターをおした。だから、上段の写真の五人に、古河と新顔の坂井が加わって、七人になっている。

この写真の鄭清群は、但馬丸の甲板におけるよりも、もっと神経質にうつっていた。なにかに心を奪われているようだった。

鄭清群は下村邸の二階の一室に、旅装をといた。阿鳳はそのむかいの小部屋をあてがわれたが、寝るとき以外は主人につきっきりで面倒をみるつもりらしい。

「なにか不自由なことはありますか？」

古河からそうたずねてこいと言われたので、私は鄭清群の部屋にはいった。ドアは部屋の右はしについていて、ノックすると、あけてくれたのは阿鳳だった。

鄭清群は首をふって、なんにも不自由はない、と答えた。にっこり笑おうとしたらしいが、顔が途中でこわばった。これからの任務を思うと、どうしても緊張するのだろう。

下村邸の華麗さは、私の目を奪うものがあった。その部屋も、天井からつりさげられた真鍮《しんちゆう》製のシャンデリヤが、燦然と光っていた。床《ゆか》には緋色の絨毯《じゆうたん》が敷きつめられている。壁は重厚なクリーム色で、厳粛な宗教画がかかっていた。部屋にはいって左すみには、煖炉があった。マホガニーのマントルピースは、ひどく凝った彫刻がほどこされてある。私がそれに見とれていると、

「牡丹《ぼたん》の模様ですよ」

と、鄭清群が説明してくれた。

「きれいなものですね」と私は呟《つぶや》いた。

「おかけになって下さい」と鄭清群は言った。「そして、お茶でも」

安楽椅子はあまりにもゆったりしているので、私には坐り心地がよくなかった。

鄭清群の手に、細長い翡翠《ひすい》があった。両端がふくらんで、日本の勾玉《まがたま》によく似た恰好《かつこう》をしている。彼はそれを指でもてあそんでいた。

阿鳳が茶をいれてくれた。茶をのむと、私はやっとくつろいできた。そして、彼に会ったときから心に抱いていた疑問を、きいてみてもいいという気になった。

「こんど日本においでになったのは、あなたの御意思によるのですか、それとも、誰かひとに勧められてでしょうか？」

鄭清群の口もとから、うかびかけた微笑が消えた。――「わたしの意思です」

彼ははっきり答えたわけだ。しかし私の顔は、疑問が氷解した表情をあらわしていなかったらしい。彼は言葉をついだ。

「徐州が陥落して、私の友人の多くは政府に従って、奥地へ行きました。でも、日本の手におちた地域には、多くの住民が残されています。私は戦闘のあとを見に行きました。住民は誰にも頼れず、悲惨な境遇にあります。彼らのために、誰かが、なにかをしてやらねばなりません。ね、そうでしょう？　誰かが……この私でもいいのじゃありませんか？」

「そうですね」

と言って、私は鄭清群の秀でた眉のあたりを見つめた。なぜか、彼の瞳を見るのがはばかられるような気がしたのだ。

「亡くなった母が政治ぎらいでして」鄭清群は話の方向をかえた。「父が暗殺されたのも、政治に関係したからだと思い込んだのです。私に、大きくなっても政治に口を出しちゃいけないと、口ぐせのように言っていたものです。私だって、いやでしたよ。じつは父が殺されたとき、私もその場にいたのです」

「父上が暗殺されたときに？」

「そうです」鄭清群はうなずいた。「むろん小さな子供でしたが。物心はついていましたよ。玩具《おもちゃ》をさがしに父の部屋にはいって、机の下にもぐりこんでいたのです。父はねていました。一人の男がはいってきて、寝床の父を、やにわに短刀で刺したのです。私は机の下からはい出しかけたときで、怖ろしさのあまり、声も出ません。刺客は悠々と部屋から出て行きました。あとできくと、父は睡眠薬をのまされていたらしいのですね」

「こわかったでしょうね」と私は言った。

鄭清群の指がしきりにうごいた。石の感触をたのしむ人がいることは、きいたことがある。そんな人は、静かで孤独を愛する性格だそうだ。私は目のまえの鄭清群をみて、なるほどと思った。

「ほんとうにからだが凍ってしまいましたよ」と彼は答えた。「あとで母から、政治に関係したからだときかされ、一生、そんなものにはかかわりをもつまいと思いました。……でもね、やっぱり、やむにやまれないこともありましてね」

私は戦災地区を歩く彼の姿を想像した。眉は曇り、瞳は沈んでいただろう。彼の足どりは重く、くすぶる煙に胸が疼《うず》いたにちがいない。子供をかかえて、あてどもなくさまよう母親の姿に、『やむにやまれぬ』心がうごいたのだ。そして、彼は日本へやってきた。

日本では、戦勝気分が濃厚だった。この理想主義者の貴公子は、きっと失望するにちがいない。この人はどこか静かな所で、翡翠の肌ざわりをたのしむほうが似つかわしいのだ。

「ご不自由なことがあれば、いつでもおっしゃって下さい。今夜は私もここに泊るように言われています。部屋は階下ですが」

と言って、私は立ちあがった。

「あの坂井という男の部屋の隣でしたね?」と彼はたずねた。

「そうです。この真下が坂井で、その左隣の部屋です。いつでもいらして下さい」

彼はドアまで私を送ってくれた。翡翠の勾玉は、彼の指のあいだにあって、したたるような深い緑をたたえていた。

「それでは、また明日の朝」

と言って、私は部屋から出た。

まともな状態の鄭清群を見たのは、それが最後だった。あるいはこのとき、すでに彼の精神は異常をきたしはじめていたのかもしれない。

3

翌朝、大へんなことがもちあがった。

新加入の坂井が、なかなか起きてこなかった。ドアは内がわから掛金がかかって、ひらかない。鍵はかかっていないが、やはり内がわからさし込んだままになっていた。だから、鍵穴からのぞくこともできない。庭に面した窓は、内がわから鍵がかかっていて、カーテンもおりているので、そとからは内部が見えない。

「あいつは朝の早い男のはずだが」

と、牛田少佐は首をかしげた。

十時をすぎると、いよいよおかしいということになった。そこで、古河が庭から窓ガラスを割って、カーテンをかかげてのぞきこむと、坂井が椅子に腰をかけたまま、顔を血に染めているのが見えた。

むろん古河は、割った窓枠から手をのばし、窓の鍵をあけて、部屋のなかへとびこんだ。牛田少佐と用心棒の李が、そのあとにつづいた。私は一ばんあとからはいった。鄭清群と阿鳳は、階上の部屋で朝食中だったそうだ。

「あまり踏み荒らさんようにせい。それから、そのあたりをさわっちゃいけない」

と牛田少佐が注意した。

椅子に坐っていた坂井は、脳天をくだかれていた。椅子は赤地の布張りだったし、床の絨毯も赤かったので、最初は、あまり血が目につかなかった。

坂井の手には、五十センチほどある、長いブロンズのトロフィーが握られていた。それは、野球の選手がバットを構えている像だった。赤黒い血が、バッターの頭から肩にかけて、べっとりついていた。

鄭一行をこの下村邸に迎えたのは、下村一家がちょうど別荘へ行って、空《あ》いていたからである。邸の庭師とその妻が留守番をしていた。庭師の話では、下村の長男は大学野球の選手で、トロフィーはリーグ戦で優勝したときにもらったものだという。坂井の部屋は、長男の居室であった。トロフィーは、マントルピースのうえに、いつも置いてあったそうだ。

下村邸は古いが、堅牢な英国風の洋館で、ドアや窓は、しまるとピッタリして、すこしの隙間もない。邸の暖房はストーヴにきりかえられ、煖炉は無用の長物だが、マントルピースは飾り棚の役をしていた。問題のトロフィーのほかに、スポーツの賞品とおぼしい、いろんなカップや盾《たて》がならんでいた。

坂井の傷は、そのトロフィーで打たれたものと判明した。ところが、椅子に坐ったまま、自分の脳天をくだくことができるだろうか？　専門家の意見では、それは不可能だという結論になったらしい。誰かが、うしろから、トロフィーをふりかぶって、力まかせに打ちおろしたのでなければならない。

科学的調査をまつまでもなく、自分の脳天をわが手で潰《つぶ》すという自殺法は、常識はずれであった。他殺の線がはっきりうち出されたが、つぎは、部屋が完全に密閉されていたという難問にぶつかる。

捜査がどんなふうに進められたか、私は知らない。鄭清群の日本入りが秘密であるから、この事件も公けにはできなかったであろう。目が鋭く、気味のわるい声をした連中がなん人もやってきた。普通の警察ではなく、特高か憲兵だろうと思う。

「もの音はぜんぜんきこえませんでした」

と、私は彼らの訊問にこたえた。

隣室にいたのだから、私は彼らの目には重要容疑者だったにちがいない。しかし、ほんとうに、私はもの音ひとつきかなかった。疲れていたので、ぐっすり眠っていたのである。坂井の推定死亡時刻さえ、私は知らされなかった。秘密の事件であり、しかも私は中国人なのだ。なにも知らせてくれないのは、当然であった。

「なるほど、これじゃ隣ですこしぐらい音がしても、きこえないだろうな」

彼らのうちの一人が、壁をたたきながら言った。下村邸の壁は非常に厚く、防音の効果は申し分なかったのである。

豪壮な下村邸は、廊下にも絨毯が敷かれてあった。だから、廊下を歩く人の足音も、ほとんどきこえないといってよい。

古河にきいたところによると、彼は坂井という顎に傷のある男とは、そのときが初対面だったそうだ。牛田少佐は以前から坂井を知っていたが、深いつき合いはなかったという。国から来たばかりの鄭清群や、その女中や護衛が、坂井となにか関係があるなど、考えられないことだった。

政治的な暗殺だろう、と私は考えた。

それにしても、一ばん狙《ねら》われる可能性をもつ鄭清群がやられず、日本側からさしむけた護衛が殺されたのは、おかしいことだった。

「昨日の坂井の様子をどう思う？　なにかふだんとかわったところはなかったか？」

私はこの質問に、

「坂井とは、昨日が初対面でした」と答えた。はじめて会った男が、ふだんと変っていたかどうか、私にわかるはずはないのだ。

同じ質問をうけた古河は、むっとした顔つきで、答えた。

「ぼくも初対面だよ。こんな質問は、まえから坂井を知ってる人にするがいい」

「わしは、かなり坂井を知ってるんだが」

と、捜査陣の一人が呟いた。

それをきいて古河は、肩にかけたカメラをはずしながら、言った。

「じゃ、あなたに写真を見てもらえばいいかもしれませんな。昨日、ぼくのカメラでだいぶ撮りましたからね。早速現像してみましょう。……や、まだ二、三枚残っている」

古河は私のほうにむきなおって、「きみ、鄭さんと二人だけで撮ってやろう。記念になるだろうから」

そのとき、鄭清群は訊問所になった応接間の隅で、椅子に腰かけて、じっとしていた。重要な客人である彼には、それまで誰も質問しようとしなかったのだ。

私は古河にすすめられて、鄭清群のかけている椅子の斜めうしろに立った。古河はシヤッターをおした。

このときの写真が、アルバムの下段にはってある。うつしているときはわからなかったが、こうして写真を見ると、鄭清群の目が光を失っていることがわかる。まったく、うつろな目なのだ。

古河はフィルムをまきあげてから、私にむかって言った。

「鄭さんは物音をおききになったとか、なにかお気づきになった点はなかったでしょうか？　上と下ですから、ひょっとしてなにか……。訊問というわけじゃありませんが、参考のため、たずねていただけませんか？」

私はそれを、鄭清群に通訳して伝えた。

ところが、彼は返事をしなかった。

なにかに気をとられて、私の言葉が耳にはいらなかったのかもしれない。それで、もういちど、まっすぐ彼の顔を見て、おなじ質問をくり返した。しかし、依然として、彼は口をひらかない。それどころか、面とむかった私を、彼の目は見ていないのだ。視線はたしかに、私の方向にむけられているのに。

「おかしいぞ、鄭さんは……」

古河がすぐに気づき、鄭清群の肩に手をかけて、揺すった。が、鄭清群はなんの反応も示さなかった。

牛田少佐も、あまり上手でない中国語で、

「どうしたのです？」とたずねた。

鄭清群は答えようともしない。

国からついてきた護衛は、そ知らぬ顔をしていた。彼の任務は、鄭清群の身辺を守るだけである。鄭清群の精神状態については、彼は責任を負う筋合はないのだ。

「ショックを受けたのだな」

と、牛田少佐はため息をついて言った。

「どうもそうらしい」古河は鄭清群の肩に手をかけたまま言った。「殺人事件で、精神的に参っちまったのだろうな」

「それにしても、細い神経の持主だ」

と牛田少佐が言った。

その神経の細い鄭清群をかつぎ出したのは誰だ？

私の胸を、義憤に似たものがかすめた。昨日会ったばかりだが、私は鄭清群が好きになっていたのである。

「とにかく、部屋へ連れて行こうじゃありませんか。しばらく休ませると、気がしずまるかもしれませんから」と古河は言った。

私たちは鄭清群をかかえるようにして、階上の彼の部屋へ連れて行った。椅子に坐らせ、靴をぬがせ、それからベッドにねかせた。鄭清群はおとなしく、われわれのなすがままにまかせていた。

阿鳳がその部屋にいたので、私は彼女にむかって、

「鄭さんがおかしいんだ。なんだか様子がふつうじゃない」と説明してやった。

「今朝、お起きになったときから、そうでした」と彼女は答えた。

「あんたは、それを知ってたのかね?」

阿鳳はうなずいた。

「どうして、ぼくたちに早く知らせなかったんです?」

「知らせたところで、どうなりますの?」彼女は落ち着いて、答えた。「ちいさいときからお世話したあたしでも、どうにもならないのに、どうしてあなたがたに……」

4

鄭清群はついに回復しなかった。

私たち関係者は、彼を神戸の精神科の病院に入れた。阿鳳は献身的に看病した。だが、鄭清群の正常な精神は、その肉体からとび去ったまま、二度と戻ってこなかった。

彼が帰国せずに、ずっと日本にとどまったのは、日本の医術がすぐれているのと、国にはこれといって親しい縁者がいなかったからだ。阿鳳は一時帰国したが、すぐに戻ってきた。鄭清群の財産を処分してきたという。その金で、彼女は五軒の家を買った。家賃のあがりを、鄭清群の療養費にあてるという、堅実な方法だった。

五軒の持家のうち、三軒は空襲で焼けた。残った二軒のうち、私が現在その一軒を借りている。収入は減ったが、たった二人の鄭家はそんなに困らない。鄭清群は回復しなかったが、戦後退院した。病人に凶暴性はなかった。おとなしい病人なのだ。まったくおとなしすぎる。そして、彼らしく、おとなしく死んでしまった。

あのときの関係者のうち、護衛の李某はほどなく帰国した。牛田少佐はニューギニヤで戦死した。古河は戦後、新聞社をやめて実業界にはいり、いまは芦屋に住んでいる。一年に二、三度、私は古河に会うことがある。鄭清群の死は、一応、古河に伝えておかねばなるまい。

アルバムをしまって、私は古河に電話をかけた。

「なに？　鄭清群が死んだって？……葬式もすんだというのか？」

私の耳に、感慨ぶかげな古河の声が流れてきた。

「上京していましたので、私も葬式に出ることはできませんでした」

「そうか……」と古河は言った。「じつは、あのときの下村邸だがね、いまはほかの人が住んでいるが、近いうちにとりこわして、新しいのを建てるそうだ。いまの持主は私の知合いでね、こわすまえに、いちど見ておきたいと頼んであるんだ。……私としても思い出のある建物だからね。鄭清群が死んだとなると、是が非でも見ておきたい」

二十数年まえの出来ごとが、私の胸にもまざまざとよみがえった。で、私は言った。

「そのときは、私にもお供させて下さい」

「そのときは電話で知らせることにしよう」と古河は答えた。

二日のち、古河から電話があった。

私たちは国際ホテルで待ち合せて、六甲へむかった。

　旧下村邸は、あの当時とほとんどかわっていない。外観ばかりでなく、内部もそうであった。あの殺人のあった部屋は、絨毯の色も当時とおなじ緋色である。ただ、マントルピースのうえに、賞品のトロフィーやカップがなく、そのかわりに、フランス人形が飾ってあった。

「ここで、あの坂井が殺されたんだ」

　古河は、部屋を見まわして、呟いた。

「結局、犯人はわからずじまいだったですね」と私は言った。

　古河はちらと私の顔を見た。そして、返事をしなかった。彼の顔つきが、私に疑惑をおこさせた。なぜか、古河がなにかを知っているのではないか、という気がしたのだ。

　あのとき、当然、憲兵や警察が懸命に調査したであろう。中国人である私は、つんぼ桟敷におかれていたが、ある程度目鼻がついたのではなかろうか？

　私はドアのかけ金を見た。それも、むかしのままであった。

「かけ金は、内がわからかかっていたのでしたね」と私は言った。

　ややあって、古河は口をひらいた。

「その密室の問題というのは、一応片がついたのですよ」

「そうですか？」と私は言った。

「きみは知らなかったんだね？」

「なんにも知らせてくれませんでしたよ」

「そうだったな」と古河は言った。「じつは、連中がいろいろ頭をしぼって、かけ金の問題を考えたんだ。なかに探偵小説の好きなやつがいて、かけ金を受ける金具のところに氷をおいて、それがとけると、カチリとかかる、なんて言い出した。しかし実験してみると、そんなことは出来なかった。ごらんの通り、こいつはかけないときは反対側にある。百八十度まわって、受けるところにはいるわけだ。途中では、とまってくれない。犯人がドアから出て行くかぎり、かけ金は反対側にたおれている。なんべんも試してみたが、途中で逆立ちしてくれない。ドアは糸を通すほどの隙間もなく、ピッタリしている。結局、方法は一つしかないという結論に達したわけだよ」

「方法はあったのですか？」

古河はうなずいて、

「きみもあの事件の関係者だから、知っておく権利があるだろう。道具が要《い》るんだが……ま、きみはここにいたまえ。私は用意をしてくる。それから、こちらの窓はあけておいてもらおう。私が二階の窓から、下にむかって説明するから。……さて、道具は女中さんに借りようかな」

彼は部屋から出て行った。

私は窓をあけて庭を見ながら、古河が種あかしをするのを待った。しばらくすると、古河の姿が庭にあらわれた。

「古河さん、なにをするんですか?」

と私はたずねた。

「適当な石ころをさがしてるんですよ」

庭は芝生だから、石ころはすくない。古河は草をわけてさがしたが、なかなかみつからないようだった。私は窓から身をのりだして、そのあたりを見た。ちょうど建物と芝生のあいだに、わずかばかりの砂地があって、そこに、まるい石があるのを発見した。

「古河さん、ここに石がありますよ」

と私は声をかけた。

古河はやってきたが、私の指さす方向に目をおとすと、首を振って、

「大きさはいいが、こんなまるいのじゃ都合がわるい」

「どんな恰好の石が要るんですか?」

「なるべく、くぼみのあるやつがいい。……ああ、あれがいいだろう」

彼はそう言って、二、三歩あるいて、一個の石をひろいあげた。それは細長い石で、中央がくぼんでいた。

「おあつらえむきだよ」

と彼は言った。石を拾うと、もう庭に用事はないらしい。さっさと、建物のなかにはいった。やがて、二階の窓があく音がして、つづいて古河の声がきこえた。

「煖炉の煙抜けの穴に手をつっこんで、石のついた紐をひき出してもらいましょうか」

せまい煙抜けの穴に手をつっこむと、はたして、紐のようなものが手に触れた。それをひっぱり出すと、さっきの石が先端よりすこしうえに結びつけられている。紐は丈夫な凧《たこ》糸で、そのさきに、三重の木綿糸が輪形にとりつけてある。結び目には、絆創膏《ばんそうこう》が貼《は》ってあった。

「まず、石をはずしてください」

と二階の窓から声がかかった。で、私は紐から石をはずした。

そのとき、ふと鄭清群の翡翠を思い出した。形がすこし似ているのだ。とにかく、私はその石をポケットにいれた。

「つぎに、その紐をドアのところまでのばして、先についてる糸の輪を、かけ金の曲り目にひっかけてもらいましょう」

私は言われるとおりにした。

「ひっかけましたよ」

と、私は二階にむかって、どなった。

二階から、「O・K」とこたえた。

しばらくすると、紐は手繰《たぐ》られてピンとのびた。と、糸がひっかけられたとめ金が、ゆっくりとおこされはじめた。垂直までひきあげられたあとは、あっというまもない。とめ金はうけ口にとびこんで、カチリと音を立てた。紐はまだひっぱられている。やがて、とめ金にひっかけた糸がプツンと切れた。輪形になった糸はどこで切れようと、両端とも紐に結ばれているのだから、紐と一しょに煖炉のなかへひきずりこまれた。

こうして密室が成立したのである。

まもなく、ドアにノックの音がきこえた。私は紐の仕掛けによってかかったとめ金を、いそいではずした。

古河であった。彼は私の顔を見るなり、

「うまくとめ金がかかったでしょう?」

そして、とめ金のあたりを点検した。糸屑ひとつ残っていない。

古河は説明をはじめた。

「これよりほかに、密室の謎《なぞ》を解く方法はなかったのですよ。憲兵の一人が、煖炉とドアの方角関係から思いついたのですがね。最初テストをしたとき、紐が煖炉の煉瓦にひっかかって、なかなか下へおりないんです。で、石を結びつけるとうまくおりましたよ。それでも、第一回の実験は失敗でした。というのは、紐との結び目で糸が切れて、かけ金はかかったが、糸がそっくりそのまま残っちまったんでね。それで、絆創膏で補強したりなんかしまして、やっと成功したわけですよ」

「なるほど。それで、とめ金のことは解決できたのですね」と私は言った。

「この部屋と、真うえの部屋の煖炉とは、同じ煙突へ煙が抜けるんですよ。犯人は二階から、おもしをつけた紐を垂らし、その端を椅子かなんぞに結びつけておいてから、階下に降りたんでしょうな。坂井を殺してから、二階へ戻り、その紐を手繰って密室をつくったと想像されるわけです。ですからね、方法ばかりじゃなく、犯人もわかっちまったのですよ」

「犯人も？」

「もうおわかりでしょう。この部屋の真うえにいたのは誰でしたかね？」

私は答えることもできず、古河の顔をまじまじと見つめた。

「でもね」と古河はつづけた。「あんなふうになった人間を、どうこうするってわけにはいかないじゃありませんか。それに、相手は三顧の礼をもって、むかえた人ですしね」

5

月末、家賃をおさめるために、私は鄭清群の家へ行った。鄭清群の家と呼び慣わしているが、彼はもうその家にいない。それどころか、この世にもいないのである。

女中の阿鳳は、アルバムを見ていた。ひろげている頁は、赤ん坊の写真ばかりであった。

「ほほう、鄭さんの写真ですか？」

「そうですよ」と彼女は答えた。

どの写真も、私の知っている鄭清群からは想像もつかないほど、まるまると肥った、健康優良児型の赤ん坊だった。

「赤ん坊のころは、よく肥えてたんですね。ほんとに肉づきのいい……」

私がそんな感想をもらすと、阿鳳はため息をついて、言った。

「若旦那はお父さまに似て、もっとどっしりした、逞《たくま》しい人にお育ちになれたはずでした。あんなふうに、線の細い人におなりになったのは、なにもかもあの人殺しのせいですよ」

「あの人殺しとは？」と私はたずねた。

「お父さまを殺したやつですよ」と阿鳳は答えた。「そのとき、まだちいさかった若旦那は、その場で見ておられたのです。それからというもの、癇《かん》がたかぶって、病気の連続でしたよ。……人間がすっかりおかわりになったのです。若旦那は、もうどうしようもない不幸な人となりました。つまり、たのしみを味わう舌を焼かれておしまいになったようなものです。お気の毒に……。いつも悲しい顔つきをなすっておられましてね。そして、ぼくは父の血を見た男だ、だから世の中が灰色にしか見えなくなったんだと、しょっちゅうおっしゃっておられました。ほんとに、憎らしい人殺しですよ」

「それは、鄭さんがいくつのときだったのですか？」

「六つのときでした」

「いつまでも、おぼえておられたのですね」

「それはそうです」と阿鳳は言った。「忘れようたって、忘れることができるものですか。顎に傷があって、ガニ股であるく、あの人殺しのことは」

私は阿鳳のむかいの椅子に腰をおろしていた。二人のあいだには、低いテーブルがあって、白いテーブル・クロスのうえに、あの翡翠の勾玉がのせてある。私はじっとそれを見つめた。

顎の傷とガニ股という言葉で、私はむろん坂井を連想した。鄭清群の父親の暗殺に、日本の軍部も関係していたらしいという、当時ひそかに囁《ささや》かれた臆測も、思い出した。鄭清群は自分の不幸を、はっきり意識していたと思う。世の中が灰色にしか見えないような性格と体格になったのは、あの男のためなのだ。忘れることの出来ない殺人者。それにめぐりあったとしたら……。

テーブルのうえの翡翠から、視線をもぎとるようにして、私は立ちあがった。

「今日はこれで失礼します」

阿鳳も立ちあがって、私をドアまで送ってくれた。これまで、私は彼女にそれほど注意したことはなかった。彼女については『献身的な女中』という言葉で、すべてが説明されると考えていたのだ。ほかに附加的な註釈が要《い》るとは思わなかったし、彼女の表情や態度を問題にしようとしたこともなかった。

だから、ドアのところで、阿鳳が顔をくしゃくしゃにしたのを見たとき、私は思わず足をとめて、彼女をまじまじと見つめた。若旦那が死んで、阿鳳が悲しいのはあたりまえだ。彼女はいまにも泣き出しそうである。

「ねえ、阿鳳。もう忘れるんだね。……いつまでもくよくよ考えていたって、はじまらないじゃないか」と私は慰めた。

するとと、阿鳳は両手で顔を蔽《おお》って、ワッと泣きだした。

「まあ、思い切り泣くのもわるくないかもしれない。せいぜい涙をたんと出して、それから悲しみを忘れるんだね」

と言って、私は彼女の肩をかかえ、椅子のところまで連れ戻してやった。椅子に坐ると、老女はテーブルのうえにうつぶせ、からだをふるわせて、泣いた。

「泣くなと言ったって、無理だろうね」と私は言った。「ずいぶんちいさいときから、若旦那の世話をしたんだろうから」

阿鳳は涙に濡れた皺《しわ》だらけの顔をあげて、

「若旦那が生まれるときからですよ」

「それじゃ、無理もない」

いつまで泣くつもりなのか、わからない。私は彼女をそのままにして、立ち去ろうとした。二、三歩あるきかけると、阿鳳がうしろから声をかけた。

「あたしはね、お元気だった若旦那を、やせこけてしょんぼりした人間にかえた、あのときの人殺しが、憎くて憎くてしようがなかったのです。で、かたきうちをしたんですけど、こんどはそのため、若旦那がまた、人がおかわりになって……」

「かたきうち？　おまえが？」

私は老女のそばへかけ戻った。

阿鳳は涙を拭いて、言いだした。

「あの晩、若旦那はよくおやすみでした。あたしは憎いあの男を殺して……それから、若旦那の部屋にはいって、煖炉のそばの椅子に結びつけた紐をひっぱりました。……そのとき、若旦那がおめざめになったのです。小さな電燈がついていました。若旦那は『阿鳳、なにをしてるの？』とおたずねです。あたしは、『いや、べつに……』と言葉を濁しました。すると、若旦那は、じっとあたしを見つめてから、ゆっくりと腕をおあげになったのです。そして、あたしの肩のあたりを、指でさされました。肩を見ると……返り血がついているじゃありませんか。青い上衣でした。あたしはあとで、丁寧にそれを洗って、洗濯物のなかにつっこんだのですが。……それから……それから、若旦那は、ひとことも物が言えなくなってしまいなのです。みんな、あたしのせいですよ……」

あまりのことに、私はしばらく言葉が出なかった。やっとのことで、

「忘れなさい」とかすれた声で言った。「阿鳳、おまえはもう七十だろ？　みんなすんでしまったことなんだ。忘れなさい」

しゃくりあげながら、阿鳳がうなずいたのを見て、私は早くそこから出ようと思った。

「忘れることができたらいいけど」と彼女は言った。「でも、ほんとに可哀そうな若旦那……」

「可哀そうな男だったなあ」私はドアのほうをうかがいながら、合槌《あいづち》をうった。「ちいさいときから両親をなくして……」

「奥さまは、若旦那が九つのとき、おなくなりになったのですよ」と阿鳳が言った。
「なんべんも言うようだが、すんでしまったことだ。思い切り泣いたら、気をとり直しなさい。……じゃ、今日はこれで」

彼女はなにか言っていたが、私ははっきりきいていなかった。が、ドアからからだを半分そとへ出したとき、私は背後にこんな言葉をきいたのだ。――
「奥さまという方は、石女《うまずめ》でしてね」

戸外へ出て、私はポケットに手をつっこんだ。下村邸でテストをしたとき、紐からはずした石が、まだそこにはいっていた。あの翡翠の形に似た石である。私はそれに手を触れてみたくなったのだ。

石にとどくまえに、私の指は封筒に触れた。家賃を入れた封筒を、阿鳳に渡すのを忘れていたのだ。そのために来たというのに。

だが、引きかえす気にはなれなかった。家賃は、あとで郵送しよう、と私は思った。

急ぎ足で歩いている私の頭のなかで、阿鳳のすがたが大きくうかびあがる。その映像を、私は懸命に消そうとつとめた。――ほそながい老女の顔が、おそろしいほど鄭清群に似てくるのだった。

獣心図

1

インドのムガル王朝四代皇帝ジャハーン・ギールの長子フスラウの死については、正確な記録がある。彼は弟フッラムの所領ブルハーンプールにおいて、一六二二年一月八日に死んだ。文才のあった皇帝は美しいペルシャ語の「回想録」を残しているが、そのなかに、

「フッラムより来信あり。この月の八日にフスラウ腹痛の病により死亡し、神の慈悲のもとに赴けりとの通知であった」

とある。

フスラウが病死したとは、当時でさえ誰も信じる者はいなかった。最も疑惑をうける立場にいた弟のフッラムは、その日狩猟に出かけていた。だが、フッラムの奴僕ラザという男が、主人の命令でフスラウを扼殺したことが、あとになって判明している。

これが真相である。しかしながら、フスラウは庶民の偶像だったので、民間にさまざ

まな説が流布されたのは当然といえよう。たいていは、でたらめに粉飾された、怪説奇談の類にすぎず、史学的吟味にたえうるものはない。とはいえ、なかに話としてはかなり面白いのもある。ことに出色なのは、十九世紀末、ラクナウで石版刷で出された「沈黙の館《ハーネ・ハーモーシュ》」という書物であろう。

出色といったが、創作物語として同種のものより面白味が多いという意味にすぎない。史実と照らしあわせると、すこぶるあやしげな記述も多い。たとえば、フスラウの死亡の日が一月八日であることは動かせない事実であるのに、この書物では一月二十日となっている。場所もブルハーンプールではなく、アグラの宮殿内にしてある。話をうまく作るためには、作者は明白な事実の一つや二つは敢えて折り曲げてもいいと考えたようだ。

一月二十日といえば、ジャハーン・ギール帝の祖父、二代皇帝フマユーンの命日である。

主要人物は当然宮殿に集まったであろう。そういう場面が欲しいので、作者はこの日をとくに選んだらしい。そして、すでに故人となっているはずの王子フスラウもそこに登場させ、そこで殺されたことにしたのだ。

当時、私は十六歳で、王子フッラムの小姓であった。

これが、全編一人称で回想記風に書かれた「沈黙の館」の書き出しである。つづいて、思春期にあった作者が、宮廷でさる高貴な女性の姿にどれほど胸をときめかせたか、といったことが縷々と述べられている。胸のなかの情態はこまごまと述べながら、宮廷の実景描写にはそれほど筆を費していない。どうしても必要なときだけ、それもきわめて自信に欠けた筆づかいで書いている。作者がフッラムの小姓だったというのは、むろん眉唾もので、二百年後のいたずら者が、面白半分に書いたのが真相であろう。

同書によれば、フマユーン帝が書斎から墜落して死んで六十六年後、同じ日に曽孫のフスラウが宮廷の一室で何者かに殺害された。そればかりか、フッラムの侍従ラザもまた別室で背中にイギリス製の長剣をつき立てられて殺された。ラザは作中の『私』にとっては叔父にあたる人となっている。

問題の箇所を原文から引用してみよう。

皇帝陛下は不幸なりし祖父の冥福を祈られた。儀式が終って文武百官は退出したが、その夜は宴席が設けられることになっていた。それまでのあいだ、彼らは庭を散歩したり、室内で座談にふけったりして、時間をつなごうとした。私は叔父とともに、フッラム殿下に従って、宮殿の一隅に出た。そこへ行くには花苑を通らねばならなかった。それはフスラウ王子の妃が丹精をこめて世話しておられた花苑である。

花苑を抜けた小広場は独立した一区劃をなしていた。北と東の両面は、見下ろせば目もくらみそうな城壁が垂直に地面にむかって伸びている。南は例の花苑で、中央の出入口を残して、あとは低い塀によってさえぎられている。西側は西南にむかって大奥《ハレム》へ通じる通路が斜めに走り、その両側は倉庫になっていた。広場からこの通路にむかって左手の最初の部屋は、剰《あま》り物のような三角形になって、修繕に出す物品しか置いていない。ほかの倉庫室はすべて鍵がかかっているのに、この三角部屋だけは、通路に面した戸がいつも開いていた。

われわれ主従三人が花苑の間の細い道を通って行くとき、前方に一人の女官が真鍮の容器を重そうにはこんでいる後ろ姿が見えた。それはフスラウ殿下の館《やかた》つきの侍女で、容器には宮殿の甘露の泉から汲んだ水がはいっているにちがいなかった。重いとみえて、ときどき敷石のうえに容器をおろして、息をついていた。蓋はしてあるが、なかの水が揺れると重心を失うので、彼女はずいぶん気をつけて搬んでいる様子だった。

花苑と小広場の境のあたりに、第二王子パルヴィーズ殿下が貴族のムハーバト・ハーンと一緒におられた。いつ見ても酔っておられる殿下は、このときも水はこびの侍女の前に立ちはだかり、しきりにおたわむれになった。

侍女は当惑して逃げようとした。

「こいつを忘れちゃいかんぞ」

侍女が敷石のうえに残した真鍮の容器の蓋を、指でコツコツ叩きながら、パルヴィーズ殿下は逃げようとする侍女を手招きされた。その足はふらついて、いかにも心許なかった。

「およしなされ」

ムハーバト・ハーンは殿下を軽くたしなめた。酒乱の王子を操縦できるのは、この人だけときいている。パルヴィーズ殿下はよろめく足を辛うじて支えながら、ろれつのまわらぬ口で、

「もういい、ハハ、もういいぞ、心配するな、可愛い小鳩よ、ハハハ……」

と、ふらふら東のほうにあと戻りされた。

小広場の東南隅には、一人の衛兵が直立不動の姿勢で立っているのである。

われわれはその小広場に出た。夕闇がすでに迫っていた。広場の中央に亭《あずまや》風の休憩場所があり、西南隅に小さな館が建てられてあった。南北に長い長方形の瀟洒な建物である。悲劇の王子フスラウ殿下がそこに監禁されておられるのだ。あの謀反事件からだいぶ歳月を経ており、しかも王子は盲目なので、監視の目はそんなにきびしくなかった。ことに近年は父帝も殿下にやさしくなられたという噂をきく。

館の戸は、西側の南寄りのところにつけられてあった。東側の北寄りにも戸はあったのだが、それは久しく使用されていない。イギリスの使節が献上した貯水槽がそこに据えられ、いまでは戸が窓に改造されている。

われわれ主従は館と亭のあいだを抜けた。館の改造窓はひらいていた。私の目の高さ

で、それから貯水槽の上蓋が半開きになっているのが見えた。いつもワニが口をあけたようにしているが、口は室内にむかってひらかれ、そとからは金色の蝶番《ちようつがい》と蓋の上に書いた英字が見えるわけである。この白塗りの水槽は、下のほうにとりつけてある栓をひねると、水が出る仕掛けになっているそうだ。

窓のむかいの亭にはアーサフ・ハーンがいた。フッラム殿下の岳父であり、皇后ヌール・ジャハーンの兄君にあたる人である。

アーサフ・ハーンは婿のフッラム殿下に目礼を送った。殿下は軽くそれに応えられただけで、広場に備えられてある中国《チン》渡来の陶製椅子のほうに歩いて行かれた。ただ私の叔父ラザは、なにか用事があるのか、殿下から離れて、アーサフ・ハーンのところへ行ってしまった。

前方に、真珠をちりばめた緋色のマントをまとった女性が、防壁に沿ってゆっくり西から東へ歩をはこんでいた。ところどころがキラリと煌《きらめ》く緋色のマントは、イギリス大使トマス・ロウ卿が皇后に贈ったものである。その真珠のきらめきは、つねに私の心を刺したものだ。皇后の年齢は私の三倍に近いのだが……。

フスラウ殿下の館のまえに、小柄な王子妃が立っておられた。侍女が水を搬んでくるのを待っておられたらしい。侍女がパルヴィーズ殿下から無事のがれたのを見て、妃殿下も安心なされたようだ。日は暮れかかり、日課となっている花苑の花を摘む時刻が来たのである。妃殿下は侍女と入れかわりに、花苑のほうへ歩き出された。侍女は館内の貯水槽に急いで水を満たしたのだろう、すぐに館から出て、主人のあとを追った。

イギリス風の婦人マントは雨天用のものときいている。むろんインドでは、そんな使いわけをしなくてもいいのだ。雨よけにすっぽり頭からかぶる頭巾がついているが、それはわが国の面被《パルダ》の代用をつとめる。薄暮のなかに、皇后は妙《たえ》なる光をそのまわりに漂わせておられた。その光は、マントについている真珠の放つものではなかった。そして、あるいは、私だけにしか見えないものだったかもしれない。

ときどき白いお顔が、ほんのちょっぴり頭巾からこぼれ出そうになる。しかし、皇后はすぐに頰のあたりに手をおあてになった。そしてまたゆっくり足をおはこびになった。

大理石を敷いた広場は冷えびえとしていた。フッラム殿下は黙ったきりでおられた。殿下の目も、真珠の光る緋色のマントに吸いつけられておられたものと、私は信じている。

静寂とはいえなかった。パルヴィーズ殿下が酒に酔って、たえずなにか喚《わめ》いておられたからである。だがその胴間声も、皇后のまわりにつくられた高貴な光輪をかきみだすことはできなかった。なに者もその光を消すことはできないのだ。

「ハハハ、花がどうしたというんだ?　ええ?　こんな花が……」

パルヴィーズ殿下のお声が近づいた。見ると、両手に一杯の花を握っておられた。花苑に闖入して、手あたり次第にもぎとってこられたのであろう。

「よう、フッラム……花をやろう」

そう言って、パルヴィーズ殿下は鷲づかみにした花をフッラム殿下に差し出された。殿下は眉をひそめながらも、それを受け取られた。

「ああ、これでフッラムに贈物をしたことになる。こんどは……この兄になにか贈ってもらえるだろうな……ワッハハ……」

パルヴィーズ殿下は唇のまわりについた泡を、手の甲で拭いあげながら、いつまでも高笑いをつづけておられた。

「殿下!」

というきびしいムハーバト・ハーンの声に、パルヴィーズ殿下は笑いを収め、「よしよし」と呟《つぶや》きながら、蹣跚《まんさん》とお戻りになられた。

その後ろ姿を見送っておられたフッラム殿下は、やおらむきなおって、

「これを棄てて参れ」

と、みじめにくだかれた花の束を、私におしつけられた。

どこに棄てたらいいのだろう? 美しい大理石の庭園である。——私が迷っているのに気づかれたのだろう、殿下は無表情に、

「城壁のそとに抛《な》げ棄てよ」

とおっしゃられた。

私は北端の防壁まで行って、花の束を抛げ棄てた。このとき、皇后はほんの数歩束よりに佇んでおられた。

私はそちらを見まいとしたが、全身の神経は東がわにむかってそば立った。花を抛げ棄てたあと、ついに誘惑に克てず、ちらと横に目を走らせた。

ああ、皇后が数ならぬ身のこの私の動作にお目をとめられたことは、なんという光栄であろうか！　一人の小姓が花を城壁のそとへ棄てた、――皇后がそれに気づいて、からだを防壁からのり出し、落下して行く花々をじいっと見つめておられたのである。風にひるがえるのを防ぐため、皇后は頭巾のはしをしっかり手に握っておられた。

私は急いでフッラム殿下のそばへ戻った。

しばらく主従二人は風にあたりながら、夕暮の空をながめていた。叔父のラザはまだ用件がすまないのか、なかなか戻ってこない。

どれほど経ったであろうか、フスラウ殿下の妃が花を胸にかかえ、侍女を従えて館《やかた》にお帰りになるのが見えた。あたりはすっかり暗くなっていた。

妃殿下が館におはいりになってすぐ、けたたましい悲鳴がきこえた。悲鳴をあげたのは侍女で、妃殿下はけなげにも、戸のそとに出て、人を呼ばれた。

「なにかあったのかな？」

フッラム殿下はそう呟き、陶椅子から立ちあがって、館のほうに足をむけられた。

「ただならぬ女の叫び声、こはいかに？」

と、だみ声でわめきながら、パルヴィーズ殿下がわれわれを追い越して走って行かれた。そのあとに、ムハーバト・ハーンがつづいた。アーサフ・ハーンも亭《あずまや》から出てきた。

だが叔父の姿は見あたらなかった。衛兵が広場の南がわを走って行くのが見えた。様子がおかしいので、フッラム殿下も途中から走り出された。皇后もわれわれのうしろから急ぎ足に来られるが、婦人の足のこととて、だいぶひき離されている。

盲目の王子フスラウ殿下は、館のなかで息たえておられた。首のまわりに、二重の細《ほそ》索《なわ》がまきつけられているのだった。

「や、毒かもしれない！」とムハーバト・ハーンが言った。「胸、それから手の色を見るがいい。先年毒殺されたハサン将軍のときも、たしかこんな色に……」

胸や手の色ばかりではない。卓上にコップが横倒しになっており、水のこぼれたところが、妖しい薄紫色に変色していた。

おくれて館にはいった皇后は、この有様を見るなり、そのまま失神された。ああ、皇后はこの私の胸のなかに崩れかかってこられたのである。私はうち顫《ふる》えながら、皇后のおからだを支えた。

そのとき、大奥《ハレム》へ通じる廊下のあたりから、またしても女の悲鳴がきこえてきた。叔父のラザが三角部屋の入口のところで、背に剣を刺されて死んでいるのが発見されたのだ。広場の叫び声で、あわててかけつけた皇后付きの女官が、それをみつけたのである。彼女は廊下に半分出ている叔父の頭に、すんでのことに躓きかけ、それが死体であることがわかると、驚きのあまり卒倒してしまったそうだ。悲鳴をあげたのは、あとから駆けつけた女官であった。

この二つの殺人事件は、ついに犯人がわからずじまいであった。フスラウ殿下の妃と侍女が、花苑に行っているあいだに演じられた惨劇、――これだけは、どうやらたしかなようだ。そのあいだ誰も「沈黙の館《ハーネ・ハーモーシュ》」に近づいた者はいなかった。東南隅に直立していた衛兵はそう証言した。但し、アーサフ・ハーンに話しかけられた二分間ほどは目をはなしていたので、確信はできない、とあとでその衛兵はつけ加えた。

　叔父ラザがあの三角部屋へ行ったのは、その二分間のあいだにちがいない。でなければ、衛兵の目にとまったはずだから。

　私に確信できるのは、フッラム殿下、その兄君である酒乱のパルヴィーズ殿下、その後見役のムハーバト・ハーン及び皇后ヌール・ジャハーンの四人が、問題の時間のあいだ、私の目から逃れずにいたことだけである。アーサフ・ハーンはうしろにいたので私には見えなかったが、衛兵と話を交わしていたのだから、やはり嫌疑のそとに置いてもよかろう。

　あの大奥《ハレム》に通じる廊下からなら、衛兵の目にも私の目にもとまらずに「沈黙の館」へ侵入できたかもしれない。だが、あそこからは男が出て来るはずはないのだ。女は？　あの一番さきに駆けつけて気絶した女官は、ずっと倉庫と大奥の境にいたが、誰も広場のほうへ出た者はいなかった、と断言している。また女官はみだりにハレムのそとへ出ることができないのでもあった。

　叔父の背に刺された剣は、柄《え》のところを修繕するため一時あの三角部屋の壁にかけられていたものとわかった。

かりに叔父ラザをフスラウ殿下殺しの犯人とした場合、誰が叔父を殺したか、という問題がまだ残る。

貯水槽の水に毒が投じられていることが、すぐに判明した。同時に槽の底から一粒のダイヤモンドが発見された。毒はそのダイヤモンドに塗られてあったのだろう。

二十年を経た今日、この事件の謎がやっと解けた。事件を解決するためには、各人の来歴、性格、及び当時の政治情勢などの知識が必要である。さらに重要なのは、犯行時の現場の模様、それから心理上の問題であろう。二十年後私は殺人のからくりがわかったが、この最後のもの、すなわち心理上の問題だけは自分で解くことができず、あとで教えてもらったような次第である。

さて当時の……

2

このあと原文は、史実と登場人物の叙述に移っているが、すこぶるたどたどしい。それ故、これからはかなり原文を離れて、この事件の背景を述べることにしよう。

その前に、あまり精確でない記述を頼りに、例の「沈黙の館」の庭の見取図を作成しておこう。

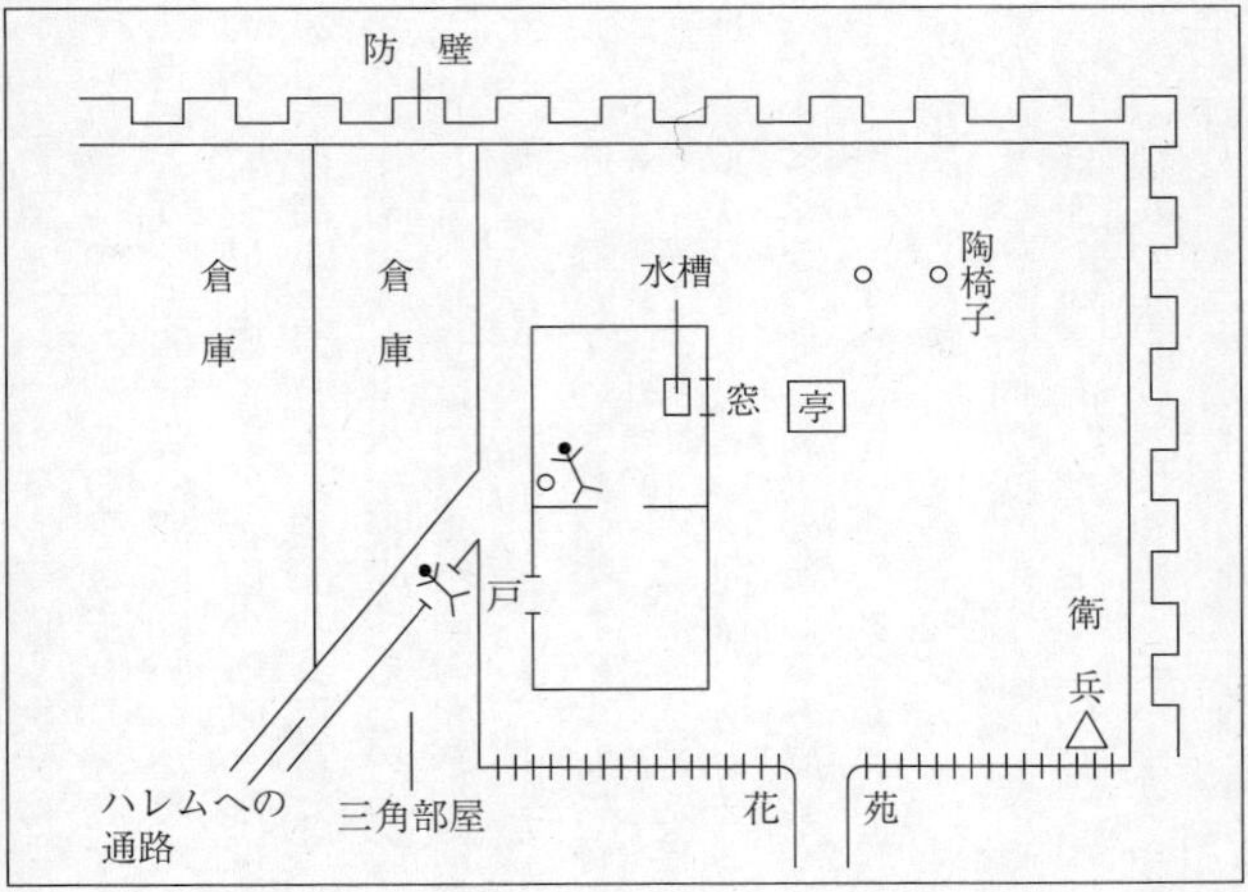

零落したペルシャ貴族ミルザ・ギャスウッディンが、新天地で運試しをしようと、妻と三人の子供を連れてインドへ旅立ったのは、一五七五年のことであった。心細い旅先のことでもあり、インドへの途次アフガニスタンで妻が女の子を分娩したとき、ミルザはこの子を養って行けるかどうか、まるで自信がなかった。一時は心を鬼にして、いまのうちにこの赤子を手離したほうが、子供自身の将来のためにもよいのではないか、とまで思いつめた。

しかし、同宿の老インド人の一言で、それだけは思いとどまった。

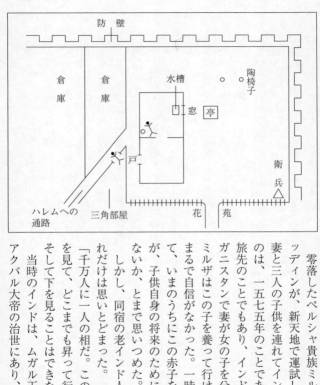

「千万人に一人の相だ。この子は上ばかりを見て、どこまでも昇って行く。上へ上へ。そして下を見ることはできない」

当時のインドは、ムガル王朝三代の英主アクバル大帝の治世にあり、すべてが新興の気運に満ちていた。ミルザにも機会はあるだろう。彼は生まれたばかりの赤子を抱いて、旅をつづけた。この子はモハル・ニサー（女の印章）と名づけられた。

当時ムガル王朝枢要の地位にあった人たちは、概ね幼少から兵馬のなかに育ち、正規の教育を受けていない。帝国の膨張と制度の整備とによって、いまや能筆の官僚をもとめる声は高まっている。帝国の公用語はペルシャ語であったから、アクバル帝の政策がいかに土着のインド人を優遇するといっても、官僚の供給源には自ら限度があった。

はたしてミルザはムガル帝国の大蔵省に就職できた。下級官吏であったにしろ、親子六人は苦難にみちた流浪の末、やっと安楽な日々を送れるようになった。そしてモハル・ニサーはたぐい稀れな美貌の少女に育ち、十四のとき、侍女として宮廷に出た。

アクバル帝の長子サリームは、ときどき宮殿内の望楼から鳩をとばして遊んだ。ある日、ミルザの娘も大ぜいの同僚たちと一しょに王子に従って望楼へ登った。彼女はうしろに小さくなって、欄干のところへ出ようとしなかった。サリーム王子は何か用事ができたので、たずさえていた一とつがいの鳩を、出がけになに気なくモハル・ニサーにあずけた。

仲のよい一人の同僚が、

「いい景色だわ、あなたも来てごらん」

と、彼女の腕をひっぱった。モハル・ニサーはからだを硬《こわ》ばらせたが、その途端に片手を離し、一羽の鳩をにがしてしまった。

用事をすませて戻ってきたサリームは、彼女を咎めた。

「ばか者！　どんなふうにして逃がした？」

「こんなふうにしてですわ！」

モハル・ニサーはそう答えて、残る一羽の鳩を放ち、観念した目をまっすぐ王子のほうにむけた。このとき以来、王子サリームは恋の虜となったのである。

サリームは当時二十一、すでに何人かの妻妾をもつ身であった。しかし、あの開き直ったペルシャ娘のつぶらな一対の瞳が心に喰い込んでからというもの、もうなにもかもうち忘れて、ひたすら彼女を手に入れようと狂奔するだけであった。

この狂気に近い身分違いの恋をよろこばなかったアクバルの母ハミダは、早速方法を講じて、モハル・ニサーをベンガルの武将シェール・アフカンに妻として与えた。

だが、サリームの恋は異常な燃え方をしていたのである。失恋の傷手は深かった。祖父フマユーンに似て自然を愛好し、豊かな詩才にめぐまれたこの貴公子の面貌に、にわかにニヒルの翳《かげ》があらわれはじめた。酒壺に親しみ、そして阿片を吸飲するようになった。彼は自分からモハル・ニサーをひきはなした連中のまえで、豪勢に破滅してやろうと決心したもののようにみえた。

ムガル王朝初代皇帝バーベルはティムールから算えて五世の孫、母方にはジンギス汗の血がはいっていた。彼が中央アジアから追われ、アフガニスタンを越えてインドに侵入し、幾多の戦闘ののち主権者宣言《フトバ》を行なったのは一五二六年のことである。とはいえ、まだ不安定な地方政権にすぎず、バーベルの子フマユーンの代には一度インドを追われてペルシャへ逃げこんでいる。アクバルはこの遁走の途次に生まれた。フマユーンが捲土重来インドに兵を進めたとき、十三歳のアクバルはすでに全軍の指揮官であった。翌年、父が墜落死して、アクバルは十四歳で皇位に即《つ》いた。直ちに強敵ヒームをパーニ・パットで破り、十九歳で傅相バイラーム・ハーンの摂政職《ハーニ・ハーナーン》を解いた。その後アクバルは戦塵にまみれ、海と海をつなぐ大帝国、阿育《アソカ》大王以後はじめての全インド的帝国を築いた。

このように、ムガル王朝真の創設者はアクバルであるが、彼は子供運にめぐまれなかった。アグラで生まれた子供が二人つづいて夭折したので、わざわざシークリーに宮廷を移した。そこで彼はやっと、年来の宿願であった丈夫な男児を儲《もう》けた。これがサリームである。

失恋のサリームは朝覲《ちょうきん》を怠った。伺候しないだけならまだしも、彼はアラハバードにとどまって公然と父帝に叛旗をひるがえす態度を示した。

これはまさに狂気沙汰である。千軍万馬の猛将アクバルとムガル帝国の精鋭無比の軍隊をもってすれば、サリーム配下の小勢の如きは、鎧袖一触たちまち潰え去ること、あまりにも明白にすぎている。

こんどばかりは、さすがのアクバルも愛児の行動を許せなかった。家臣にたいしても示しがつかないのだ。

「小わっぱめ、目に物見せてくれる！」

サリームの軍勢を蹴散らすにはなにほどの準備も要らない。アクバルはクーデターの報せをきくと、直ちに出陣した。しかし、母后の思わぬ急病の通知で、途中からひきかえした。母后は崩じた。アクバルはもうサリームをそのままうち棄てておいた。鎮圧するまでもないと、問題にしなかったのである。

アラハバードで不貞腐《ふてくさ》っていたサリームにも、宮廷の消息がいろいろともたらされていた。父帝出陣のことをきいても、彼は父が本気で自分を斬る気だとは、最後まで信じることができなかった。二人の弟ムラードとダーニャールは、アルコール中毒でどちらも世を去っている。大帝アクバルの頼みとするのは、サリームただ一人ではないか。ところが、父帝がサリームの長子フスラウを後継者にする意図がある、という噂が耳に入った。これにはサリームも考えこんでしまった。モハル・ニサーへの恋にとりつかれた彼には、王位の如きはもともと問題ではなかった。が、次第に考え方がかわってきた。——今でこそこうして、切ない思いをどうすることもできないでいるが、一旦王位に即けばどうだろう？　帝国の実権を握れば、ベンガルからモハル・ニサーを奪いかえすことができないでもなかろう。それなのに、ここでわが子のフスラウが自分をおいて即位すれば、彼女はもう永遠に手の届かぬ存在となる。

サリームは破滅の中途で己れを制した。折よく母からひそかに、若しすぐ参内するなら過去の罪は問わぬつもりだという父帝の内意をしらせてきた。

サリームは巨象四百頭を土産に、父のもとに赴いた。一六〇四年十一月のことだった。父は顔を綻ばせ、三十五にもなった不肖の息子を抱きしめんばかりにしてよろこんだ。

「サリーム、よく来た。さあ、奥へ参ろう。ながいこと待たせおった」

奥の一室で父子二人きりになったとき、アクバルはキッと息子を見すえた。老いの目に、不思議な火がともった。と、あっという間もなく、サリームは頭部に激痛を感じ、床のうえにぶっ倒れた。

猛烈な一撃だった。嘲けるようにひらいた父の大きな鼻孔を見あげたとき、サリームは生まれてはじめて恐怖の戦《おのの》きをおぼえた。なんという直截明快な懲罰であろう！　以後彼は二度と父に反抗しようとはしなかった。

翌年十月十七日、アクバル帝はアグラで崩じた。二十四日に、サリームは即位した。ムガル王朝第四代皇帝ジャハーン・ギール（世界征服者）である。

ジャハーン・ギール帝即位の翌年四月六日、長子フスラウは居城を脱出し、シク教徒の援助をうけて叛乱の軍をおこした。しかしわずか三週間で破れ、フスラウはとらえられた。フスラウの弟フッラムは、兄就縛の報せをきいたあと居室に戻ると鼻を鳴らして呟いた。

「ふん、あれが稀代の才子というのか！」

この陰気な十五歳の少年は、喜怒哀楽をほとんど表情にあらわさなかった。

アクバル帝の孫のなかでも一番上のフスラウはとび抜けてすぐれており、ほかの弟たちはみんな彼の足もとにも及ばないと思われていた。だがフッラムはそんな世評を内心嗤《わら》っていたのである。

学問の師も武芸の指南役も、出来のよくないフッラムの顔をみつめて、『兄君だったら……』と溜息まじりに首を振ったものである。それにもかかわらず、フッラムの傲岸な自信はつゆもゆるがなかった。

アクバルが死んだとき、市民の表情には先帝にたいする哀悼の念と新帝への不安の気持がまざり合っていた。先帝は勤勉で敬虔で、同情心に富み、人民にとっては慈父のような王であった。新帝はどうか？　怠惰で放逸、酒と阿片の奴隷である。祖父の薫陶を最も深く受けて、『私は骨の髄までアクバルだ』と揚言していたフスラウは、尊敬する祖父の遺業が阿片患者の父の手で泥にまみれるのを、平らな心で見ておれなかった。

〈その気持はわからんでもない〉

フッラムはせせら笑いながら考えた。おれなら……と彼は思う。叛乱なんてばかなマネはしない。ながい乱行で父の肉体は相当いたんでいる。死はまだ早いとしても、政務に堪えぬ病人となりはてるのもそんなに遠いことではない。何故時節を待たなかったのか？

〈結局、兄貴はばかだったのだ〉

宮廷には投機はつきものである。しかしサリームの息子たちについていえば、すべてに卓越したフスラウの存在によって、投機の余地はほとんどなかった。フスラウ以外に賭ける酔狂者がいただろうか？

フッラムはこのことを幼少から身にしみて痛感している。たまに誰かが親切を示すことがあっても、それは人目を避けるようにして行なわれたのだ。貴族顕官たちは競ってその子弟をフスラウに近づけようとした。フッラムには誰も寄りつかず、彼は常に孤独だった。

自分と兄のフスラウをこんなにひき離したものは、一体何であったか？　フッラムはそれをわずかな差だと考えていた。聖典《クルアーン》暗誦の能力、馬術の巧拙といったことは、フッラムは全く問題にしていない。

「すこしも努力なされぬのに、なんでもよくお出来になる」

人びとは兄の明敏さを、そんなふうにほめた。しかしフッラムは、兄が人にかくれて深夜ひそかに聖典暗誦の練習をしていたのを知っているのだ。

民情視察と称して、馬にのってアグラの市街を駆けるとき、頬を紅潮させた娘たちや、無邪気に万歳を叫ぶ子供たちに、にっこり笑っていとも優雅な答礼をする。――ただそれだけだ。手を振って歓呼にこたえるときの指のうごかし方、それだけがフッラムの真似ることのできぬ兄の特技であった。

だがその兄に対する市民たちの態度も、フッラムの目には演技的なものと映った。むなしい芝居。――兄は役者の一人でもあり、かつ観客でもあった。

兄は自分が起てば宮廷の要人はもとより、帝国軍隊、一般人民も翕然として旗の下に馳せ参ずるものと考えていたのかもしれない。彼が芝居だけを見て、真実の人心を把握していなかったことは、いまやあきらかである。

フッラムは兄とちがってほとんど顔を知られていない。ときどき町へ出ても、彼の身分を知る者はいない。従って、そこには演技はない。庶民の赤裸々な生活や感情をそのまま見せてくれる。そこで彼は本能的に感じとった。――男たちが叛乱に加担するようなことがあるとすれば、それは明日の糧《かて》がなくなって、妻子の餓死が目前に迫ったときだけである、ということを。

いつも愛想よく手を振ってくれるからというだけでは、叛乱に参加せねばならぬ義理はない。大アクバルの遺業だの、正義だの革新だのは、庶民にとっては珍紛漢のお題目以外のなにものでもない。

誰が兄の叛乱に荷担したか？　一握りの血気の青年の参加はあった。それが兄の力が実際に影響を及ぼしうる限度だったのだ。

〈つまるところ、賢いとほめそやされていた兄貴は一介の馬鹿者にすぎず、その兄をもてはやしていた連中は、それに輪をかけたたわけ者ということになる。とかくこの世には間抜けが多すぎる！　それにくらべて、おれほど思慮の深い人間がほかにいるだろうか？〉

暗くなったのに部屋に灯もつけず、フッラムは闇にむかって薄笑いをうかべた。

エリザベス女王から派遣されてムガルの宮廷にいた英大使トマス・ロウ卿の日記は、フッラムの性格を次のように描写している。

> 私はいまだかつてかくも取り澄した表情をし、絶えず謹厳なる顔をし、決して笑うことなく、他人に対しては尊敬も関心も有せず、極端なる自負と他に対する侮蔑にみちた人間を見たことがない。

捕われのフスラウは足枷《あしかせ》をはめられ、ラホールの城へ檻送された。彼に従った一万二千の健児の多くは戦場で死んだが、千人近くの捕虜が、フスラウより一足先にラホールへ送られていた。

「ゆっくり凱旋するがよい。いまに歓呼の声もきこえようぞ」

ジャハーン・ギール帝は、血の気の失せた息子にむかって言った。

ラホールの白い城門がフスラウの目に焼きついた。ついで城門の前に並んでいる杭《くい》の列が目に入った。杭の数は千に近かった。杭には一人ずつ裸の人間が後手にしばられている。いずれもかつて彼の部下だった兵士である。フスラウの目から、とめどなく涙が溢れてきた。涙の露を通して、見渡すかぎりの、顔をもった杭の林が、ゆらゆらと揺れる。

叛軍の盟主フスラウの目のまえで、刑は一斉に執行された。鋭い木釘が生きた人間のからだに打ちこまれた。千に近い集団から、同時にしぼり出された断末魔の呻きは、この世のものとは思えぬ響きをもって、あたりにこだました。これがジャハーン・ギール帝の言う『歓呼の声』だったのだ。

フスラウの心は砕け散り、目はくらみ、天と地がぐらぐら揺れた。

彼の意識が回復したのは、城砦の上に据えられた、堅い木製の椅子のなかであった。口のなかで強烈なアルコールが舌を刺した。目をあけると、一人の兵士が彼をのぞきこんでいた。手にはまだ半分ほど気つけの酒が残っているコップをもっていた。王子の意識が回復したのをたしかめると、その兵士は無言のままひきさがった。

かぶさっていた兵士が身をひくと、ヒンドスタン平原の緑が、痛いほどフスラウの目にしみた。緑のあいだを、ラヴィ河のものうげな流れが灰色に偂《は》っている。悪夢からさめた人間の目に最初に映るものとして、これほど似つかわしい光景がまたとあろうか。その一本の帯のような水は、過去から永劫にかけての苦悶を形どったように、いま醒めた悪夢にはまだまだ続きのあることを思い出させるのであった。

「意気地なしめ！　目をまわしおって」

父の憎々しげな声が背後にきこえた。

フスラウは命だけは許してもらえた。そのかわり、両眼をつぶされたのである。あのすずしい瞳、ムガル王家の黒い真珠と謳われた瞳は永遠に閉ざされてしまったのだ。

3

モハル・ニサーの良人は奇妙な死に方をした。そして、彼女はベンガルから都へ連れ戻された。かつての王子サリームが、いまやジャハーン・ギール帝となって、三十を越えた昔の恋人に再び言い寄ったのである。

十五年の歳月も彼女の美貌を奪うことはできなかった。また帝の執念も、十五年まえのそれに劣るものではなかった。

執拗な帝の求愛を拒みつづけること四年、三十六になったモハル・ニサーはやっと喪服をぬいで、皇后の座にのぼった。

ある日、彼女は思い出の望楼に登った。意を決してまえに進み出、欄干に手をやって下を見た彼女は顔面蒼白となって、額に汗の粒をうかべた。侍女が倒れかかる彼女をうけとめた。望楼を降りると、彼女はただちに帝に『承諾』を伝えたのである。

帝は彼女の名をヌール・マハル（宮廷の光）と改めさせた。しかしまだそれでも満足できず、しばらくするとヌール・ジャハーン（世界の光）という称号を贈った。

シェール・アフカン未亡人として、あれほど節操の堅さを示した彼女が、遂に帝の求愛をうけいれたことについては、彼女だけが知る一つの秘密があった。それは盲目の王子フスラウの義母になりたい、たったそれだけのためだったのである。

祖父の智勇と父の芸術家肌の性格とをうけついだフスラウは、どんな人をも惹きつけずにはおかぬ不思議な引力をもっていた。盲目となってからでも、不幸の翳《かげ》は彼の面上にあらわれなかった。それどころか、目を閉ざされて以来、彼はぱったりと年をとることをやめてしまった。

あのかがやかしい瞳は失われたけれど、彼の容貌はいつまでもみずみずしく、その精神も二十歳《はたち》前の蕾のまま氷にとざされたかのようだった。花こそ咲かせなかったが、それかといって、色褪せることもなかったのだ。たえず微笑をたたえた白皙の童顔には、誰もがほのあたたかいものを感じないではいられなかった。

フスラウは一年間鎖につながれたが、その後アニ・ライの邸に預けられた。しかし宮中の儀式などには、厳重な警固のもとに、父帝に扈従《こしょう》した。世界の光ヌール・ジャハーンは、そんな折に親切な言葉をかけることにしていた。彼女はペルシャ人の楽団をアニ・ライ邸へ送って目のみえぬフスラウを慰めることもあった。ときには微行で訪問することさえあった。

フスラウを前にして、彼女は自分の動悸が相手にきこえはせぬかとおそれた。有り難いことに、こちらの表情は相手に見えない。が、ともすれば彼女の言葉はあやしくうわずり、こんな取り乱した物の言い方をすれば、相手に自分の本心を感づかれはしないかと心配したり〈いや、感づいてくれないものか〉と期待することもあった。

「フスラウ殿、すこし戸外《そと》に出ておからだを動かされたほうがよくはありませぬか？ちかごろお顔の色がすぐれませせぬが……」

するとフスラウは笑って、

「ときどき無聊の余り庭に出てみるのですが、どうも……。なにしろ狭い庭に慾張っていろいろ細工がしてありまして、思いがけぬところに石をころがせたり、樹を植えていたり、盲目の私には物騒千万です。おっかなびっくりの歩みが我ながらもどかしゅうて、いつも早々に切りあげてしまいます」

彼女の目がしらは思わず熱くなった。

「いけません、こんなところにおられては。もっと広い庭のあるところ、物に躓く心配なしに歩けるところへ行きなさい」

「私はとらわれの身です。私には行きたいところへ行ける自由がございません」

「陛下には私が口添え致しましょう」ヌール・ジャハーンはせきこんで言った。「いけません、こんなところは。もっと息のつける所、もっと明るい所へ参りましょう」

「明るい所？」フスラウは苦笑して、「私には明るい所なんぞありません」

彼女はせめて先夫とのあいだにできた娘をフスラウにめあわせたいと思った。だが、フスラウはすでに一人の献身的な女性を妻として迎えていたのである。小柄な美しい女であった。

ヌール・ジャハーンは、フスラウの妃にはげしい嫉妬を感じる。また彼女は良人ジャハーン・ギールのなかにフスラウのすがたを求めようともした。しかし酒と阿片に毒され、美食のために醜く肥っている皇帝に、フスラウのあの清純な面影が宿っているわけはなかった。若かりし日、彼女に言い寄ったサリーム王子の輪郭さえ、いまの良人には求めるべくもなかったのである。

「やはり宮殿にお住みになられたほうがよろしいと存じます。宮殿こそあなたに一番ふさわしい場所です。私が陛下にお願いしてみましょう。きっとお許しになりますわ」

「宮殿は困ります」

と、フスラウはあわてて言った。

彼はときどき参内するが、そのたびに心の傷あとが疼《うず》くのである。王宮の石畳の上を、一歩一歩さぐるように歩く自分の跫音が、広い建物の内部に、たどたどしく反響する。わが世の春を謳歌したすぎし日の自分の快活な跫音が、そのあたりからきこえてくるような気がする。幻聴の跫音はときどき立ちどまり、憐れむように、そしてもどかしげに、現実の跫音を待つ。音を重ねようとするのだろうか？　考えただけで肌寒い。それがたまらないのだ。

フスラウには、アニ・ライ邸における妻とのささやかな営みだけが人生のすべてであった。衆人の目にふれる機会の多い、そして、昔の思い出にみちている宮殿に住むなど、できることならご免蒙りたいものだ。

「なんとしても宮殿はこの身の置きどころではございません。どうか、そんなことを父上にお願いしないで下さい」

彼の声は哀願に近く、かすかに顫えてさえいた。その一途なフスラウの顔つきが、一層ヌール・ジャハーンの心をかきたてた。いとおしくてならないのだ。両の頰は遠慮なく火照り、熱っぽい吐息が彼女の唇からもれる。

アニ・ライ邸は高台にあって、眺望絶佳であった。しかし皇后は決して窓際に行こうとしなかった。彼女はただフスラウの顔をむさぼるように見つめるだけなのだ。


遊牧民的尚武の気風にみちていたムガルの宮廷は、驚くほどすみやかにペルシャ的風雅にとって代られた。ヌール・ジャハーンが宮廷に君臨したからである。彼女が掌握したのは大奥《ハレム》の実権だけではない。廷臣、将軍、知事の任命罷免さえ、悉く《ことごと》彼女が裁決するようになった。

彼女につながる眷族の栄達はいわずとしれたことである。なかでも彼女の実兄アーサフ・ハーンは、またたく間に宮廷内で並ぶものなき権威を張るようになった。王子フッラムがそのアーサフ・ハーンの娘ムムターズ・マハルを妻に迎えたのは一六一二年、ジャハーン・ギール帝が年来の宿望をはたしてシェール・アフカン未亡人と結婚した次の年のことである。

新皇后ヌール・ジャハーンに出来ないことは何ひとつないようにみえた。強いていえば、良人の飲酒癖を矯正するのに少々手間どった位だろう。しかし人に知られぬことだが一つだけ思い通りにならぬことがあった。盲目の王子フスラウにたいする想いがそれである。

皇帝は完全に皇后の支配下にあった。酒の量も減ったし、あのおそるべき阿片も、あらかた克服したほどである。ムガル王室の遠祖ティムールは愛妻家として知られているが、彼の子孫も代々妻を愛することが深かったようだ。帝のヌール・ジャハーンにたいする愛はほとんど信じられぬほどはげしく、彼女なしでは、一日もすごせぬ有様であった。

つぎに第五代皇帝シャー・ジャハーンとなったフッラムも妻を深く愛し、彼女の死後その墓所として壮麗なタージ・マハルを建立した。現在これは夫婦愛の金字塔として、あまねく世界に知られている。しかもほかならぬそのフッラムが、一時は父の妻であり、同時に自分の妻の叔母にもあたるヌール・ジャハーンに、ひそかな慕情をよせていた形跡があるのだ。

例のトマス・ロウ卿の日記に、次の一節がある。

私が判断する限りでは、彼（フッラム）も会話する自由を有した父の愛妻に心惹かれていたものと思われる。皇后は先日王子をイギリス馬車で訪問し、その辞去にあたって宝石を飾った外衣を贈った。私に誤がないとすれば、彼の注意は全くあらぬ方に奪い去られていた。

兄フスラウの叛乱後、フッラムの環境は一変した。いまや次代の帝国を担う後継者として、彼が大きくうかびあがってきたのである。フスラウは盲目、そして叛乱の前科をもっている。次兄のパルヴィーズは早くからアル中でその性格を破滅させていた。弟のシャフリヤールは無知者《ナ・シュダニー》と呼ばれているほどの器量なしである。衆目がフッラムにあつまったのは当然のことであろう。

彼にとり入ろうとする人たちがまわりに集まってきた。彼らは以前フスラウを取り巻いていた連中なのだ。フスラウは角張った形式がきらいで、友人たちとざっくばらんに交わることを好んだ。だから彼らはそのときの経験を新主人にも試みようとした。だがフッラムはそのなれなれしさに辛抱できなかった。たちまち彼の眉は曇り、憤然といら立つ色がみえた。人びとは驚いて引き退った。

誰もフッラムを研究していなかったのだ。

フッラムも、できることなら、周囲になんとなく明るさと楽しさを漂わせる兄の真似をしてみたかった。が、彼の心にあるなにものかがそうした模倣に抵抗した。

〈そんなに親切にしたいのなら、なぜもっと早くせなんだ？　兄フスラウの目があいていた頃、どうしておれを構いつけなんだ？　どうしておれの前を素通りした？〉

おべっかを言われるたびに、フッラムの心にそんな独白がすぐにうかぶのである。彼は依然として己れの殻にとじこもった。近づいて来る連中に侮蔑の目をくれながら。

彼の感情の起伏ははげしかった。ただそれがそとにあらわれることは稀であった。どんな爆発的な感情も、彼は一歩手前で分別臭く抑えてしまうが、そのときに残す憎悪とも軽侮ともつかぬ目差しには、言いしれぬ不気味さがこもって、人びとをたじろがせた。

連日もの憂く降りつづく雨季のある日、聖伝《ハディース》を講義していた老師傅が、悲しげにフッラムの顔をまじまじと見つめて言った。

「殿下はいま何を考えておられますか？」

フッラムの心は聖伝にはなかった。彼の目は、庭の白砂にとびこんでは吸いとられる細い雨脚にそそがれていた。が、その心はヌール・ジャハーンの面影を追っていたのだ。

老師の言葉に我に返った彼は、目を机上の書物の上に移した。ひろげられた聖伝の頁には、アラビヤ文字が上や下に注音符をかぶったりぶら下げたりして、窮屈そうに並んでいる。そのなかに、彼は「悪魔《シャイターン》」という文字をみつけた。

「悪魔を」と、彼は無造作に答えた。

八十に近い老師は、今しがたまで王子のながめていた庭に目をやって、「悪魔を」と鸚鵡がえしに呟いた。やがてむき直って、

「ゆめ、人の道に背を向け遊ばすな」

と、一と言だけ言った。

フッラムは老人の顔を見た。まぶたの肉がたるんで、目を蔽わんばかりである。わずかのすき間から光っている眼球は涙で湿っているようであった。本心を隠すことにかけては、十分の自信をもっていたにもかかわらず、今こうして視力もさだかでないこの老人に、心の奥底を見透かされた。フッラムは全身の血が逆流するほどの恥辱をおぼえた。しかし彼はすぐにいつもの自負心をとり戻した。

〈老師はおれの心底を見たが、おれのほうでも老師の内心が見えたのだ。こやつは『フスラウ王子なりせば』と考えている……〉

またしても兄のフスラウだ！

どんなに急いで走ろうと、執拗に自分の前へ前へと、兄の投影は先廻りするのである。

物心のついた頃から、兄はフッラムからあらゆるものをもぎとる掠奪者であった。兄が通ったあとには、何も残らない。手あたり次第にまわりの人びとの愛情と尊敬をかっさらって行く。幼いフッラムがそこはかとない想いを寄せた女官たち、驚歎の目で憬れた武将たち、鷹揚であたたか味にあふれた大官たち、神秘な目をもった宮廷詩人たち、――彼がすがりつきたいと思ったすべての人間の心は、すでに兄が先に摑んで行ったのだ。フッラムには何ものも残されなかった。

人びとの心の底に、兄はまだまだ生きている。――老師の皺だらけの顔を見つめながら、フッラムはそう考えるのだった。

4

父帝がアニ・ライ邸にフスラウを訪ねて来た。異例のことである。

何ごとかと訝《いぶか》ったが、用件はフスラウをこの邸よりもっと広いアーサフ・ハーン邸に移すことだった。どうして帝自身がわざわざ来たのか？　フスラウには思いあたるところがあった。きっとヌール・ジャハーンの進言にちがいないのだ。

浴室《ハムマーム》から流れ出る水が、単調な音をたてて、庭の溝に落ちる、先刻からその調子はくずれない。フスラウはその音に耳を傾けている。何の変哲もない音だが、それでも耳を澄ますとそのなかにも一種の抑揚があり、かすかな緩急もまじえているのがききとれた。女たちの滑肌と今しがたまで戯むれていた湯であろう。溝を伝って塀の外の濠に流れこんでも、しばらくは湯気を立てているにちがいない。

水の音は急にむせぶようにかぼそくなり、やがて雫となって、ぽつりぽつりと垂れはじめた。一つの雫と次の雫の間隔が、次第に長くなる。それにつれて、音は何かを要約でもするかのように、短く、そして鋭くなる。

父と子はむかい合ったまま、しばらく黙っていた。フスラウの顔は諦念の見事な表現そのものであった。父と相対しても、憎しみの表情はあらわれなかった。ジャハーン・ギールは父アクバルから受けた、あの底知れぬ恐怖を思い出す。忘れもしない先帝の死の前年、改心して参内した彼を撲ったあの痛烈な一撃、——生涯を通じてあれより怖ろしいものはなかった。それにくらべると、わが子フスラウの叛乱にたいして自分のとった、じつに手の込んだ残忍な処刑が、どれほどの畏怖を与えたか？　アクバルの一撃で彼が知ったあの恐怖には到底及ばなかったのではあるまいか？

「もう話すこともあるまい。アーサフ・ハーンの邸に移ったら、また訪ねようぞ」

と、ジャハーン・ギール帝は立ちあがった。

引き揚げて行く父の跫音には、もう以前のような荒々しい響きはなかった。

夜鶯がないた。浴室の水はもう尽きた。今まで水の音で消されていた別のものが、再び音の世界に場を占めはじめる。さして広くない邸なので、塀の外の音もすぐにきこえる。

光のなかにいた過去と、暗黒の世界にとじこめられた現在とを結ぶ唯一の絆は、戸外の音である。ここはあまりにも外の音に近すぎる。広いアーサフ・ハーンの邸なら、外界の音声から完全に隔離されるかもしれない。むろん、これはヌール・ジャハーンが父に勧めた移転であろう。あのひとは、ここが気に入らないのだ。高台にあって絶景を見下ろせるところが……。おそらく、その景色を目におさめることのできないこの自分に同情してのことであろう。フスラウはそう考えた。

ジャハーン・ギール帝は口から出まかせに約束したのではなかった。アーサフ・ハーン邸に移されてから、フスラウはときどき父帝の訪問を受けた。しかも父の態度は、訪問のたびにやさしさを加えたのである。

フッラムは、父が兄のところへ何度訪問したか、正確な回数を知っていた。なぜなら、邸の主《あるじ》アーサフ・ハーンは、彼の妻の父なのだから。父が兄を憐れむだけなら、まだ辛抱できた。身ぶるいするほど憤懣の火を胸に燃やしたのは、父が兄にやさしくするのは、ヌール・ジャハーンの指し金だと知っているからだ。

一六一六年、アフマッドナガルの大臣マリク・アムバルが反旗をひるがえした。フッラムは征討軍総司令として、デカンに赴くことになった。出発前、彼は岳父を訪問したついでに、その邸に預けられている兄のフスラウに会ってみる気になった。

「そなたは大事なからだ、武勇をあらわす機《おり》だとて、それにとらわれるまいぞ。アムバルは才智に長《た》けた男ゆえ、無理な深追いは禁物。ことにデカンは迷路の多い土地ときく。ゆめ谷や密林に誘いこまれるでないぞ」

フスラウは昔通りの兄であった。大軍を率いて征途に就くフッラムに、こんこんと諭すような口振りで注意を与える。

「フッラムよ、デカンの土産には、よい声で鳴く鳥を所望したい」

「私に鳥の声の良しあしがわかるかどうか、保証は致しかねます。なれど、つとめてさがして参りましょう」

「いや、それも是が非にでもと言うのではない。……したが、そなたの声は、なぜか元気無うきこえる。何はともあれ。からだには十分気をつけなされ。要《い》らざることに神経を使うでない。土産の注文も、そんなに気にかけるには及ばないぞ」

と言って、フスラウは笑った。

笑い声は亮々として暗さがなかった。フッラムは自分の声に異常を認めた兄の直観に、怖れを抱いた。そのころ、ヌール・ジャハーンへの道ならぬ片想いに、彼は精神をすり減らしていたのである。

フッラムが岳父の邸を辞去するころ、空は曇って幾層も重なった雲が低くたれこめていた。雲に誘われたかのように風がうごきだす。庭樹の梢がむせび泣くような音をたてはじめた。

門のそとまで送りに出たアーサフ・ハーンは、フッラムが鞍に跨がろうとしたとき、近づいて言った。

「このたびのデカン出陣は、殿下にとっては大事な試練。存分のお働きを祈りまする」

婿が皇帝となった暁にこそ、アーサフ・ハーンの権勢がゆるぎなく確立されるのである。現在の栄達は、妹から施し物のように与えられたにすぎないのだ。

「パルヴィーズ、シャフリヤール両殿下は問題となり申しませんぞ」

そう言って、アーサフ・ハーンは口を噤んだ。

一陣のなまぬるい風が、門前で佇む二人に吹きつけた。空の暗雲はそれに呼応して一段と低く、そして疾く、餌物を狙う禿鷹のように舞い降りてくる。木立の梢がざわめく。

ややあって、アーサフ・ハーンは低い声だが、力強く言った。

「殿下をさえぎる者ありとせば、それはフスラウ王子のほかはありませんぞ」

大粒の雨がひとつ、フッラムの頬を打った。


アビシニヤ出身のマリク・アムバルは意外に強く抵抗した。しかし数に物をいわせて圧倒するムガル軍によって、アフマッドナガルは陥ち、マリク・アムバルはマラータの騎兵を率いて、デカンの奥深く姿をかくした。

デカンの炎暑に堪えかねたフッラムは、アグラ城の庭を縦横に走る水路を思い出した。

空の碧《みどり》を映し、美しい色とりどりの宝石をくりつけた金魚がそこに泳いでいる。その水路のそばに立ってヌール・ジャハーンが婉然と笑っている。彼女のすずしげな瞳は、永遠にとじられた目をもつ兄フスラウのうえに注がれるとき、物に憑かれたように燃えあがる。……

「デカンの太陽は遠慮がなさすぎる。早く都へ戻ろうぞ。マリク・アムバルはもう出てくるまい」

まぶたの裏にうかべた情景を打ち消そうとするように、フッラムは大声で傍の将軍に声をかけた。

やがてフッラムは熱風の吹く、血にまみれた戦場を去って、清流せせらぐ緑濃い都へ馳せ戻った。凱旋の彼に、シャー・ジャハーン（世界の王）という称号が与えられた。彼のもつ皇位継承権《ジャーギール》は、一段と権威を帯びてきた。

だがそのころ、巷間に或る聖者の予言として、「盲目の皇帝が即位してムガル帝国はいや栄える」という言葉がさかんに伝えられていた。おそらく市民たちの心にあるフスラウ王子への同情と尊敬とが、聖者の予言に付託して生みだした、一種の未来の希望図にすぎなかったかもしれない。しかしそれだけに、侮ることのできぬ力をもっていた。民衆の祈念の所在をはっきりと示しているのだから。

或る日、父帝の行幸に扈従したフッラムは、行列のはるかうしろのほうで、気がかりなざわめきをきいた。大っぴらではなく、一人一人が遠慮がちな声を出すのだが、数が多いのでかなりのどよめきとなったらしい。それはフスラウの乗っている象輿のあたりであった。群衆のおさえることのできぬ挨拶なのだ。

きっとフスラウは片手を心もちもちあげながら、あの何ものにもとらわれない明るい微笑で、市民たちに応えているのだろう。昔から真似ようと望みながら、どうしても出来なかった兄のポーズが、フッラムの頭にうかぶ。手のあげ方、微笑のむけ方、きわめて簡単なようだが、そこに至難のコツがあって、模倣はつねに失敗に帰したものである。

フッラムにたいしては、市民たちは全く関心がないかのように、冷ややかに目送するのみであった。彼は表情をかえなかった。しかし背後のざわめきをきくたびに、屈辱感が血管に伝わって、全身くまなく駆けめぐるのである。

〈帝威を辺境に発揚したのは誰か！〉

無念の涙を抑えたフッラムの顔は、仮面のように堅く、そして動かない。

アーサフ・ハーンがそばに寄って囁いた。

「十数年の歳月も、フスラウ殿下の人気を消すことが出来ませんでしたぞ」

アーサフ・ハーンは妹のおかげで出世したのだから、本来なら、ヌール・ジャハーンのまえでは頭の上がらぬ身分であった。事実、はじめのころ彼は皇后一派の参謀格とみられていた。それが、最有力な皇位継承権所持者たるフッラムの妃にわが娘を送って以来、次第に独自の派閥をつくりあげるようになった。彼は妹から独立したばかりか、妹の勢力と目に見えぬところで火花を散らす主導権争いをはじめるまでになっていた。

ヌール・ジャハーンも、その連れ子ラーディーリ・ビーガムをシャフリヤール王子にめあわせていた。この王子はフスラウに似て非常に美貌の青年であったが、その資質はまるで問題にならなかった。無知者《ナ・シユダニー》という公然たる渾名《あだな》がついているほどである。しかし、妻の母が絶大な権力をもっていたから、その皇位継承権もまったく望みがないというわけではなかった。

王子たちのなかで、皇位から最も縁遠いとされていたのは、第二王子のパルヴィーズであった。なぜなら、彼は大酒飲みであっただけではなく、当時宮廷の実権を二分していたペルシャ人兄妹のどちら側にも手がかりをもっていなかったからである。しかし、王朝生え抜きの廷臣たちのあいだには、他所者兄妹に宮廷を壟断《ろうだん》されている現状に強い不満を抱く人士も多かった。有能な貴族ムハーバト・ハーンがそうした不満分子の代表者であった。彼らは半狂乱のパルヴィーズを、かえってペルシャ人兄妹と無関係な、いわゆる「汚れなき」王子とみなし、ひそかに擁立を企らんでいたのである。

兄との対立が深まるにつれて、ヌール・ジャハーンはフスラウのことが心配になってきた。フスラウをあの狭いアニ・ライ邸から広い兄の邸に移したのは、もとはといえば彼女の提案であった。が、どうやら兄の邸は、フスラウにとって安全な場所ではなくなっているように思えるのだった。兄のアーサフ・ハーンは婿のフッラムの皇位獲得工作に力を入れすぎている。考えようによっては、フッラムにとっても最も手ごわい競争相手は、盲目のフスラウではあるまいか。もし兄がそれに気づけば、フスラウの命は危い。

それを裏づけるような噂が、最近彼女の耳に入った。フスラウは妻と侍女のほかは誰も居室に入れないという。誰かほかの者が入ってくる気配がすれば、彼に似ぬ大声でとがめるそうだ。なにか身に迫る危険を感じているのではなかろうか？

「フスラウ殿を宮殿に移したほうがよくはありませぬか？　もう五年にもなりますし、気分転換のためにも……」

或る日、ヌール・ジャハーンは皇帝にそう進言した。

「それもよかろうな」と帝は答えた。

5

宮殿の東北隅にある小庭園に『沈黙の館《ハーネ・ハーモーシュ》』が建てられたのは、それからのことである。

高い城壁の真下あたりで、ジュムナ河が大きく東へ曲っている。その曲り目の対岸にあるフマユーン寺院《マスジッド》の高いクリームの塔《ミナレ》も、そこから見下ろせるのである。市場《バザール》にうごめく人びとの姿は、玩具人形のように小さい。緑の平野が、かなたにひろびろとのびている。

「城壁に沿って建てたほうがよかろうと存じます。なにしろこんなすばらしい眺めでございますから」

建築技師はそう建言した。

しかしヌール・ジャハーンは、はげしく首を振って言った。

「すばらしい眺め？　フスラウ殿は目がお見えにならないのですよ」

結局、館はずっと奥まったところに建てられることになった。ヌール・ジャハーンは毎日、工事の現場に姿を見せた。

盲目のフスラウ王子の住む場所。それは大奥《ハレム》から出たところにある。——まるで生き物のように日に日に形がかわり、たちまち長方形の瀟洒な建造物ができあがった。工事の途中、ヌール・ジャハーンはたえず興奮の状態にあるようにみえた。

「まあ、美しい！」

すばらしい俯瞰に、侍女が思わず声をあげたとき、ヌール・ジャハーンは思い切って、庭園の端の防壁まで歩いて行った。

彼女は目をとじた。盲目のフスラウがこのあたりを歩くこともあるだろう。そのときはどんな感じがするだろうか？　彼女はいろんなふうに想像してみた。物が見えなければ嗅覚が鋭敏になるという。幸い花苑が近くにある。このあたりの風はかぐわしいにおいをもっている。——盲人は嗅覚のほかに、触覚も常人より敏感だそうだ。彼女はそっと手をのばした。指が防壁の煉瓦に触れた。フスラウもこれを、このあたりを、手でさぐるようになるだろう、と彼女は思う。彼女はもう一歩前に進んで、防壁に身を寄せた。防壁の高さは、ちょうど彼女の乳の下である。

そよ風が吹いていた。

フスラウは妻からここの眺望の絶妙なことをきかされるだろう。だが、彼は見ることができない。——

いつしか彼女は恍惚の境に入ったにちがいない。ヌール・ジャハーンは、とじていた目をなんとなくひらいてしまったのだ。

とたんに彼女は言い知れぬ恐怖に襲われた。まるで地獄の底からさっとたちのぼった妖気が、彼女を吸い込もうとしているような気がしたのである。

反射的に身をひこうとしたが、足はうごかない。全身の力が抜けているのである。

「ああ……」と彼女は呻いたが、それもほとんど声にならなかった。

からだがわなわなと顫え、やっとのことでもちあげた両手で頭をおさえた。

(『沈黙の館』の作者は、この場面に居あわせたと述べ、当時の模様をくわしく報告している。ヌール・ジャハーンはだんだん気が遠くなった。彼女はいつもお気に入りの侍女を一人しかつれていなかった。だから、そこにいた作者が急いで彼女を支えねばならなかった。そのとき彼がどんなに胸をふるわせたか、原文ではその詳細を二頁半にわたって述べているが、ここでは省略してもよかろう)

館が完成して三日後に、フスラウがここに移り住んだ。

このころから、ジャハーン・ギール帝の健康が衰えはじめた。そうなると、ただちに起こるのが、皇位継承をめぐる陰謀である。

ムガル王朝には、長子の相続というはっきりした伝統はない。実力本位なのだ。そのため、皇位継承にはつねに血なまぐさい同胞殺戮が伴なった。人びとはそれを『王座か棺台か《タフト・ヤ・タフタ》』という言葉で表現している。ペルシャ語で王座と棺台はたった一字の違いにすぎない。だがこの句は語呂あわせというには、あまりにも凄惨な響きをもっている。なぜなら、史実はほとんど例外なくその通りだったと傍証しているからである。

宮廷の要人たちの目には、ただならぬ色がうかびはじめた。ヌール・ジャハーンの目も例外ではなかった。いや、最も著しいかわり方をしたと言わねばなるまい。彼女の目の色は、どこか血走ったようなところがみえて、以前とはすっかりかわってしまった。もはやすずしい瞳とは言えないのである。

こうした情勢の渦巻きのなかで、フスラウが殺害されたのだった。

その後の局面を、かいつまんで述べよう。

フスラウの死んだ年、カンダハールがペルシャ人の手によって占領された。フッラムは奪回の任を帯びて征途についた。しかしながら、シャー・アッバース配下のペルシャ兵は頑強に防戦して、カンダハールはなかなか陥ちない。

一方、宮廷ではフッラムの不在を好機として、ムハーバト・ハーンを首領とする譜代の貴族たちが、パルヴィーズ王子擁立の第一段階として、強敵フッラムを蹴おとす策謀をめぐらしていた。

ムハーバト・ハーンは、カンダハールが長いあいだかかっても奪回できないのは、フッラムが敵に通じているからだ、と弾劾した。アーサフ・ハーン一派は猛烈に反対したが、ヌール・ジャハーンがそ知らぬ顔をしているので、皇帝もフッラムに裏切者の烙印を捺し、その皇位継続権《ジャーギール》を剝奪した。

伝えきいたフッラムは憤然として騎首をかえし、ヒンドスタン平野からベンガルにかけて、一と暴れしたのである。

状況は皇帝がサリーム王子であったころ、世に拗ねてアラハバードで反旗をひるがえしたのと似ている。当時のサリームは悲恋ゆえに自ら滅亡を欲していたのに反し、フッラムの場合は、綿密な計算ずくの行動であった。形勢非なりと見てとると、彼は二人のわが子を人質にさし出して、父に帰順を申し出た。

ヌール・ジャハーンは、フッラム弾劾には沈黙で賛意をあらわしたが、ムハーバト・ハーンの勢力が強くなるのを坐視していたわけではない。彼女は娘婿のシャフリヤールを後援して帝位につける計画に没頭した。フッラムが失脚すれば、あとはパルヴィーズの勢力をそぐことである。それはつまり、ムハーバト・ハーンを葬り去ることなのだ。彼女は彼に汚職の罪をきせて、喚問しようと図った。

それを知ったムハーバト・ハーンは叛乱を起こした。一六二六年のことである。全インドは騒然となった。とくに不安定だったデカン地方は混乱がひどかった。

ムハーバト・ハーン叛乱の翌年、ジャハーン・ギール帝は避暑先のカシュミールで病が篤くなり、首都への帰途、十月二十八日に崩じた。

フッラムは父帝歿時、デカン大守の職にあった。パルヴィーズは過飲のためすでに死亡していた。結局、アーサフ・ハーンの推すフッラムと、ヌール・ジャハーンの推すシャフリヤールの対決ということになる。

不在のフッラムはぶがわるかった。アーサフ・ハーンは妹の動きを封じるため、フスラウの遺児ダワル・バクシュという子供を暫時帝位につけることにした。さすがは実の兄だけあって、彼は妹の内心を見抜いていた。あのフスラウの子であれば、ヌール・ジャハーンも妥協するだろう、というのが彼の計算であった。彼にしてみれば、ダワル・バクシュの即位は、フッラム帰還までの時間稼ぎにすぎなかったのである。

フッラムは急遽帰還した。

彼は実力を貯えていた。そして、一挙に宮廷を制圧した。目を蔽わしめる惨劇がそこに展開されたのである。

遠慮会釈もなかった。シャフリヤールは両眼を抉《えぐ》られて土牢に抛《ほう》りこまれた。しかし長兄フスラウのように生かしてはもらえなかった。そのほか、すこしでも皇位継承権のある男はすべて土牢のなかで命を絶たれた。

恋に狂うことのできたサリームと、恋にも狂わないフッラムのちがいであろうか？

フッラムは即位を宣言した。

最大の問題は、ヌール・ジャハーンをどうするか、ということであった。

この先帝の后は、新帝の岳父にとっては血をわけた妹であり、皇帝シャー・ジャハーンとなったフッラムにとってはかつての……。

ちょうど齢五十になったヌール・ジャハーンには莫大な養老年金が与えられた。彼女は宮廷を去って、ひたすら先帝と亡き婿シャフリヤールの冥福を祈る隠遁の生活に入った。あるいは、フスラウの冥福をもあわせて祈っていたかもしれない。

あのフスラウのわすれ形見、欺かれてしばらく帝位についた少年ダワル・バクシュは、皇位継承権所持者ただ一人の生き残りとして、きびしい追及をのがれて無事ペルシャへ落ちのびることができた。これだけは、ヌール・ジャハーンの心をいくらか慰めたであろう。

6

世のあらゆる偽書作者と同じく、『沈黙の館《ハーネ・ハーモーシュ》』の作者も、その本を書いた年代を由緒ありげに誌している。西暦になおすと一六四二年、すなわちフッラム即位後十六年、フスラウの死より算えると、ちょうど二十年目ということになる。

作者はものものしく次のように書いている。

フスラウ殿下と私の叔父を殺害したのが誰であるか、いまやっと私にわかった。こんなことを二十年ものあいだわからずにいたとは、なんというかつ者だろう！

読者に十分気をもたせておいてから、わが親愛なる『沈黙の館』の作者はおもむろに筆を進める。——

私はただちに旅装をととのえてラホールにむかった。シャーダラ苑にあるジャハーン・ギール帝陵墓の近辺に、年老いたヌール・ジャハーンが遁世の庵を結んでおられる。私はその庵の門を叩いた。

人には一切お会いにならぬと、かねて聞き及んでいた。しかし私は顔を出して面会謝絶を口にしかけた中年の侍女に、用意の紙片を差し出し、特別取り次いでくれるように頼んだ。

私はなかへ通された。

ヌール・ジャハーンは六十六におなりのはずだった。面被《パルダ》から両眼だけをのぞかせておられたが、私にははじめそれが二十年まえとちっともかわらぬものと思えた。

「二十年まえ私はフッラム殿下の小姓をしておりました。あのフマユーン帝命日の日、私は例の庭園にいたのです。フスラウ殿下の居室で卒倒された貴女を支えたのは、この私でございます」

相手の目をみつめながら自己紹介をしているうちに、その目がやはり昔とちがっていることに気づいた。その変化は一言では言い尽せない。奥行きが深くなったような感じ、と言えばおぼろげながらも察してもらえるだろうか。……

ここに来るまえ私は愚かにも、会見のとき昔の想いが甦えりはせぬか、と考えていた。

しかしこの老婦人の瞳を見つめているうちに、私の心も水底深く沈んで、もはや何ものにも揺れないと確信できるようになった。彼女の奥深い、だがおだやかな瞳は、それほど強い力をひめているのであった。私はただ、わからない事柄を教えてもらおう、ということしか考えなかった。

相手が黙っているので、私はつづけた。

「フスラウ殿下は、当時いくらか神経質になっておられました。めったな人はあそこへ入れてもらえなかったのです。私の叔父のラザは、アーサフ・ハーンの命令、いや、今上陛下のご命令だったかもしれませんが、フスラウ殿下殺害の使命を帯びて、押し入ったのです。相手に声をあげられるまえに、素早く扼殺しようとしたのでしょう。それは予想よりもうまく行きました。なぜなら、殿下はその前に毒入りの水を飲んで死んでおられたからです。では、毒をあの貯水槽に入れたのは誰でしょう？　はじめ私は、アーサフ・ハーンが亭から、あのダイヤを窓越しに投げ込んだと考えてみました。が、それは理に合いません。殺すためにはラザを送りこむ手筈でしたし、それに水槽の蓋は半開きといっても、室内にむかってですから、戸外《そと》からは蓋にあたって入らないわけです。毒塗りダイヤを水槽に入れることができたのは一体誰でしょう？　誰にも咎められずあそこへ入れたのは、そして、亭から見えないように、窓からすこし離れたところから毒を投げることができたのは？　妃殿下とその侍女は、はじめから除外して考えましょう。そのほかには？　……いくら考えても、貴女以外にはいないのです」

私は言葉を切って、しばらく相手の目をみつめた。ヌール・ジャハーンはかすかにうなずかれた。

「あのとき貴女は三角部屋にひそんでおられたのだと思います」私は深呼吸を一つしてから言葉をついだ。「庭園を散歩していたのは、貴女のマントをかぶった女官だったのでしょう。すぐ目のまえにいる人なのに、私はそれが見抜けませんでした。そのあいだに、貴女はフスラウ殿下の居室に入り、毒塗りダイヤを貯水槽に投げ込み、なにか世間話でもしてから出て行かれたのでしょう？　ひょっとすると、殿下に水をおすすめになったかもしれませんね。そして、またあの三角部屋へお戻りになられた。ところが思わぬことに、しばらくすると、死んでおられるとは知らずにフスラウ殿下の首を細索《ほそなわ》でしめたラザが、身をかくすために三角部屋へやって来たのです。貴女は壁にかけてあったイギリスの剣でラザの背をお刺しになった。……女の力で？　きっとラザは後ずさりしながら三角部屋に入ったにちがいありません。あの剣は柄の所がいたんでいただけで、刃はなんともなかったのです。花苑から戻られた妃殿下が助けを呼ばれたとき、貴女に扮していた女官は一番あとから駆けつけました。先に行った人たちはみんな、『沈黙の館』に入っています。貴女は女官を待ちうけ、マントを受け取ってかぶり、そしてラザのことを女官に告げ、そのそばで気絶したふりをするようにお命じになった、……さようでございましょう？」

ヌール・ジャハーンは、再びうなずきの所作をおみせになった。

「今さらフスラウ殿下殺害を弾劾したり、叔父の讐を報じようというつもりはございません。犯行の模様は手にとるようにわかっております。ただわからないのは、何故？　ということです。なぜ貴女は殿下をお殺《あや》めになられたのです？　それを教えていただき、人生に処するうえの教訓にでもなれば、と思うだけです。……いや、本当のことを申しますと、いつまでも、何故？　と思いあぐねることをつづけるのは、我慢がならないのです。どうか、お教え下さい」

ヌール・ジャハーンは目をおとじになった。しばらくして、

「そなたは幾歳《いくつ》におなりですか？」

とおたずねになった。

私がお答えすると、

「三十六？」

と、心もち首をかしげられてから、かぼそい、今にも吹き消されそうなお声で、お話しになられた。そんなお声であったが、私は隻言片句も聞き洩らさなかった。

「三十六といえば、私が先帝と結婚した年です。それがどんな意味をもっていたのか、当時私は知りませんでした。宮廷の住人、それも上層部になればなるほど、けだものに近くなるのです。幼いころ私はアグラの陋巷《ろうこう》で暮しましたが、貧しいながらも人間らしい生活だったと思います。ベンガルでも、私は人間の生活ができました。それなのに皇后の座についてから、けだものの気《け》が、だんだんこの身を包みはじめたのです。

「はじめはそれに気がつきません。ずいぶんながく、私は人間でいることができました。おそらく、フスラウ殿下のおかげだったと思います。今さらかくしても詮ないこと、――私は、フスラウ殿下をお慕いしておったのでございます。世の常の考えでは、さだめじ、道ならぬ――と申すでしょう。でも、恋というものは、人間らしい心があればこそ出来るのです。おわかりでしょうか？

「人間の血とけだものの血は、水と油のように混りあいません。どちらかが膨らむと、片方が縮みます。宮廷の人となってから私に注ぎこまれたけだものの血は、やがてふくれあがりました。人間の血はすこしずつ追い出されて行ったのです。叶わぬ恋ゆえに、それは涙となって、心からしぼり出されたのかもしれません。しまいに心のなかは、もうすっかりけだものの血だけとなりました。それからというものは、涙は出なくなったのです。恋心も消えました。心を占めるのは権勢慾ばかり。すべてがこの慾の篩《ふるい》にかけられるようになりました。私が権勢を保つには、婿のシャフリヤールという駒を進めるしかありません。私は必死になりました。血迷いました。……さあ、おわかりになりましたか？

「アグラの裏町にいたころ、家族六人が一つのテーブルを囲んで、本当にたのしかったことを思い出します。あれがまっとうな人間の暮しです。それにくらべて、宮廷のありさまは……。サァディの詩にも申しております。

十人の人間一つの食卓を囲めど、

　二匹のけだもの一片の腐肉も共にしえず。

　私も一匹のけだものとなりはてたのでございます。そなたの知りたがっておられることは、いともたやすくお答えできるのです。何故？　それは私がけだものだったから……。

「けだものには自制の心がありません。そなたの叔父を刺したのも、仰せのとおりこの私でした。あそこで私を見た者なら、それが誰であろうと、私は剣をふるって殺したでしょう。剣がなければ、斧でも、金槌でも、紐を使ってでも。……おそらくそなたの叔父はフッラム殿下のご命令を受けたのでしょう。フッラム殿下の殺意もやはり権勢慾だったのでしょうか？　あるいは……嫉妬でしたかしら……。

「とにかく二十年まえ、そなたがあの部屋で抱きとめたのは、一匹のけだものでした。そのけだものは、決してほんとうに気を失ったのではありません」

　私は侍女に送られて、庵を出た。

　門のところで、侍女が、

「これをお返し致します」

　と言って、案内を乞うたとき私が彼女に渡した紙片を差し出した。私は黙ってそれを受け取った。

　帰途、ラヴィ河のほとりで、私はその紙片をこまかく裂いて、河に投げ捨てた。

それには、こう書いてあったのだ。

思いおこす二十年のむかし
フマユーン帝法要の日の夕方
花かおる『沈黙の館《ハーネ・ハーモーシュ》』の庭
小姓　花の束を城壁の外に抛げうちぬ
真珠飾れる緋《ひ》のマントをまといし女性《にょしょう》
おそれる色もなく　身をのりだし
落ち行く花の行方を見守りぬ
そよ風防がんと　片手を頬にあてがいて
わが胸にありし君は
高みに立てば　よろめきしものを
血は失せ　からだうち顫えしものを

第二部

スマトラに沈む

1

県の商工部から東南アジア視察に派遣されたとき、大津邦明はスマトラ西海岸に、一週間も滞在した。仕事のうえでは、あまり重要とはいえない場所である。

戦時中、彼は衛生兵として、一年ばかりその地方にいた。また復員後、大学にはいって中国文学を専攻した彼は、近代中国文壇の逸材といわれた郁達夫《いくたつふ》が、終戦直後そこで失踪《しっそう》していることを知った。しかも大津は、いちどだけ郁達夫をみたことがある。それも、うしろ姿だけだが。

昭和十七年の夏、大津は勤務地のパダンから、その北方にあるブキチンギという町に出張を命じられた。

ブキチンギには憲兵隊の分署がおかれていたが、急に多数の病人が出て、パダンへ衛生兵の応援をもとめてきたのだった。

大津がそこで看護した患者の一人に、中村という中年の通訳がいた。着任したとたんに、疲労のため高熱を出したのだ。

べつに難病というほどのものではなく、しばらくすると、どうやら熱もさがって、まもなく全快というところまでこぎつけた。

着任早々の発病は、本人にとっても気がひけたにちがいない。中村はしきりに早く仕事につきたい、とせがんだ。そして、快《よ》くなったことを上司に知ってもらおうと、宿舎のベランダを歩きまわった。

「どうです、もう大丈夫でしょう?」

と、同意をもとめるように、伊藤中尉のほうをみた。

「まだ心もとないね」

伊藤中尉は、すこしはなれて中村の歩きぶりをみていたが、そう言って首を振った。

伊藤中尉という人は、憲兵将校らしくないヒューマニストだった。

「病気はもうなおりました。あまりながく寝込んだので、ついふらつくだけです」

中村は歯をくいしばって、ベランダの手すりにつかまった。

「無理せんでもいい」伊藤はそばへよって、中村の肩に手をかけた。「うまい工合に臨時通訳もみつかった。そいつが、現地雇いにしてはうまいんだ。だから、あんたも心配せずに、全快するまでのんびりしていなさい。年のことも考えてね」

「年とは、かなしいことをおっしゃる」

大津もそばへよった。中村は彼の患者なので、目をはなしてはならないのだ。

三人はそのまま、手すりにもたれて、しばらく往来をながめた。

「ああ、あの男だ」そのとき伊藤中尉が、通りを指さして言った。「われわれの使っている臨時通訳というのは……」

スマトラの真昼はひるねの時間で、街路にはほとんど人影がなかった。ただ一人、白いズボンを風にふくらませた男が、右肩をさげ、首も心もち右にかしげて、よろめきながら歩いている。もう門前を通りすぎたので、大津がみたのは、そのうしろ姿であった。中国ふうの上衣《うわぎ》を羽織っているが、ボタンをはめていないので、白麻の上衣が風にあおられて、からだの左右ではためいていた。

「ひる日中《ひなか》から酔ってやがる」

伊藤中尉はにがにがしげに言った。

「なんという男です？」と中村はきいた。

「名前は趙廉《ちょうれん》。日本で骨董屋《こっとうや》をやっていたというが、いまは酒をつくっている。のんべえだが、日本語はおそろしく達者だ」

そのときの中村の眼を、大津はいまでもおぼえている。病気で気力を失って、どんより濁っていた彼の眼が、ふいにギラッと光った。病人らしからぬ燃えるような眼つきになったのである。その変化は、たしかに異様だった。

プライドをもつ人間は、自分の代役にあまりいいかんじをもたない。

——おれにしかできない。

誰だって仕事にかんしては、そう思いたがるものだ。代理の人間でもやれると知ったとき、彼のプライドは傷つけられる。

大津は、中村の眼に宿った強烈な光の由来を、そう解釈した。

臨時通訳のことは、中村も伊藤中尉からきいて、あらかじめ知っていた。それでも、実物をみると、冷静になれないのであろう。

中村はそのあとで、ふらふらとなった。

大津はあわてて彼のからだを支えた。

――興奮したせいだ。それにしても、どうしてこんなにひどく興奮するのだろう？

大津はどうも納得できなかった。

「やっぱり本調子じゃないな」

伊藤中尉は、それみたことかといわんばかりに、中村の肩を揺すった。

このとき宿舎のまえを通ったのが郁達夫だったことに気づいたのは、大津が戦後大学で郁達夫の経歴について、つぎの文章に接したときである。

……十八歳で日本に留学し、八高を経て東大経済学部卒業。留学時代の友人郭沫若《かくまつじゃく》や成仿吾《せいほうご》らと創造社をつくり、中国文壇に確乎《かっこ》たる地歩を築いた。初期の作品は感傷的なロマンチシズムに溢《あふ》れていたが、しだいに枯淡《こたん》の作風にかわった。抗戦中、シンガポール星洲日報に拠《よ》って、華僑《かきょう》の抗日意識昂揚につとめたが、太平洋戦争勃発《ぼっぱつ》後、シンガポール陥落直前に脱出し、スマトラに潜行、変名して酒造業などを営んだが、一時、日本憲兵の通訳をしたこともあり、終戦直後失踪した。暗殺されたともいわれている。……

それを読んで、大津はハッとした。もちろん、あのときのシーンを思いうかべたのだ。伊藤中尉も、臨時通訳が『酒をつくっている』と言ったではないか。

――あれが、郁達夫だったのか！

ベランダからみた男のうしろ姿は、大津の記憶のなかで、ほとんど薄れかけていたが、郁達夫の伝記を読んで、その輪郭《りんかく》が再び濃く、うかんできた。

記憶が加筆されたのである。

大津がブキチンギへ出張したのは、わずか二週間で、そのあとすぐパダンへ戻り、戦争後期はラバウルに転じてそこで終戦を迎えた。だから、彼と郁達夫とは、あのうしろ姿だけの、淡い関係に終った。

中国文学を専攻してから、郁達夫の作品はなんとなく大津の心をとらえていた。しかし、潜行時代の彼のうしろ姿をみたという事実は、大津の郁達夫への親近感を、いっそう深めることになった。

大津が二十年ぶりにスマトラ西海岸を訪れたのは、軍隊時代の若き自分のすがたをそこにもとめようとする感傷のほかに、郁達夫ゆかりの地を、ひと目みたいという、巡礼的な気もちもあったのだ。

2

ブキチンギは、現地のことばで『高い山』のことである。

町は山とジャングルのにおいがする。

二十年まえ、そのベランダから郁達夫のうしろ姿をみた建物の前に、大津はながいあいだ佇《たたず》んだ。すこしくろずんだようだが、そんなにかわっていない。

郊外の華僑墓地の近辺にある『反法西斯《ファシスト》殉難烈士記念碑』にも行ってみた。高さ二メートルの長方形の石碑で、太平洋戦争中、悲命に斃《たお》れた十一人の華僑を合祀《ごうし》している。郁達夫もまつられているが、死体が発見されなかったのだから、遺骨はない。

伝記によれば、郁達夫がブキチンギの憲兵隊で臨時通訳をしていたのは六か月だけである。あしかけ四年にわたる潜伏期間の大部分を、彼はパヤクンブーの町ですごしたのだ。

ブキチンギから汽車で四時間といえば、ずいぶん遠い町のようだが、汽車の速度がのろいので、じっさいはそんなに離れていない。

大津はブキチンギからパヤクンブーにむかい、『ウエスト・スマトラ・ホテル』に泊った。名前は仰々しいが、客室は五つだけで、その部屋も薄よごれて、わびしいものだった。もちろんバスなどはついていない。庭に面した一階の隅《すみ》をカーテンで仕切り、内に水槽《すいそう》があって、アルマイトの盥《たらい》が置いてある。それがつまり、共同行水場なのだ。

英語とインドネシア語のほかに、『蘇西旅社』と漢字の看板もかかっている。ベッドのはしに腰をかけると、ギーッときしんだ。天井はくすんで、壁はしみだらけである。香辛料にアンモニアを加えたような妙なにおいがして、胸がムカムカした。宿をかえようと思ったが、人口一万余の田舎町で、ほかにろくな旅館もあるまいと気づいて、あきらめることにした。

壁のしみをにらんでいるうちに、大津は郁達夫の伝記にかいてあったことを思いだした。――趙廉と名をかえた郁達夫は、パヤクンブーで、酒造業のほか、石鹼《せっけん》製造、製紙、農園、旅館などを経営した。……

「もしかすると、これはむかし郁達夫の経営したという旅館ではないだろうか？」

大津はそう思った。こんな小さな町に、何軒も旅館があるわけはない。

彼は帳場へ行ってみた。

五十年配の、頭の禿《は》げあがった中国人が、上枠《うわわく》に二つ珠のついた大きな算盤《そろばん》を、ものうげにはじいては、鹿爪《しかつめ》らしく眉をしかめて、毛筆のさきをなめていた。

「ご主人は？」と大津は中国語できいた。

「わたしじゃがね」

禿頭の男は、じろりと大津を見上げた。

「ああ、そうですか」大津はそばの椅子《いす》に腰をおろして、肩の力を抜いた。「この旅館をはじめられて、どれほどになりますか？」

「ずいぶん古くなって、いたんどりますが、あまり儲《もう》からないんで改造もできんのですよ」

主人は弁解の口調で答えたが、旅館の年齢はあきらかにしなかった。

「客は私一人のようですが……」

「ごらんのとおりです。なにしろ自動車が多くなって、素通り客がふえるばかりでな」

「あなたはこの町の人なんですか？」

「さよう、ここで生まれて、ここで育ちました。ま、おおかたここで死ぬでしょうな」

主人はぶっきらぼうに答えた。

パヤクンブーには、華僑は千人ぐらいしかいない。彼らは刺戟《しげき》のすくない、退屈な小社会をつくっている。戦争中、シンガポールからやってきた蒼白《あおじろ》い男が、じつは中国でも魯迅《ろじん》や郭沫若とならぶ文豪であったことがわかり、しかもそれがこの町で失踪したことは、パヤクンブーの華僑社会では、まさしく今世紀最大の事件であろう。二十年まえのことだが、いまだに話の種となっているにちがいない。きっすいのパヤクンブーっ子だというこの旅館の亭主は、当然、郁達夫を知っていなければならない。

「戦争中、例の郁達夫も、旅館を経営していたそうですね？」

と、大津はたずねた。

「ああ、郁達夫ね」主人の反応は、意外にそっけなかった。「あのころ、趙廉と名のって、たしかに旅館をやってましたよ」

「ここじゃないのですか？」

「あの男のやっていた旅館は、いまふつうの民家になっとります。じつは当時、わたしゃ、あの男から、その旅館の帳場をまかされとりましてな」

主人のいった『あの男』ということばに、大津はなにかつめたい響きをかんじとった。

「彼の死は謎だそうですね？」

「謎なもンですか」

その言い方で、主人が郁達夫に良い感情をもっていないことが、はっきりとわかった。

「謎じゃないのですって？」

「さよう、謎なんて、そんな勿体《もったい》ぶったもンじゃありませんや」亭主は俄然《がぜん》、雄弁になった。禿げあがった額のあたりが、急にテカテカ光りだしたかんじである。「どんなえらい男かしりませんが、ありゃ、ただの飲んだくれでしたよ。わたしゃ、よくあの男にからまれましたがね。ずいぶんひどいことをいう男でしたな。日本の憲兵に暗殺された？　殉難の烈士だって？……冗談じゃない。あの男は酔っ払って、どっか河にでもおちこんで、溺《おぼ》れ死んだにちがいありませんや」

「ほう……」大津は気勢をそがれた。「ところで……こちらで郁さんと特に親しかった方が、まだおられるでしょう？」

「会長の蔡《さい》さんが一ばん親しかったが、国へ帰っちまった。そのほか、そうですな……

むかいの薬屋の隠居ぐらいかな。いや、親しいというより、よく知ってるというのでは、町はずれの、自転車屋の王って男でしょう」

「そうですか。どうも……」

大津はそこで切りあげて、自分の部屋へ戻ることにした。ところが、いつのまにか帳場へきていた一人の青年が、彼のうしろについてきた。

「お客さん」

大津が部屋にはいろうとしたとき、その青年は声をかけた。

「なにかご用ですか？」

ふりむいた大津の眼をじっとみつめて、青年はなにかためらっているようすだった。二十四、五の、すこしやせぎすな男である。白い開襟《かいきん》シャツが、いかにも清潔そうにみえた。思いつめたような表情をしていたが、やがて意を決したように、口をひらいた。

「父のいうことなど、どうか信用しないでください」

「あなたは、ご主人の息子さんですか」

「そうです。父はむかし、郁達夫に雇われていたのですが、利益金の分配のことで、ひどく彼をうらんでいます。だいたい父は、文学とはまったく縁のない人間なので、郁達夫のことなど、ぜんぜん理解できないのです。なにしろ、お金のことしか頭にないんですからね。父のいうことで、郁達夫を誤解しないでほしいのです」

「ええ、それは……」大津は青年にむかって、にっこりと笑いかけた。「あなたは、郁達夫を尊敬しておられるようですね？」

「もちろんです！」旅館の息子は、力をこめて言った。「郁達夫がここにいたころ、私はまだ物心のつかないこどもでした。でも、私は彼の文章を読んでいます。父よりは彼をよく理解しているつもりなんです。何年も一しょにいたって、縁《えん》なき衆生《しゅじょう》には、偉大な人物が理解できるものじゃありません。私はこどものころ、郁先生によく抱いてもらったそうです。私はそれを、終生の誇りと思っています」

「よくわかりました」

大津はくりかえして、うなずいた。

3

パヤクンブーの町はずれに、『捷成号《しょうせいごう》』という看板のかかった自転車屋があった。

店主の王は、大津の訪問をうけても、まるで相手などは眼中にないかのように、ドリアンの実をたべていた。六十前後の、痩《や》せてはいるが、みるからに頑固《がんこ》そうな、いかつい顔つきである。

無数の円錐状《えんすいじょう》のトゲをもつ厚い果皮におおわれたドリアンの実は、南方果実の王者といわれるが、なんともいえない異臭を放つ。それはどことなく、人糞《じんぷん》のにおいに似ている。が、いちどその味をおぼえると、とりつかれてしまうそうだ。

しかし大津は、軍隊でスマトラにいた一年間、最後までこのドリアンを口にする勇気がおこらなかった。そのにおいは、彼の胸をわるくさせるだけだった。

自転車屋の店主は、彼の目のまえで、淡黄色の果肉をすすっていた。大津はやけにタバコを吸って、果物の王者のにおいを薄めようとつとめた。

大津は日本製自転車のカタログをひろげていた。王はドリアンくさい息をはきながら、

——これも仕入れたことがあるが、売れはわるかった。

——こいつは、よく売れた。

と、自転車の性能よりも、売れる売れないを問題にした。

「では、よろしく。……なるべく日本製の自転車を売ってください」大津は鞄《かばん》の蓋《ふた》をとじて、「ご主人は、戦争中も、この商売をなすっておられたのですか?」

「あのころは、新しい自転車なんぞはいらなかった。もっぱら修理ばっかりでな」

「話はかわりますが」大津はできるだけさりげなく、「戦争中、この町には中国のえらい文学者がいたそうですね?」

「ああ、趙廉のことだろう。本名は郁なんとかいったな。……ふン、あれがえらい文学者だって? 笑わせるよ」

「ほう、ご主人はご存知でしたか?」

「知ってるどころじゃない。……ま、あんなまやかし野郎はいないね。やつのどこがえらいんだ? 戦後、国からもいろんな人があいつのことをしらべにきたよ。大学の先生なんてのがな。……いったい、あいつにそんな値うちがあるのかね? みんなあいつに

化かされてるんだ。買い被《かぶ》りもいいところさ」

王の口のなかで、ポリッと音がした。

ドリアンは種をつつんでいる淡黄色の果肉だけをたべるのだが、力がはいりすぎて、歯が種をかみくだいたようだ。

「なにか、まやかしをしたのですか?」

「いいかな、やつは日本軍のスパイだったのですぞ。その証拠に、日本の憲兵隊で通訳をしていたじゃないか。通訳をやめてからも、日本の憲兵とずっと連絡をとって、てめえの私腹をこやしてたんだ」

王のことばは、自転車の話をしているときよりも、ずっと力がこもってきた。そして、なにを思ったのか、渋茶の上衣をさっと脱いだ。――しなびた肩のあたりに、数条の古い傷あとのようなものがついていた。

「わしもあの郁とやらに、やられたことがある。これをみな!」

「なんですか、それは?」

「二十年まえ、日本の憲兵隊にひっぱられて、拷問《ごうもん》された傷あとなんだ」

「それが、郁達夫となにか関係があるのですか」

「大ありさ!」自転車屋の大将は、痩せた肩をそびやかして、「あいつは、憲兵をそそのかして、金をもっていそうな人間を、ひっくくらせたんだ。あのころ、日本の憲兵になにかされると、郁のところへ頼みに行くよりほか、手だてはなかったもンな。わしも小金をもっていたんで、狙《ねら》われたよ。抗日分子とかいう嫌疑《けんぎ》さ。だいたいわしはな、政治なんかと、これっぽちも縁のなかった男じゃよ。なにが抗日分子なもンか。わしがひっぱられたんで、家内が郁のところへ、千円包んでもって行った。するとやつは、話をつけてやると、喜び勇んでひきうけたよ。はじめからそのつもりなんだ。やつが憲兵隊へ行くと、わしはすぐ釈放さ。もっとも、それまでにさんざんいためつけられて、このとおりのざまにされたがね」

「でも、それが郁達夫が憲兵をそそのかしたため、という証拠があるのですか?」

「うごかぬ証拠がこの傷あとさ！」

王は傷のついた肩を、まえにつき出した。

ドリアンの異臭が、また強烈ににおってきたので、大津はあわててタバコをくわえた。

「あいつのおかげで、何人の人間がわしのような目にあったか。……やつを怨んでいる人間はすくなくないはずだ。戦後、やつは失踪したが、わしのカンでは、誰かひどい目にあわされた男が、怨みをはらしたんだと思うな。きっとそうだ。それにちがいない！あんなやつ、やられてあたりまえだよ。わるいことをずりゃ、わるい報いがあるさ」

王は言い終えて、ドリアンの果汁のついた人差指をなめた。

「そうですか……」

大津は自転車屋から退散した。

ある人物の死の真相を究明するために、その最期の土地を訪れるというストーリーは、推理小説によくある。が、大津はそんなつもりで、スマトラくんだりまできたのではない。たんなる巡礼行にすぎなかったのだ。

それにしても、郁達夫の死について、泥酔《でいすい》溺死説や因果応報説をきこうとは、思いもかけぬことだった。

そういわれてみると、酒のうえの事故というのも、考えられないことではない。大津は、郁の盟友だった郭沫若の回想記の一節を思い出した。

『創造季刊』の創刊号が千五百部しか売れなかったのを知って、やけっぱちになった若き日の郁達夫と郭沫若が、二人で銚子を三十本もたおし、上海《シャンハイ》静安寺路を、ひょろひょろとたがいにつかまりあいながら歩いたことがある。そのとき郁達夫は、疾走してくる西洋人の自動車にむかって、「決闘してやる！」ととび出し、郭沫若があわててひきとめた。

――自動車は僕たちのすぐそばを抛物線《ほうぶつせん》を描いて走りすぎた。

と、郭沫若は書いている。

まったく危ないところだった。郁達夫の酒癖はこのように、若いころからあまりいいとはいえなかったのである。

だが、郁達夫が日本憲兵と結托《けったく》して、無実の人間から金をまきあげていたとは、どうしても考えられない。作品からうけるかんじでは、彼は繊細すぎるほどの神経のもち主であり、しかも大そう潔癖のようである。また潜伏時代、彼の経営した事業はたいてい成功して、金に困るようなことはなかったはずだ。

肩の傷は、自転車屋の主人が日本の憲兵につかまった証拠にはなるが、郁達夫がそそのかしたということまでは証明しない。

因果応報説の主張者を紹介したのは、泥酔事故説を唱える人物だった。二人とも郁達夫にたいして、共通の感情――わるい感情を抱いている。

大津は、旅館の主人が郁達夫の知人をきかれて、いったん薬屋の隠居と答えておきながら、それをうち消すように、自転車屋の王の名をあげたことを思い出した。

――よし、その隠居にも会ってみよう。

でなければ、埋め合わせがつかないような気がしたのである。

4

薬屋といっても、漢方薬の店である。

店にはいると、漢方薬特有のにおいが鼻を襲った。これも異臭であるが、大津にしてみれば、ドリアンのにおいよりは辛抱できた。

十六、七の少女が店番をしていた。

漢方薬の店では、まさか日本商品の宣伝を口実に使えない。大津はこんどは、正直に来意を告げた。

「戦争中、この町におられた郁達夫の話をききたいと思って参りました。お宅のご隠居と親しかったそうですから」

それをきいて、娘は急に顔をかがやかせた。

「すこしお待ちください」

と言って二階へあがったが、やがてにこにこ笑いながら、おりてきた。

「どうぞお二階へ」

「では、失礼いたします」

階段をのぼろうとする大津のうしろから、彼女は声をかけた。

「郁達夫先生の話になると、お祖父さんは夢中になるのよ。ほうっておくとキリがありませんから、適当にあしらってくださいな」

「わかりました」

二階の隠居の部屋は暗かった。まず眼にはいったのは、りっぱな掛軸である。

従 今 好 斂 風 雲 筆（今従《よ》りは好《よ》く斂《おさ》めん風雲の筆）
試 写 滕 王 蛺 蝶 図（試みに写《うつ》さん滕《とう》王蛺蝶《きょうちょう》の図）

たしか郁達夫が自分の結婚のときに作った詩であり、彼の筆跡に相違なかった。

隠居は真っ白なあごひげをしごいていた。その態度で、大津がくるのを待ちかねていたことが、すぐにわかった。

自己紹介が終るがはやいか、老人は郁達夫について、滔々《とうとう》とのべはじめた。近代中国最高の文人であり、百年に一人出るか出ないかという天才である、と口をきわめて褒《ほ》めそやしたのである。いかにこの老人が郁達夫に傾倒しているかが察しられた。大津も老人の勢いにおされて、相槌《あいづち》をうたないわけにはいかなかった。

「惜しい人を亡くしましたね」

「亡くした？……いや、郁達夫は生きとりますぞ。死んでなんかいませんぞ」

「でも、終戦の年の八月の末に……」

「あの日のことは、わしもようおぼえている。農園の決算をしておったのじゃよ」

郁達夫がパヤクンブーで手をつけた事業は、あらかたうまく行ったが、農園だけは赤字だった。しかし、それは特殊な役割をもっていたのである。戦争後期、日本軍は鉄道建設のため、現地人の徴用をはじめた。華僑も例外ではない。ところが、すでに生産的な仕事に従事している者は、その徴用を受けないですむことになっていた。郁達夫は農園に華僑の子弟を農夫として雇い入れることで、彼らのために徴用のがれをさせたのである。戦争がすむと、むろんそんな用はなくなり、赤字事業だから、さっそく解散することになった。

問題の八月二十九日は、その農園閉鎖にともなう決算を、郁達夫の家でやっていたのである。薬屋の隠居も、その決算の手伝いをしていたわけだ。

郁達夫はおそくまでパジャマすがたで、酒をのみながら、あまり上手でない算盤をはじいていた。そこへ一人のインドネシア人の青年がやってきて、彼をそとへ連れ出したのである。

郁達夫はそのまま、二度と戻らなかった。

これが、彼の失踪である。

「郁達夫が死んだというなら、その死体をみせてもらおうじゃないか」薬屋の隠居は、興奮気味で言った。「わしは彼が生きていると思う。それは、わしがふだん彼と親しくして、いろんな立ち入った話をしてきたから、確信をもっていえることじゃよ。そもそも当時の彼は、仏典に親しんでいて、いつも解脱《げだつ》のことばかり考えていた。このわしとの話でも、うき世の束縛を一切たちきって、出家したいと、なんど言ったかわかりゃせん。彼はそれを実行したのじゃよ」

薬屋の隠居は、黒くほそながい顔に、二つの大きな眼を、異様にギラつかせていた。

大津が応答に困ってとまどっていると、隠居はことばをついだ。――

「あの夜、彼を誘いにきたインドネシアの青年は、日本軍の酒保《しゅほ》に働いておったが、むかし土地の人間じゃなく、なんでもパレンバンの男じゃったそうな。……しかも、その青年も郁達夫と一しょに消えてしまった。いまインドネシアはほとんど回教一色じゃが、むかしこの地に仏教が栄えていたことがある。そして、パレンバンはその中心地じゃったという。郁達夫は出家して、その青年と一しょにパレンバンへ行き、それから、タイ、ベトナム、ラオス、カンボジア、ビルマと、南方各地の仏寺を巡礼したのじゃろう。わしにはそうとしか考えられない。いまごろ、郁達夫は、ビルマあたりの山中の荒れはてた無住の寺のなかで、しずかにお経を読んでおる。なにもかも棄てて、ひたすら誦経三昧《ずきょうざんまい》じゃよ。わしはそう信じて疑わんのじゃ」

部屋がうす暗いうえ、話が現実からはなれすぎている。大津はなんだか気味がわるくなった。

「郁達夫はわしと同い年じゃった」

そうきいたとき、大津は思わずからだをふるわせた。彼はいつも郁達夫を四十代の写真で想像していた。失踪のときは四十九、それから二十年たっている。生きているとすれば、この隠居ほどの年になっているはずなのだ。

ビルマ山中の廃寺のなかで誦経する、しなびた白髪の郁達夫。――ばかな!

――この老人は一種の偏執狂だ。

「わかりました。……では、これで」

大津は一礼して、階段をおりた。

帰りぎわに、店番の娘が申訳なさそうに、彼にむかってこう言った。――

「うちのお祖父さん、へんだったでしょ? 郁達夫先生の話になると、いつもああですの。でも、それがお祖父さんのたった一つのたのしみなんですわ」

この薬屋の隠居は、戦争中たまたまこの田舎町へ流れてきた高名な文学者と知りあったのが縁で、残りの生涯を、その人物への回想だけにささげてしまったのだ。

大津は翌日、パダン経由でジャカルタへむかうことにした。荷物をまとめ終ったが、発車までに一時間以上の余裕があった。そこへ、旅館の主人の息子がやってきて、

「まだ時間がありますから、私の部屋へお茶でものみにきませんか？」

と誘った。

時間をもてあましていた大津は、よろこんで彼の部屋へ行った。本棚《ほんだな》に書物がぎっしりつまっている。郁達夫の著書がずらりとならんでいた。文学書のほかに、政治関係の書物もすくなくなかった。

「郁達夫のことは、おしらべになりましたか？」と青年はきいた。

「いろんな人から話をききましたが、彼の失踪はやはり謎ですね。とにかく、遺体が発見されなかったので、想像するしかないわけですよ」

「そうでしょう。想像なら私だってできますよ。あのころ、まだなにもわからないこどもだった私でもね」

「たとえば、どんな？」

「こんなことも考えられます。……戦争が終ったとき、すかさず新しい戦争がはじまりましたね？」

「どういうことですか？」

「中国で、国民党と共産党が、内戦をはじめたことです。双方とも自分の勢力範囲を確保しようとつとめました。華僑のいる土地では、どこでも両陣営が人心獲得をはげしく争ったものです。……ところで、郁達夫は左翼的とみられていた作家でしたね。こんな土地に、彼のような高名な左翼人がいることは、右翼にとっては目のうえのコブではありませんか。……彼を消すことを、連中が考え出したとしても、ふしぎではありませんよ」

「こんな、華僑のすくない土地で？」

「でも、その地区の責任者にとっては、重大な問題でしょう。政治的なテロというのは、おそろしいものです。いかがでしょうか、左右両陣営の主導権争いが、郁達夫を犠牲にしたという考え方は？」

　生存説のほかに、政争の犠牲になったという説もあらわれた。

　ここは薬屋の二階とちがって、西がわに大きな窓があって、まぶしいほどあかるい。

「一概に否定はできませんね」大津はそう答えざるをえなかった。「なにしろ、想像しうることは、ぜんぶおこりえたでしょうから」

二人はあまった時間を雑談ですごした。青年はしきりに日本の事情をききたがったので、大津もできるだけくわしく説明してやった。

「いろいろと質問攻めにして、申訳ありません」青年は礼儀正しく頭をさげた。「なにしろこんな土地ですから、日本の方にはめったにお目にかかれません。うちでも、日本人の宿泊客は三年まえに一人あったきりです」

　青年は本棚の隅から、一冊の帳簿のようなものをとり出して、ひろげた。

　三年前の宿泊者名簿である。

「この方も、戦争中、このあたりにおられて、やはりむかしがなつかしくて、遊びにくる気になったそうです」

その頁《ページ》には、
A物産株式会社　専務取締役　中村二郎
とあった。

会社の所在地は大阪だった。

「ほう、むかしの兵隊でしたか？」

「いえ、なんでも通訳だったそうです。戦争時代のことは思い出したくないと、あまりくわしくお話しになりませんでしたが……」

——通訳といえば、二十年まえに看護したあの中村通訳にちがいない。

会えば思い出すかもしれないが、中村通訳の顔は記憶の霞《かすみ》のなかに溶けてしまっていた。郁達夫のうしろ姿をみたとき、彼がみせた異様な眼ざしだけが、辛うじて印象に残っているにすぎない。

こんなところで、むかしの患者の消息がわかるなど、不思議な因縁である。

大津は、中村の会社の住所を手帳にひかえた。

5

大津は中国文学を専攻したが、いまは県庁の役人である。学究生活を送っているのではない。郁達夫失踪の謎についても、それほど執着があったわけではなかった。

もし中村が遠隔の地に住んでおれば、わざわざ連絡しようとはしなかったであろう。中村の勤め先が近くの大阪だったので、大津は帰国後、ふと電話をかけてみる気になったのである。ところが、

——中村さんはもうお辞めになって、いま芦屋《あしや》にお住いです。

という返事だった。

大津は西宮《にしのみや》に住んでいた。芦屋は隣りの町である。彼は中村の自宅の電話番号を教えてもらった。

むかし、ブキチンギで看護した衛生兵の大津だと名のると、中村はさすがにおどろいたらしい。

——もしよければ、明日ひるすぎに、遊びにいらっしゃいませんか。

と招待されたのである。

翌日は、日曜日だった。

中村は小さな庭つきの、こざっぱりした家に住んでいた。どこもかしこも手入れが行き届いている。応接間の本棚は、おびただしい文学書に占領されていた。

顔をみると、やはり思い出した。二十年たって、中村は温厚な老紳士になっていた。住居とおなじように、彼の容貌《ようぼう》もよく手入れされているといったかんじだ。薄くなった頭髪が、一本一本、ていねいにならべられている。

話はしぜんスマトラのことからはじまり、郁達夫に及んだ。

「あのときの臨時通訳が、有名な郁達夫だったことが、あとでわかったそうですね」

と、大津がきりだしたのである。

「ええ、そうです。みんなはあとでわかったのですが、私だけは、はじめから知っていたのですよ」

「ほう、どうして？」

「右肩をさげ、首を右にかしげて歩く男に、私は見おぼえがあったのです。因縁話のようになりますが……」

中村の話によれば、彼は小学生のころ父をうしない、母が東京の本郷《ほんごう》で下宿屋をひらいて、彼を育てたという。大正十年前後のことだが、中国人留学生郁達夫が、彼のところに下宿していたのである。

そのころ中村は、大学の夜間部に籍をおき、ひるまはもっぱら文学仲間と往き来していた。同人誌に、わけのわからない詩やヘボ小説をかいていたのだ。

東大経済学部の学生だった郁達夫を、中村ははじめべつになんとも思わなかった。顔色のわるい、憂鬱《ゆううつ》そうな青年で、そのくせよく酒をのむ。

――ちょっと変った男だな。

と思ったていどにすぎない。ところが、ふとしたことから、下宿人の郁が中国語で小説もかいているのだときいて、中村は興味をもった。同好者として親しみをかんじたのだ。

「きみ、小説をかいてるそうですね?」

あるとき、中村はそう話しかけた。

「いやア……」

郁達夫は油気のない頭髪に手をやった。

「ぼくも小説をかこうとしてるんですよ」

「そうですか」

郁達夫は彼をじろりとみて、すぐに眼をそらした。

中村はそれを、侮蔑《ぶべつ》、とかんじた。

大正十年の夏、帰国していた郭沫若が再び日本に渡り、郁達夫の下宿で同人をあつめた。これが『創造社』の誕生である。

「ちぇっ!」

中村は郁達夫の部屋に出入りする連中を、ひややかな眼でみて、舌打ちをした。そのころには中村も、郁達夫が学生の身でありながら、本国ではすでに注目を浴びている新進作家だったということを知っていた。

郁達夫は佐藤春夫、芥川龍之介、秋田《あきた》雨雀《うじやく》らと、ほとんど対等に近いつき合いをしているようだった。そしてその後も、中村を無視する態度をとりつづけていた。それが中村には、

——なんだ、私立大学の夜間部の学生が!

――と見下げられているようにとれた。

中村の詩や小説は、いつまでたっても認められない。彼は親もとをはなれ、異国で自由気ままに振舞っている郁達夫がねたましかった。毎月公使館から受取る四十八円の官費で郁達夫はしょっちゅうカフェーに通ったものだ。しっかり者の母親におさえられ、二十歳をすぎても、ちょっぴりしか小遣銭のもらえない中村には、それがいまいましくてならない。中村は文学青年らしく、無頼の生活にあこがれていたが、郁達夫はそれを彼のまえで、あてつけがましくみせつけていたのだ。

相手が外国人だから、ちがった世界の人間と思ってしまえばよかったのである。しかし、なまじ文学に志しているという共通点があるのでかえってわるかった。

最終学年在学中に、郁達夫は帰国して、安慶《あんけい》法政学校で英語の教師をしながら、『創造季刊』の編集を手伝うことになった。

――文壇を壟断《ろうだん》する者がいる。

と書いて、大御所の魯迅にかみついたのは、このころである。たいした勢いであった。

卒業試験直前に、彼は東京に舞い戻り、ノートを借りて一夜漬《づ》けの勉強で、まんまと卒業証書をせしめた。

「卒業祝いに一杯やって帰ってきた郁達夫をみて、これでやっと自分のまえから姿を消してくれると、ホッとしましたな。ずいぶんのんだらしく、彼はあの右肩をさげ、首をかしげた恰好《かっこう》で廊下をあるき、階段を匍《は》うようにしてのぼって行きましたよ」

中村は茶をすすってから、またことばをついだ。

「一種の変形した嫉妬《しっと》だったと思います。それですんでしまえばよかったのですが、どうやらあの男と私とは、宿命的な絆《きずな》で結ばれていたらしいのです。五年ほどして、私はまた彼に会うことになりました」

6

大学の夜間部を出て、中村は同人誌にせっせと小説をかきながら、小さな新聞社につとめていた。しかし、いくらかいても芽が出ない。新聞社の仕事もおもしろくないので、まもなくやめてしまった。

「まともな職につきなさいよ」

と母親がせがむ。

——よし、遠いところへ行ってやろう！

そう考えて、彼は上海で発行されている邦字紙に就職することにした。

大津は中村の話をききながら、郁達夫の年譜を頭にうかべていた。

大学卒業後の五年間といえば、郁達夫にとっても、めまぐるしい歳月であった。上海で創造社の仕事をしていたが、やがて北京《ペキン》大学に統計学の教師として迎えられた。その後、武昌《ぶしょう》師範大学に転じたが、それも長続きせずに再び上海に舞い戻る。

当時の中国は、北方に北洋軍閥の政権があり、南方の広州《こうしゅう》には、国共合作による革命政権があった。郁達夫は革命にあこがれ、郭沫若と手をたずさえて、南下した。広州の大学の招聘《しょうへい》に応じたのだ。

広州の港には、水上生活者の汚れた船がひしめき、陸には異臭を発する苦力《クーリー》の群がたむろしていた。

郁達夫は上陸第一歩、詩人的嗅覚ですでに広州に嫌悪感をおぼえた。理屈ではなく、生理的に、この町は彼の膚《はだ》に合わなかった。

広州では、まず旅費を届けてくれた林祖涵《りんそかん》のところへ行って、うち合わせをすることになっていた。ところが彼は留守で、共産党の毛沢東《もうたくとう》がいて、やはり林の帰りを待っていた。

国共合作政府には、共産党からも数名入閣していた。組織部長に譚平山《たんへいざん》、農民部長に林祖涵、宣伝部長に毛沢東、の三人である。

郁達夫と郭沫若は、しばらく毛沢東と雑談をした。郭沫若の回想によれば、毛沢東の声は小さすぎて、耳の遠い彼には三割ほどしかききとれなかったという。

革命の策源地《さくげんち》の広州にきたのは、いうまでもなく、『満腔《まんこう》の熱忱《ねっちん》と悲憤《ひふん》をいだいて、革命のなかに身を投じよう』としたからである。

だが、郁達夫の繊細な神経は、革命をめぐるさまざまな騒音にたえられなかった。陰謀、詭計《きけい》、汚濁。——こうした現実の風にふれると、彼の詩人的幻想は、シャボン玉のようにやぶれた。

彼は革命の幻想のなかには生きられるが、悪臭をはなつ革命の現実には、息がつまったのである。毎日酒をのみ、映画や芝居ばかりをみて、とうとう大学もやめてしまった。こうして、その年の暮、傷心の郁達夫は早くも上海に去る。

——広州よさらば。こんな齷齪《あくせく》として腐敗した土地に、私は二度ときたくない。

彼は日記にそうかきつけている。

中村が上海の邦字新聞社につとめたころ、郁達夫は南方から上海に戻ったのである。

昭和二年七月十二日の夜、佐藤春夫が夫人同伴で上海に着いた。

本国から著名作家がきたのである。中村はインタビューに出かけた。

旅の疲れもあったのか、佐藤春夫は中村の質問にたいして、ときどき顔をしかめた。あまりにも文学青年くさい質問が、小うるさかったのかもしれない。

「梶井基次郎の『檸檬《れもん》』はよかったですね。私はすっかり感心しましたが、先生は彼をどんなふうにお考えですか」

鉛筆をなめながら、中村はきいた。

「いい作家だよ、あれは」

「川端康成はずいぶん世評が高いようですが、彼の抒情《じよじよう》性について先生の……」

「川端君もいい作家だ」

中村の質問が終らないうちに、佐藤春夫は答えた。

「プロレタリア文学が盛んなようですが、それについて先生のご意見をうけたまわりたいと存じます。葉山嘉樹《はやまよしき》にたいする先生の評価なども……」

「いいじゃないか、いろんな傾向の文学があっても」

佐藤春夫は、面倒臭そうに言った。

そこへ郁達夫があらわれたのである。

「やア、郁君！」

佐藤春夫はホッとしたように、中村に背をむけて、郁達夫のさし出した手を握った。

「ご無沙汰《ぶさた》しておりました。お元気のようでなによりです」

郁達夫は流暢《りゅうちょう》な日本語で挨拶《あいさつ》した。

「おかげさまでね。きみは相かわらず顔色がよくないが、どこかわるいのですか？」

「どこもかしこも、わるいところだらけですよ」

「おたがい、からだには気をつけなくちゃ」

握手には親愛の情がこもっていた。

中村は無視されて、その場につっ立っていた。それが自分でも、いかにも不恰好なすがただとわかる。反射的に肩をそびやかした。――が、すぐに肩をおとす。そんな身ぶりをしなければならない自分が、しみじみあわれであった。

郁達夫は中村には眼もくれなかった。じっさいに顔を忘れたのか、それともわざと無視したのか、わからない。どちらにしてもそれは、中村の自尊心を深く傷つけたのである。

中村は自分がとるに足りない存在だとは自覚していた。だが、それを鏡にうつして、目のまえにつきつけられては、さすがに無念のおもいに、涙がにじむのだった。

郁達夫が、その鏡の役を演じていた。

中村はそのときのことを回想しながら、

「佐藤春夫と親しげに話をしている蒼白い顔の男は、私に『おまえは虫けらだ』と知らせるだけのために、そこにいるようでした。私は握りしめた自分の拳《こぶし》が、いつのまにかブルブルふるえているのに気がつきました」

と述懐した。

七月十八日には、毎日新聞主催の佐藤春夫歓迎会が、上海の日本人クラブでひらかれた。その席では、郁達夫は主賓格だった。

中村はメモを手にして、末席に坐《すわ》っていた。

郁達夫は、上海でも一流の日本人芸者の豆六と、ごく自然に冗談を言いあっていた。

「きみの着物の柄はなんだね？　そりゃ枯木模様じゃないか？」

「ひどいことをおっしゃる、もう花の咲かない枯木だなんて。これはね、これから花を咲かせようって、若木なのよ」

「そうかい、一と花咲かせるか」

「どなたかに咲かせていただくわ」

「私が立候補してもいいかい？」

「ホホホ……」

豆六は優雅に笑った。

会がすむと、主催者が『六三亭』へ行こうと言いだした。そこへ流れたのは、おえら方だけで、もちろん郁達夫も同行した。

中村はついて行ける身分ではない。ひるまの炎暑のまだ残っている夜の街にはじき出されて、とぼとぼと歩いて帰った。

「宿舎に帰って机にむかいますと、目のまえに原稿用紙がひろげられていました。小説を三行ばかりかきかけていたのです。その余白の白さが、私の目にひとしお沁《し》みましたよ」

中村はそう言って、天井を仰いだ。

7

日本で芥川龍之介が自殺したのは、ちょうど郁達夫が佐藤春夫を案内して西湖《せい》を遊覧していたときである。中村は新聞記者として、当然、佐藤が西湖から帰ってくるのを待ちうけて、感想をきこうとした。

芥川自殺のしらせをきいて、佐藤は顔色をかえた。

「いまのところ、なんにも言えない。しばらく私を一人にしておいてほしい」

記者たちをおしのけて、彼は自分の部屋にはいった。しかし、一人にしてほしいと言っておきながら、彼は郁達夫を部屋にいれたのである。

「そういえば、郁達夫も芥川と面識があったね」

ホテルの廊下で、ほかの記者たちが、それを当然のことのように話し合っていた。

三十八年まえのそのときの情景を、中村はまぶたの裏に思いうかべているようだった。

「私のねじまげられた嫉妬心は、また燃えあがりました。郁達夫はべつに肩を張ってもいなかったのですが、私の眼には、彼の得意然たるすがたしかうつらなかったのです」

彼は大津にむかって、そう語った。

大津の記憶している郁達夫の年譜にてらしてみると、当時の彼は得意然とするどころではなかったはずだった。

郁達夫は広州の革命に幻滅して、上海に戻ったのである。落伍者《らくごしや》意識をもっていた。北伐軍の上海占領、労働者のゼネスト、それにつづく白色テロ。——そうした一連の事件を目撃して、彼は祖国の前途を悲観していた。

私生活のうえでも、同郷の小学校教師王映霞との恋愛が、彼の神経を疲れさせていた。彼は学生時代に因習的な結婚をして三人の子があったが、妻子は北京にのこしたままだった。

王映霞になんべんも恋文をかいたが、拒絶にあうと、彼は酒をのんで街娼《がいしよう》を追いまわし、巡査と口論し、深夜の街をあてどなくさまよった。中年の売春婦をつかまえ、彼女のうらぶれた部屋で一夜をあかし、翌朝いっしょに阿片を吸う。——そんな生活をしていたのである。

すでに著名な作家だったので、注文は多かった。しかし、仕事ははかどらない。日本の林房雄から依頼された『中国左翼文芸集』一冊分の翻訳も、まだ手をつけていなかった。

意気はあがらなかった。だが、中村にはそれが『得意然』とみえたのである。

人間を理解することは難しい。パヤクンブーの旅館の主人や、自転車屋の店主、薬屋の隠居など、いずれもおなじ時期の郁達夫に接していながら、うけとり方はみんなちがっていた。――大津はそんなことを考えた。

上海時代の話は終って、中村は九年後の第三回目の邂逅《かいこう》について語りはじめた。――

「私の上海生活はそんなに続かず、その年のうちに、日本にひきあげてしまいました。東京でブローカーをしたり商事会社につとめたりしているうちに母が亡くなり、のこった下宿屋を処分してまとまった金ができたので、友人と会社をつくることにしたのです。もう四十になって、私はすっかり文学をあきらめていました。忘れもしない、昭和十一年の冬のことですが……」

中村は共同で商売をはじめる友人たちと、某料亭でのんでいた。

小用に立って部屋へ戻るとき、彼は廊下で、大宅壮一をみかけたのである。そのうしろに、林芙美子のすがたもあった。ながい文学青年生活で、面識はないが、中村は彼らの顔は写真でよく知っていた。

――おや、なにか会があったのかな?

ところが、その一団の人たちのなかに、中村は郁達夫を見出したのである。中央公論の嶋中《しまなか》社長となにやら話しながら、ゆっくりと歩いている。

――そうか、郁達夫の送別会だな。

郁達夫は日本の各団体の招待をうけて、十数年ぶりに日本へ講演旅行にきていたのである。彼の来日を、中村も新聞記事で知っていた。

郁達夫は相かわらず蒼白い顔をしていた。すこし右肩をさげていたが、それはいつもよりやや硬いかんじだった。憂鬱そうな顔に、つくったような微笑をたたえている。

郁達夫は中村のほうをふりむきさえしなかった。中村は心の重心が、あちこちにころがるような、ふしぎな動揺をこらえながら、郁達夫のうしろ姿を、じっと見送った。

――錦を飾って東京へやってきた。

文学をあきらめたとはいえ、中村の心にはまだその道へのあこがれが、余燼《よじん》のようにくすぶっていた。郁達夫のすがたは、それをかきたてたのである。

またしても彼の眼に、『得意然』たる郁達夫のすがたがうつってしまったのだ。

大津は中国文学の研究家として、当時の郁達夫がけっして得意の境地にはいなかったことを知っている。

郁達夫は王映霞と再婚していた。

昭和五年に、彼は魯迅の呼びかけた左翼作家連盟に加わった。革命と愛国の情熱はまだ残っていたが、じつはそれも彼が自分でつくりあげた詩的幻想の世界のものであって、現実とは別物だった。

ほどなく彼は左翼作家連盟から脱落した。

創造社は日本帰りの青年によって、ますます尖鋭化《せんえいか》し、中国文壇の最左翼を形成してゆく。そこに導入されるなまぐさい現実の風は、郁達夫にはたえがたいものだった。

彼は自分のつくった創造社からも脱落した。

現実の風は、妻によっても、彼の身辺にもたらされた。恋愛は幻想的だが、結婚は現実的なものにならざるをえない。

杭州に新築した家に、彼はそんな名をつけた。そこで彼は国内にいながら、そしてわが家にいながら、亡命の生活をはじめたのである。それまでの感傷過剰といえる筆づかいが、すっかり枯れたものと変った。

『風雨《ふうう》茅廬《ぼうろ》』

郁達夫は変ったのに、中村の心にはいつまでも、下宿時代のままでのこっていたのだ。この東京の料亭における、すれちがい的な邂逅《かいこう》から六年たって、中村はブキチンギで郁達夫と再会したのである。

そのあいだに、郁達夫の身辺には、大きな変化があった。

日本から帰国した翌年の七月七日、蘆溝橋《ろこうきょう》の銃声は、中国大陸を戦火にまきこむ。

郁達夫は軍事委員会設計委員となり、軍隊慰問と戦意高揚の宣伝に、戦区を巡歴した。妻の映霞はその留守中に、省政府の高官と浮名をながした。郁達夫は亡命を想った。しかし、こんどは逃避は許されない。祖国は生死の関頭にあるのだ。

南洋へ渡って華僑にたいする抗戦宣伝工作をする。——彼がきめたこの行き方は、いわば折衷的亡命案であったかもしれない。

彼がシンガポールの星洲日報の招きに応じて出国したのは、昭和十三年の冬だった。このときは妻も同行したが、二年後、彼女は別れて重慶《じゅうけい》へ去った。

太平洋戦争が勃発すると、彼はシンガポールの『文化界抗敵大同盟』の主席にえらばれた。

シンガポール陥落直前の二月六日早朝、彼は仲間の文化人たちとともに、モーターをそなえたサンパン船で脱出した。

彼らはスマトラ東海岸の一角にたどりつき、人目に立たぬように、少人数のグループにわかれることにした。

昭和十七年六月、郁達夫はおなじ逃亡者仲間数名とスマトラ西海岸でおち合い、パヤクンブーで酒造業などをはじめた。

ある日、田舎道を行く一台のバスが、日本の兵隊にとめられた。銃剣をつきつけて大声でどなりはじめたので、乗客たちはすっかりおびえてしまった。

じっさいには、兵隊たちはただある場所へ行く道を、日本語でたずねていただけだった。

たまたまそのバスにのっていた郁達夫は、彼らに日本語で道を教えてやった。

「日本語が上手ですな、あんたは」

兵隊たちは感心した。

「ええ、親父の代から、日本で骨董屋をやっておりましてね。私も日本生まれなんですよ。うちの親父は、伊藤博文なんかとも親しくしていたそうでして……」

郁達夫は出まかせを言った。

この事件のおかげで、彼は中村の発病によって通訳難で困っていたブキチンギ憲兵隊に、徴用されるはめとなった。

だが、ベランダから酒つくりの臨時通訳の『趙廉』をみかけた中村は、その男がけっして骨董屋の息子などでないことを見破ったのである。

8

「しかし私は、その男の正体を、しばらく誰にも言わないことにしました」

芦屋の自宅の応接間で、中村は大津にむかってそう言った。

中村はソファーに腰かけて、行儀よく脚を組んでいた。ときどき眼をとじるが、そんなときには、のせたほうの足のさきで、クリーム色のスリッパが、小刻みにゆれた。当時を回想していたのであろう。

「なぜかと申せば、私の自分の立場を、たのしみたかったのですよ。私は郁達夫より優越した場所にいたことが、それまでにいちどもありませんでした。いま彼は身分をかくして、スマトラの田舎町に潜入しています。誰知るまいと思っているにちがいないのですが、どっこい、知っている人間が一人いた。――私です。私の一言で、抗日運動を指導した彼の運命を、左右できます。彼を支配している、といった状態じゃありませんか。そんなすばらしい立場を、すぐに放棄するのは、まったく惜しいことです。いったん郁達夫のことを誰かに言えば、その瞬間から、私はその魅力に富んだ席をすてることになります。で、私は自分の胸にしまっておくことにしました。……こんな心理、あなたにはおわかりにならんでしょうが？」

「いえ、わかります」

と大津は答えた。中村の当時の心理が、ほんとうにわかるような気がしたのである。

が、大津はふと、郁達夫もおなじだったのではないか、と思った。

郁達夫が憧憬《どうけい》してやまなかったのは、一人の係累《けいるい》もなく、俗世になんの責任ももたぬ、流浪の生活である。そのことは、彼の日記のいたるところに書かれていたではないか？

革命や抗戦は、彼をその渦中《かちゅう》にひきこんだが、彼がそれをのぞんだのではない。やむにやまれず戦列に加わったが、彼の繊細な神経は、そのたびにズタズタにされてきた。

彼はどんなに『天涯《てんがい》の孤客』となることにあこがれたことだろう。それまで時代と周囲の情勢が、彼にそれを許さなかった。しかし、シンガポールからの逃亡は、彼のまえに、その理想の状況をつくりだしたといえよう。すでに郁達夫の名を棄てた。係累もない。

これこそ理想的な生活ではないか。

中村は郁達夫に優越する立場をたのしみ、郁達夫はかねて夢想していた流浪の一人暮しをたのしんでいたのだ。

「あの男は、スマトラでも調子よく暮していましたよ」

そう言って、中村はかすかに首を振った。

「そうでしょう。……自分を葬って生きている人間は、気らくなものでしょうから」

大津がそう相槌をうつと、中村はしげしげと相手の顔をみつめて、

「そこですよ」と力をこめて言った。「私もしだいにばかばかしいと思うようになりました。彼を完全に支配していると考えるのは、なんとも愉快なことでしたが、こちらがそう思っているだけで、相手にはいっこう通じないんです。彼はちっともビクビクしているようすはみせませんでした。それどころか、毎晩兵隊たちとのみあるいて、ご機嫌《きげん》でしたよ」

「酒癖はよくなかったのでしょう？」

「そりゃ大へんなものでした。どうやら若いときよりもひどくなったようです。自分の

正体をみんなが知らないことが、おもしろくてたまらなかったんじゃないでしょうか」

「土地の人たちとの折り合いはどうだったのですか？」

「そんなことなんか、ぜんぜん気にかけないようすでした」

バスで日本の兵隊の通訳をしたとき、郁達夫は伊藤博文などをもち出したので、兵隊は煙にまかれ、挙手の礼をして立ち去った。同乗の土地の人たちは、ことばがわからないので、その光景をみて、てっきり郁達夫が日本軍と特殊な関係をもつ人間だろうと考えた。

——日本軍が民間に放ったスパイではあるまいか？

と、警戒されることになったのである。

パヤクンブー近辺には、シンガポールから逃れてきた一群の抗日文化人が、ひそかに住みついていた。郁達夫の正体を知っていたのは、その限られた人たちだけだった。その同志たちでさえ、彼の行動にときどき疑問をもったようだ。それほど彼は日本軍と調子をあわせていた。

当時、スマトラの華僑新聞に、同盟者南京《ナンキン》特電として、

——重慶にあって抗戦文芸運動を指導していた作家郁達夫は、すでに脱出して南京に到着し、汪精衛《おうせいえい》の和平運動に参加した。

という記事がのったことがある。

シンガポールから消えた郁達夫は、重慶に逃れたものと思われていたのだ。彼がげん

にスマトラにいることを知っている同志たちは、むろんそれを与太記事として笑い話にしたが、心のなかで、

――火のないところに煙は立たぬ。

と、疑う者もいた。

しかし郁達夫は、中村の言うように、在留華僑の警戒も、同志たちの疑惑も、まったく意に介さなかった。彼は心ゆくまで、天の与えた『流浪無責任の生活』を、赤道直下のスマトラでたのしんだのである。

正式通訳中村の病気がなおっても、憲兵隊の伊藤中尉は、郁達夫を手放さなかった。通訳としては、彼はこのうえもなく便利な男だったのだ。

日本語は流暢だし、中国語、インドネシア語、英語、オランダ語、なんでもござれだった。オランダ語はスマトラにきてからおぼえた。英独両国語の素地があったから、習得も早かったのである。

だが郁達夫は、一日も早く憲兵隊から離れたいと思った。隠士の生活をより完璧《かんぺき》なものとするためには、それが先決問題だった。

彼は病気になることにした。

早朝、起きぬけに冷水をかぶり、人工的に風邪をひき、大いに阿片を吸い、浴びるように大酒をのみ、はでに咳《せき》をして喉《のど》を傷つけた。さらに、医師の診断書を確実にものにするために、彼は日本の軍医に、とっておきの名酒を何本も贈呈した。

「これでよし！」

熱っぽいからだをゆすり、ゴホンゴホンと咳をしながら、彼は満足そうに呟《つぶや》いた。こうして憲兵隊を去って、より快適な生活をたのしみ、ますます中村をいらだたせたのである。

9

二度目の妻の王映霞が去った一つの理由は、郁達夫に経済力がないことだった。

ところが、パヤクンブーで彼が経営した事業は、いずれも成功した。商売などにはまったく無縁なはずの彼が、隠遁生活の片手間にはじめた仕事が、とんとん拍子にうまく行ったのは、皮肉でもあったし、まるで奇跡のようにみえた。

事業は現実である。郁達夫は現実とはなじめない人間だった。だから、わきめもふらずに、仕事にうちこんだわけではない。しかし、考えてみれば、日本軍占領下のスマトラで、日本軍とちょっとした関係のある人間が商売をしたのだから、なにかと都合がよかったのだろう。彼は酒造りをやったが、大量の酒を消費する軍隊がその地にいた。うまく行ってあたりまえだったかもしれない。

そのころ郁達夫は、

「ひげの趙さん」

と呼ばれていた。

変装のため、八字ひげをのばしていたのだ。

ひげの趙さんは、よくパダン市へダンスをしに行った。そこの『交際花《ホステス》』と浮名をながし、二人のオランダ婦人とも交渉があった。

放っておいても事業はうまく行くし、のんびりと女遊びもできる。この流浪の無責任生活は、まことにらくなものにみえた。

ところが、彼はとつぜん結婚した。

一人の係累ももたぬことを理想としていた彼にしては、奇妙なことである。友人たちもおどろいた。

「なあに、私はこんな女をさがしてたんだ。ほかの女では、ぜったいだめだがね」

と彼は言った。

相手は何麗有《かれいゆう》という、広東《カントン》籍の華僑の娘であった。容姿もうつくしいとはいえず、眼に一丁字《いっていじ》なく、自分の良人《おっと》の『趙廉』が、何者であるかも知らない。

まさしく彼女は、郁達夫の隠遁生活を攪乱《かくらん》するおそれのない、理想の妻だった。

彼はこの妻を、『ボド』と呼んだ。インドネシア語で『阿呆《あほう》』のことである。

これまでどこへ行っても、知的環境が彼につきまとっていた。ボドと暮すことで、彼はみごとにそれをたちきった。彼女と話をしていると、まったくちがった世界にはいれたのである。

失踪後、このボド妻は、良人が苦心してオランダ人から買いあつめたドイツ文学書を、二束三文で落花生売りに売りとばした。十数個のビール箱につめていた書物である。戦後一年ほどのあいだ、パヤクンブーで売られた落花生は、ゲーテやトーマス・マンの文章に包まれることになった。

この新妻の腹がふくらみはじめた。

最初の妻孫荃と二番目の妻王映霞に、それぞれ三人の子があったから、郁達夫にとっては、七番目の子になる。

男の子だった。

『大雅』と命名する。

息子の誕生祝いに、彼は知人たちをあつめて、一晩のみあかし、酔っ払うと街路に出て、大声で詩を吟じた。

觴《さかずき》を傾くれば緑酒忽《たちま》ち復た尽く

楼中の謫仙《たくせんいず》安くに在《あ》り哉《や》？

清《しん》の黄仲則《こうちゆうそくり》が李白《はく》をうたった詩である。

郁達夫は自分を李白のような『流謫《るたく》された仙人』に、なぞらえていたのかもしれない。

その夜、中村はたまたまパヤクンブーにいて、宿舎の窓から、例の右肩をさげ、足をひきずりながら詩を吟じている郁達夫を見た。

「あいつめ！」

中村の頰はピクピクとうごいた。

大津は昼すぎに芦屋へ行って、中村の話をきいていたが、郁達夫にこどもができるくだりまでくると、もう西日が応接間の窓から、中村の足もとまでのびていた。

中村はスリッパのさきで、その光線をもてあそぶようにしていた。

「どうにも腹の虫がおさまらないので、私は郁達夫をこまらせてやろうと思いました。伊藤中尉はりっぱな人物でしたが、部下にはタチのよくないやつもいたのです。野口という伍長なんぞ、いつもなにかいい儲《もう》け口はないかと、口癖のように言ってましたよ。……で、私は彼に、金になる仕事を教えてやりました」

つめたくなった茶をひと口のんで、彼はことばをついだ。――

「金儲けなら、金もちからもふんだくるに限る。以前憲兵隊にいた趙廉なんぞ、最近ずいぶん儲けたようだから、彼をしぼるのもよかろう。……つまりですな、趙廉の知人を憲兵隊にひっぱることを教えたのです。あのころは、それがかんたんにできましたよ。知人が連行されたと知ると、郁達夫の趙廉は、さっそくやってきましたね。そこで野口伍長が、よからぬことをほのめかします。すると郁達夫は、要求された額を、すぐに持参して野口に献上したものです。だけど、あの男は、知人の釈放に金をつかうことなど、ちっとも苦にしないんです。むしろ、儲けた金の使い途ができたと、よろこんでいるようすでしたよ。これじゃ、決定的な打撃を与えることなんか、できそうもありません。……そのうちに、野口は伊藤中尉から注意をうけました。こんご自分の許可がなければ、民間人を拘留することまかりならぬ、とね。伊藤中尉というのは、そんな人でしたが……」

大津は中村の顔をみつめて、パヤクンブーの自転車屋の王のことばと、ドリアンのにおいを思い出した。

王の妻は郁達夫に千円包んで行ったというが、釈放にはそれ以上かかったであろう。残りは、彼が自腹を切ったにちがいないのだ。

中村はなにかに憑《つ》かれたように話をつづけた。——まるで、そばに大津などがいるのも忘れたかのように。

「私は郁達夫の秘密をにぎり、そのことで彼を支配していると考えておりました。でも、自分でそう思うだけじゃ、なんにもなりません。相手に通じやしないんですから。むこうは、いい気になって、生活を享楽しているじゃありませんか……」

中村の話がだんだん核心に近づくように思われたので、大津も膝をのりだした。

「それで？」

「それで私は、いろいろ考えた末、これはどうしても私の優位を、相手に思い知らせてやらねばダメだ、という結論に達したのです。つまり、おまえの秘密をおれは知っていると、はっきり言ってやることです」

「いよいよですか……」

中村の話をきいて、大津はその場の情景が、目にみえるようだった。

場所はパヤクンブーの郊外。

大津もそこへ行ったことがある。あのへんには、ワリンギンの樹が茂り、急傾斜の屋根をもつ原住民の家が、そのあいだに点在していた。うしろには、海抜三千メートルのオフィール山をはじめ、バリサン山脈の山々がならび、景色はすがすがしいが、むし暑いところなのだ。インド洋からのモンスーンは、この地方を高温多湿にしている。

中村は偶然会ったようなふりをして、郁達夫と肩をならべて歩いた。なんどもためってから、彼は意を決して口をひらいた。

「私はあなたとそっくりな人を写真でみたことがありますよ。ひげをとればそのまま、という人を」

すると、郁達夫はすかさず、

「ああ、シンガポールの星洲日報にいた作家の郁達夫でしょう？　じつは私も、なんどもそう言われましたよ」

と答えた。

その眼はすずしげだった。どこにも動揺の色はない。

「そうですか……」

中村はみじめな気もちになって、低い声で言った。

郁達夫は大声で笑った。

「ハハハ……もし私がその郁達夫だったら、日本軍は放っておかんでしょうな。この戦争で、日本軍に協力した中国の作家なんて、いやしないじゃありませんか。北京の周作人《じん》ぐらいですかな。……あ、そう、三角関係小説の専門家で張なにがしというのもいましたな。だけど、まともな作家はいませんよ。ここで、郁達夫をみつけると、日本軍はさっそくかつぎ出すでしょう。祭り上げられるのも、わるい気分じゃなかろうと思いますね。それほど似ているなら、ひとつ彼になりすましてやりますかな、ハハハ……」

郁達夫の爆笑が、熱風とともに、中村の耳もとをかすめた。

茫然《ぼうぜん》としている中村にむかって、郁達夫は、

「さて、私の家へ寄ってお酒でものみませんか?」

と誘った。

中村は縄でもつけられたように、郁達夫の家にたぐりよせられた。

机のうえには、詩をかきちらした紙片が何枚ものっていた。郁達夫のあの癖のある筆跡が、まったくかくされていない。

――この男は、自分の正体を知られることを、かならずしもおそれてはいないのだ。

と中村は思った。

たしかに郁達夫のいうとおりだった。当時の状況では、日本軍が郁達夫をみつけたとしても、シンガポール時代の抗日論説に復讐《ふくしゅう》するよりも、まずこの高名な作家を利用することを考えたであろう。

「さア、遠慮なくおあがりなさい」郁達夫は八字ひげを撫でて言った。――「私にはま

た、つづけてこどもができそうなんですよ」

中村は唾《つば》をのみこんで、

「それはおめでたい……」

と言った。

10

戦争が終った。

それは、郁達夫の理想の隠遁生活にピリオドをうつものだろうか？　再び作家郁達夫に戻らねばならないのか？

彼は迷ったにちがいない。

最後に発表した小説『出奔』は、どの批評家からも失敗作だといわれた。それから十年間、彼は小説をかいていない。

作家として、彼も名誉挽回《ばんかい》をはかりたい欲はもっていた。しかしながら、郁達夫の名をすてたこのスマトラの生活を、彼はこよなく愛すようになっていたのだ。

戦争は終ったが、郁達夫にはそれにつづくものが、ありありとみえた。国民党と共産党の延期された対決が、大陸を舞台にくりひろげられるにちがいない。

——おれは乱世には生きられぬ人間らしい。

乱世の幻想なら、彼はみごとにつくりあげてみせるが、現実の爆弾の土けむりは、彼の神経を潰《つぶ》してしまうだろう。

――やはり、『郁達夫』はこの地に葬ったほうがよかろう。……

いっぽう、降伏はブキチンギの日本憲兵隊に大きな衝撃を与えた。いろんな情報がはいる。

連合国の戦犯裁判の噂《うわさ》は、とくに彼らを動揺させた。職務柄、彼らはさまざまな『問題になる行為』をしていたのだから。

野口伍長などは一ばんビクビクしていた。

「知られちゃまずいことを知ってるやつらは、このさい、思いきってはやく処分したほうがいいじゃありませんか」

と言いだしたのは彼だった。

彼の提案をまつまでもなく、憲兵隊は懸命に保身の策を講じていた。憲兵隊の秘密を知りすぎている人物として、かつて通訳をしていた趙廉の名もあがっていたのである。

「あの男は、ぜったい片づけなくちゃいけません。われわれのことを、なんでも知ってるじゃありませんか」

野口伍長はそう主張した。

憲兵隊の秘密のほかに、野口は中村にそそのかされて、趙廉の金をまきあげたという秘密も、葬らねばならなかったのだ。

「中村さん、あんたはどう思うかね？」

伊藤中尉がきいた。

憲兵隊の生きた権威をかざしても、中村は郁達夫をどうすることもできなかった。いま戦いにやぶれ、背後の光芒《こうぼう》がまさに消え失せようとするときになって、彼ははじめて郁達夫の運命を掌中にしたのである。

中村は周囲が真っ暗になったようにかんじた。

闇《やみ》のなかに、一人の男のすがたがうかぶ。

――節をまげずに、最後まで日本軍に身分をかくした郁達夫！　栄光の作家！

歓呼にこたえて、その男はおおらかに手をふる。やがて黄金の光が彼をつつみはじめる。

もう一人の男、中村二郎はまる裸にされて、暗黒の曠野《こうや》に立たされていた。彼をつつむ光はない。おぞましい野獣の息づかいや、むせかえるような草いきれに、彼はかこまれていたのだ。

あらゆる感傷が、彼から去って行った。

――決着をつけよう！

現実の彼は、わびしいランプのあかりの下で、しずかに椅子に腰をおろしている。しかし、口をひらくことが、まるで原始的な、あらあらしい行動のようにかんじられた。

「彼の本名は趙廉じゃありません」中村はあえぐように言った。「ほんとうは、郁達夫という、有名な文学者です。彼はシンガポールで抗日運動をしていました。だから、名前をかえて、ここにひそんでいたいのです」

「ほんとかね、それは?」と、伊藤中尉はきいた。「どうしてそれを、いままで言わなかったのかね?」

「最近わかったばかりです。戦争がすんだので、安心して華僑たちに正体をあかしたのです」

中村はウソをついた。

「それはいけない。そんなやつなら、なおのこと片づけなくちゃ」

野口伍長は、いよいよいきりたった。

伊藤中尉はしばらく考えていたが、

「なるほど。そんな著名人なら、裁判でも彼の証言は大きな力をもつだろう」

と言った。

この一言で、郁達夫の運命はきまったも同然だった。

昭和二十年八月二十九日の夜。

郁達夫はパジャマ姿で、農園の帳簿を整理していた。隣室には、臨月の妻がねている。そろそろ産気づくころなのだ。

決算のために数人の華僑が応援にきていた。薬屋の隠居もその場にいたのである。

午後九時、日本軍の酒保にいた一人のインドネシア人の青年がやってきた。

「酒保の主任さんが、ちょっとお目にかけたいものがあるそうです」

郁達夫はそれまで、酒保にいろんな品物を納めていた。

——終戦となったので、一応、清算しておきたい。当方で計算書をつくるから、できあがったら見にきてほしい。

という話を、先日きいたばかりである。

「ああ、あのことか……」

郁達夫は気軽に立ちあがった。

着換えもせずに、パジャマのまま、下駄をつっかけて出かけた。

それきり彼は戻らなかったのである。

翌日、彼の妻は女の子をうんだ。

11

郁達夫は失踪の夜も、酒をのんでいた。

薬屋の隠居は、彼が外へ出てからも、上機嫌で自作の詩をくちずさんでいるのをきいた、と語った。

乱後倘《も》し逢わば応《まさ》に失笑すべし
一盤《いちばん》の清賬《せいちょう》乱れること麻の如し

これは戦争初期、郁達夫がまだ国内にいたときに作った詩の一節である。戦乱のあとでもし再会したなら、おたがいに失笑を禁じえないだろう。なぜなら、別れたときにちゃんと算盤のうえにはじき出しておいた勘定——友情や利害関係——が、再会の日にはめちゃくちゃになっているだろうから、という意味である。呼び出される直前、彼はあまり得意でない算盤にてこずっていたところなので、そんな詩が口をついて出たのだろう。

国に帰って、なつかしい旧友たちと再会する光景を、想像していたのかもしれない。

「ガラゴロと下駄の音を立てて、パジャマ姿の郁達夫がやってきました。気もちよさそうに、夜風に吹かれながら、なにか唸《うな》っているのです。私と野口伍長は、街路樹のかげにかくれて待ち、反対がわの木蔭には、ピストルをかくしもった伊藤中尉がひそんでいました。……」

七十になって人生の整理期にはいった中村は、むかしの出来事を、すでに客観的に見、そして語ることができたのだ。またそれを、誰かに伝えたいという、晩年らしい希望をもっていたのだろう。おそらく大津は、この物語を伝えるに足る人物と、評価されたにちがいない。

中村の話は、いよいよ郁達夫の最期の場面にはいったのである。

伊藤中尉は、趙廉こと郁達夫の処分法について、つぎのような手はずをきめていた。

まず暗がりで彼をとらえ、郊外へ連れ出して射殺する。

ただし、縄をかけたあとは、一人だけがその任務にあたる。

戦犯裁判について、『残虐行為』にたいする容赦のない復讐がおこなわれる、という話が伝わっていた。追及もきわめてきびしいという。

――殺害現場に三人がいると、万一の場合、三人とも責任を追及されるだろう。

――一人だけでやれば、あとの二人は殺害を目撃しないですむから、どんな訊問にあっても、『知らない』と言える。

――殺害にあたった者も、ほかに目撃者がいないので、シラを切るのもらくであろう。

郁達夫の吟じていた詩は、いつのまにか、彼がシンガポールで作った『乱離雑詩』の一首にかわっていた。

逢《ほう》山咫尺南溟《せきしゃくなんめい》の路
哀楽は都《すべ》て一水の分れに因《よ》る

哀と楽のわかれめは、ほんの一すじの水。――まさにそのとおりだった！

…………………

「二、三歩やりすごして、うしろから襲いかかることになっていました。私は彼にサルグツワをかませる役をふりあてられていたのです。縛るのは、野口伍長の役目でした。……そして、殺し役は、伊藤中尉がみずから買って出たのです」

中村は眼をとじたまま話した。

まっさきに、野口がとび出して、うしろから郁達夫の脚を払った。はじめから千鳥足だったので、ひとたまりもない。あおむけにたおれた。片方の下駄がとばされて、近くの溝に、にぶい音をたてておちた。

野口伍長はすかさず馬のりになり、縄を口にくわえて、縛りにかかった。サルグツワ用の手拭《てぬぐい》を手にして、中村は棒立ちになっていた。

「はやくせんか!」

野口は低い声で叱《しか》った。

中村はあわてて、郁達夫のそばに膝をついたが、手拭を握った手がぶるぶるふるえて、いうことをきかない。

そのとき、郁達夫はじっと中村の顔をみつめた。

闇のなかで、そんなにはっきりとみえるわけはない。だが中村は、相手の視線が自分の五臓六腑《ごぞうろっぷ》のなかまで、しみこんでくるようにかんじた。

「思いのこすことはない」意外におちついた日本語で、郁達夫は言った。「戦争は勝ったのだし……」

「この野郎!」

縄を握ったまま、野口は拳をふりあげた。が、その腕は、うしろにきていた伊藤中尉におさえられた。

「もうジタバタしない」囁《ささや》くような声で、郁達夫は言った。どうやら微笑さえたたえているようだった。――

「心のこりといえば、日本の本場の味噌汁《みそしる》を、心ゆくまですすってみたいことぐらいかな。……東京の下宿屋の味噌汁は、じつにうまかった。中村の小母さんの味噌汁は、天下一品だったが……」

中村は顔をそむけた。

味噌汁。――郁達夫の大好物だった。上海時代、自分で作ってみたが味がわるいので、わざわざ日本人の病院までたべに行ったのは、有名な話である。

それにしても、中村の小母さんの味噌汁とは！

いまやっと、中村の顔を思い出したのだろうか？

それともはじめから知っていたのか？

中村が両手で摑《つか》んでいた白い手拭は、夜目にも波のように揺れているのがわかった。

「サルグツワの必要はないだろう」

伊藤は中村の肩をたたいて言った。それから、郁達夫を扶《たす》けおこした。

野口伍長はそのあいだも、いそがしく縄目を点検していた。

「いいだろう。これからあとは、おれ一人でやる」

伊藤中尉は、野口をおしのけた。

12

郁達夫は毎年旧暦正月に、遺書をかくことにしていた。

『郁達夫集外集』におさめられたその年の遺書は、おもに財産などについて言及したプライベイトなものだ。彼の死後、二人の遺児をひきとった蔡清竹という人が、この遺書を托されていたのである。

ところが、その冒頭に、

——余、年すでに五十四歳。……

とある。この年、郁達夫はまだ四十九歳のはずなのだ。さらに、

——業を改めて商を営んで以来八年。……

の語がある。彼がペンをすてて商売をはじめたのは、シンガポールを脱出してスマトラへきてからであり、まだ三年ほどしかたっていない。

遺書にどうして五年の差があるのか？

たとえば八十歳で死んだ人の葬式提灯に、『何某享年八十有二』と、一歳のおまけをつけて書きこむ風習は、中国の各地にある。しかし、自分の遺書に年齢を多くかきこむしきたりのことは、きいたことがない。

郁達夫は作家である以上、自分の死後、遺書が公表されることを知っていたはずだ。そこで、五歳多くかいて、

――生きのびても、じつは文筆生活をする気もちはなかった。このスマトラで、すくなくとも五年は沈潜するつもりだった。という意思を、あらわそうとしたのだろう。

これは大津の推理である。

推理といえば、薬屋の隠居の生存説という推理も、まだ否定できないのだ。

「あなたはけっきょく、郁達夫の最期を見とどけたわけじゃないのですね？」

大津は中村にむかって、念をおした。

「そのとおりです」中村はしゃがれた声でうなずいた。「彼を連行して行ったのは、伊藤中尉一人だけでした。ひき立てて行ったというよりは、まるでいたわりでもするように、肩をならべて行ったのです。私と野口伍長は、彼ら二人が、闇のかなたに消えてからも、ずっとその場に立っていました。それから三十分以上もたったでしょうか、遠いところで、二発の銃声がきこえました。……かすかな、ほんとにかすかな音でしたが……」

話しおえて、中村は眼をあけた。気味のわるいほどうつろな眼だった。

応接間にしのびこんだ西日は、いつのまにかしりぞいて、窓からみえる小ぢんまりとよく整っている庭が、宵闇《よいやみ》にぼかされていた。

「伊藤中尉は、そのときの模様を、あとで話しましたか？」

と大津はたずねた。

「いいえ、郁達夫処分のことについては、一とことも口にしませんでした」

中村は疲れたような表情で、答えた。

「伊藤中尉の消息をご存知ですか？」

「復員後、九州で学校の先生をしていましたが、一昨年亡くなったそうです」


大津は中村邸を辞して、駅にむかった。

風のない初夏の夕方は、むし暑かった。もう夏なのだ。

大津はパヤクンブーの夕凪《ゆうなぎ》を思い出した。

しかしここには、ドリアンのにおいも漢方薬のにおいもない。

「やがて、郁達夫の二十回忌がやってくる……」

泡立《あわだ》つような感慨を、むりやり月なみな型にはめこんで、大津はそう呟いた。

鉛色の顔

1

外務省から派遣された村尾英助が、広州《こうしゅう》に着いたのは明治二十六年四月のことだった。彼は特殊な使命を帯びた密偵《みってい》で、表むきは商社の出張員ということになっていた。ちょうど朝鮮をめぐって、清《しん》国との関係が緊迫した時期である。

前任者の佐久間とうち合わせのため、西関の小料理店にはいったとき、二人の先客がいた。

「あの白い服を着たのが張阿火《ちょうあび》といって……」

と、佐久間が囁《ささや》いた。

「あれが張阿火？」

「張阿火を知ってたのかい？」

「十二年まえに、彼の舞台をなんどもみたことがあるよ」

「きみは芝居好きだったな。十二年まえというと、彼の全盛時代だよ。最近また舞台に立ってるが、もう往年の人気はないようだ。生活が荒れると、役者はてきめんにだめになるねえ。あの男は、海賊商売までやったそうだから」

村尾は佐久間の話をききながら、頰《ほお》を指でこすってみた。歳月をさぐるように。このまえ彼が広州にきたのは、明治十四年であった。日本が琉球《りゆうきゆう》の領有を正式に清国に認めさせた直後である。沖縄の反日政客が清国と連絡をとっている形跡があったので、その調査にきたのだ。

当時の張阿火は、広州で人気の絶頂にあった。水もしたたるという形容がぴったりするあですがたに、村尾もよく見惚《みほ》れたものである。だが、白塗りの舞台すがただけで、素顔は知らない。それにしても、眼のまえで西瓜《すいか》の種をかじっている憂鬱《ゆううつ》そうな中年男が、かつての名女形だったとは、とうてい信じられないのである。

くろずんだ眼のふちの色が、溶けたように顔ぜんたいを鉛色にしていた。

淡青の長衣を着た連れの少年が、ボーイのもってきた酒を張阿火にすすめた。張阿火はだまって盃をつきだし、酒がつがれると、そのまま口を近づけて、一と息にのみほした。

少年は張阿火になにかと話しかけるが、まるで反応がない。それでも少年は、けんめいに機嫌《きげん》をとっているようだった。

「あれは許兆年といって、張の弟子だ。まだ修業中で、舞台にはあがっていないが、噂《うわさ》ではなかなか有望らしい」

と、佐久間は説明した。

「そうだろう」

村尾はうなずいた。

張阿火の容貌《ようぼう》は、みるからに不健康そうである。それにくらべると、許兆年のほそながい顔は、新鮮なかんじの白さだった。年は十六、七であろう。たえず微笑をたたえて、師匠にかしずいている。とくにその横顔のういういしさからは、舞台すがたのあでやかさがしのばれた。

「むかしの張阿火は知らないが」

と佐久間は言った。

「いまの彼はいいところなしだね。身のこなしにも艶《つや》っぽさがない。色気のない女形なんて、お化けみたいなものさ」

「とくに張阿火はねえ」

と、村尾は相槌《あいづち》をうった。

張阿火は美貌であったが、声はさほどよくなかった。中国の芝居は唱戯《チャンシー》といって声が大切である。したがって声に自信のない張阿火は、パントマイムがかった演《だ》し物を得意とした。それなら、声のわるさを演技でカバーできる。村尾の記憶にある張阿火の演技は、たしかにうまかった。ときには、誇張がすぎているかんじもあったが。

艶っぽさが失われたというのは、演技力が衰えたことであろう。声のよくない張阿火にとっては、致命的なものにちがいない。

本人もそれを知って、悩んでいるのかもしれない。往年の名女形は不機嫌そのものといった表情で、弟子にあたりちらしていた。

「こんな酒がのめるか!」

張阿火は盃を床のうえにたたきつけた。

許兆年はあわててかがみこみ、まずハンカチで師匠の鞋《くつ》にかかった酒を拭《ふ》いた。それから、しかめっ面をしている料理店の亭主のところへ行って、頭をさげた。

「こわれた盃は弁償しますから、どうかおゆるしください」

それは献身的に仕えているすがただった。

「あの調子だよ。張阿火の舞台なんぞ、もう観に行くことはないね」

と、佐久間は言った。

それにもかかわらず、十日ほどたって、村尾は張阿火の出ている芝居小屋をのぞいた。張阿火の舞台をみる気になったのは、その後の彼の経歴を佐久間からきいて、興味をおぼえたからである。

張阿火にかんする村尾のそれまでの知識は、ごくかんたんなものだった。——

台湾の農家に生まれたが、この美貌できゃしゃな子どもは、とても百姓仕事などできそうもなかった。そこで父の張春生は、

——役者にでもすればいいかもしれない。

と思って、十一歳の張阿火を広東へ連れて行き、悠鳳卿という俳優に預けた。

十四歳の初舞台から、張阿火には一流の贔屓《ひいき》筋がついた。豪商や大官が争って祝儀をはずんだのである。張阿火もそれをよく散じたので、たちまち取り巻きができた。多くは無頼の徒であった。

張阿火は楚々《そそ》たる美女に扮《ふん》したが、舞台をおりて白粉《おしろい》をとると、さながらやくざの頭目であった。金をめあてに、

「親分、親分」

と、有象無象がかしずいたのである。

十二年まえ、村尾が広州にいたころが、張阿火のそんな時代であった。

贔屓筋の祝儀のほか、彼は何軒かの賭場《とば》を経営して、そのほうからもずいぶん収入があったらしい。金ができると役者稼業《かぎよう》に厭気《いやけ》がさして、いったん故郷の台湾に帰ることにした。それが一八八四年（明治十七年）の夏のことである。

ちょうどフランスが安南《アンナン》を保護国にしたり、太平天国の残党劉永福《りゆうえいふく》が黒旗党を率いて、トンキンで仏軍と戦ったことから、清仏関係が決裂した時期であった。

その年の八月五日、十三隻のフランス艦隊が基隆《キールン》砲台を攻撃した。

艦隊はすぐに対岸の福州馬尾《ふくしゆうばび》に去ったが、福建《ふくけん》巡撫劉銘伝《りゆうめいでん》（巡撫は省長にあたる。当時台湾は福建省の管轄であった）は、再度の来攻にそなえて、義勇軍を募集した。

義勇軍は『擢勝軍』と名づけられたが、これがなかなか集まらない。張阿火は巡撫に、

自分の力で五百の兵を集めると申し出て、急いで広東《カントン》へとって返した。かつての手下であった無頼の徒を糾合したのである。さらに、珠江《しゅこう》やバイアス湾で半漁半賊の生活をしている連中を募って、十隻の大ジャンクの船隊を仕立て、台湾へむかった。

総勢は、巡撫に約束したとおり、五百人であった。

巡撫はよろこんで、彼を『千総』に任命した。

清朝の緑旗営《りよくきえい》（漢人部隊）では、最下級の将校が『把総』で、そのうえが千総だから、まず中尉か大尉といったところであろう。

張阿火はうれしかった。少年時代から役者に仕立てられた彼は、役者以外の何者かになりたくてしようがなかった。やくざの親分のようなものになったのも、そうした憧憬《どうけい》からきていたのかもしれない。

フランス艦隊が再び台湾を襲ったのは、十月一日である。劉銘伝が兵を退いたので、フランス軍は上陸して基隆を占領し、十月八日には淡水《タンシヨイ》を攻撃した。

この淡水戦では、フランス軍もかなり損害を受けた。物売りの民船を装おって軍艦に近づき、火炎筒をなげこんだり、甲板にいる将兵を狙撃《そげき》したのは、たいてい張阿火の率いる擢勝軍であったという。彼らはもっぱら海上でゲリラ戦を展開したのだ。

張阿火は千総から『守備』に昇進した。佐官に相当する。

女形役者が一軍の隊長となったのである。張阿火の得意や思うべしであった。彼はおだてにのりやすい人間らしいが、なにほどかの統率力もあったと思われる。それでなければ広州で博徒の親分にもなれなかっただろう。

翌年四月、フランス艦隊は澎湖島《ほうこ》を攻撃した。張阿火の海上ゲリラ隊の活躍は、そのときが最後であった。六月九日、天津《てんしん》において清国代表李鴻章《りこうしょう》とフランス代表パトノールとのあいだに、和議が成立したのである。

戦争が終れば義勇軍はお払い箱である。だが、張阿火に従った連中は、無頼の徒であったから、おいそれとは正業につけない。政府から戦費の支給が停止されると、張阿火が連中を養わなければならなかった。いくら金をもっているといっても、五百人もの人間を食わせるのは容易ではない。

考えあぐねた末、張阿火は海上ゲリラ隊をそのまま海賊にしてしまった。

海賊商売は五年あまりつづいた。

掠奪《りゃくだつ》や身代金請求は、資本のかからない商売のように思えるが、そういつもうまく行くとはかぎらない。そのうえ、彼は海賊としては新米だった。もっと勢力をもった海賊グループがいくらもあって、彼の子分のなかの有力メンバーはつぎつぎと引き抜かれて行った。しまいには三十人たらずになり、仕事も思わしくなく、資金も欠乏したので、起死回生の大バクチをうたざるをえなくなった。

それまでは、沿岸のジャンクばかりを襲っていたが、こんどは外国船を狙うことにしたのである。獲物は多いはずだし、洋票(西洋人の人質)は高く売ることができる。

狙われたのは、フランス船モンブラン号だった。張阿火はフランスにたいして、まだ敵愾心《てきがいしん》をもっていたようだ。

ところが、このモンブラン号襲撃は、惨澹《さんたん》たる失敗に終った。広東沿海は海賊が多いので、外国商船も武装して、それに備えていたのである。

張阿火は数人の仲間とともに乗客に化けて乗りこんでいたが、ピストルを出して船員を威嚇したのがうまく行かなかった。勇敢な水夫長にとりおさえられたのである。

モンブラン号は海賊に占領されたふりをして、旗をおろした。そして、漕《こ》ぎよせたジャンクの海賊たちが縄梯子《ばしご》で船内にはいろうとするところを、上から蒸気パイプのバルブをひらいて、熱湯で殺そうとしたのである。

張阿火は仲間に縄をといてもらった。念のため、二人の仲間をまだ乗客のなかにひそませていたのがよかった。甲板にとび出した彼は、下にむかって、

「危ない、にげろ」

と叫ぶと同時に、海にとびこんだ。

ジャンクの仲間たちは、ほとんど縄梯子を途中までのぼりかけていた。張阿火の合図はおそかったのである。彼らは熱い蒸気の一斉噴射を浴び、あっというまに海へはじきとばされてしまった。

張阿火も蒸気をかけられたそうだ。ただ、よじのぼった連中とは反対に、頭を下にはやいスピードで落下したので、あわててひらかれたパイプの蒸気は、彼のからだの一部をかすっただけだという。

このとき、張阿火一党のうちで生き残ったのは、彼をふくめて僅《わず》か五人だったといわれている。そんな少人数では、海賊商売は成立しない。ついに解散となったのである。最後の大バクチのために、残った金をジャンクや武器の購入にそそぎこんでしまったので、張阿火は文無しになった。

こうなれば、もとの役者になるしかない。ほかに彼のできる仕事はなかった。

許兆年を弟子にしたのは、広州へ戻ってからである。かつて彼の師匠であった悠鳳卿は引退後、弟子の張阿火たちの芝居で生活していたことがあった。張阿火も許兆年を仕込んで、老後を左団扇《うちわ》ですごそうとするつもりかもしれない。許兆年も台湾出身であるという。

張阿火のそうした物語をきいて、村尾が再び彼の芝居を観に行く気になったのは、当然であろう。

2

佐久間から予備知識をえていたので、村尾は張阿火の舞台に期待をもっていなかった。奇妙な経歴をもつ役者を、もういちどみてやろうという、好奇心があっただけである。

その日の演《だ》し物は、『貴妃酔酒』と『宇宙鋒』であった。村尾が小屋にはいってしばらくすると、幕があいた。

『貴妃酔酒』の主人公は、唐明皇《とうめいこう》の愛妃楊玉環《ようぎょくかん》である。百花亭での花見に、彼女がいくら待っても約束の皇帝があらわれない。宦官《かんがん》の口から、皇帝が西宮の梅妃のところへ行ったとわかる。それを知って楊貴妃は、ひとりで酒をのみ、したたか酔っ払い、あげくのはて、宮女に扶《たす》けられて帰る。――その楊貴妃の役を、張阿火が演じる。

『宇宙鋒』のほうの筋は――

秦《しん》の二世皇帝胡亥《こがい》が、権臣趙高《ちょうこう》の娘の美しさをみて、後宮に所望する。が、この趙女は匡扶《きょうふ》に嫁いでいた。匡家は罪をえて、彼女の良人《おっと》は逃亡中なのである。彼女は操を守るために、狂女のふりをして皇帝の毒牙《どくが》からのがれる。主人公の趙女も、張阿火が演じる。通しの出演なのだ。

ストーリーからもわかるように、『貴妃酔酒』は百花亭における楊貴妃の酔態が、『宇宙鋒』は金殿における趙女の狂態がみせ場である。歌よりも身ぶりが大切なので、声のいただけない張阿火には、もってこいの芝居だった。

この二つの演し物は、のちに梅蘭芳《メイランファン》がきわめて上品に演じたので有名になった。だが、梅蘭芳以前の舞台では、どちらも酔態や狂態のあいだに、極端に露骨なエロチック・モーションをはさみ、それが観客にうけたのだ。

『貴妃酔酒』の幕があき、型どおり二人の宦官がまずあらわれた。高力士と裴《はい》力士である。やがて楊貴妃が、扇をもった二人の宮女をしたがえて、舞台に登場した。

――思ったよりいけるじゃないか。

と、村尾は思った。

十二年まえとかわらぬ、あだっぽい張阿火の貴妃ぶりだった。白粉を塗りたくってい

るので、素顔は鉛色でもいいわけだ。義勇軍の隊長になったり、海賊の親分になっても、

顔の輪廓《りんかく》はかわらない。きらびやかな貴妃の衣裳《いしょう》をひらひらさせて、頭上に金ピカの宝

冠をいただいておれば、すがただけはなんとか恰好《かっこう》がつく。

貴妃は四平調を歌った。

皓月《こうげつ》、空にあり

恰《あた》かも嫦娥《こうが》の月宮を離れるに似たり

妾も嫦娥の如く月宮を離れ来たりぬ……

やはり声がいけない。含み声で、発音がはっきりしないのである。声のわるさをかく

そうと思えば、しぜんそうなるのだろう。

いよいよ酔態の場になって、村尾は眼をみはった。

――どこに演技の衰えがあるのか？

すばらしい芸であった。

佐久間はけなしていたが、所詮《しょせん》、彼は芝居を知らないのであろう。十二年ぶりだが、

張阿火の所作のみずみずしさは、おどろくばかりであった。

腰をゆする。――

これはむかしから、張阿火の独壇場であった。絹の長衣の裳は、さまざまな色をまぜた波形の刺繡《ししゆう》をほどこしてあった。それが腰のうごきにつれて、小刻みに揺れる。眼が疲れるほどのうごきだった。宝冠の金色の纓《えい》も、あやしく揺れて、手にした羽扇もうちふるえた。

中国芝居の衣裳は寛衣であるから、からだの線は見えにくい。したがって、感情はおもに歌と手のうごきであらわされる。からだのこまかいうごきで表現するのは、至難のわざなのだ。張阿火の演技は、その難しいことを、あるていどやってのけている。

「今日の張阿火はいいじゃないか」

「上等の阿片《あへん》をくらいやがったのだろう」

村尾はうしろの席で、観客がそんなやりとりをしているのをきいた。

阿片中毒患者は気ままである。急転直下に気分がかわる。もし張阿火が阿片のみだとすれば、その日その日のムードによって、演技にムラがあるだろう。

――おそらく佐久間は、張阿火の気分がすぐれず、投げやりに舞台をつとめた日に観劇したのにちがいない。おれは運よく、最高に気分の乗っている張阿火の芝居をみている。

村尾はそう思った。

酒まさに愁腸に入り、貴妃の酔態のなかに、満腔《まんこう》の幽怨があますところなくあらわれた。

ついで張阿火は、宇宙鋒の趙女を演じた。瘋癲《ふうてん》を装おった趙女が金殿にのぼり、嬉笑《きしよう》、怒罵《どば》、狂態のかぎりをつくす。また腰がゆれる。貴妃のときよりも、大きくはげしい左右の揺れが、とつぜん前後の揺れにかわった。

観客がドッと笑った。

そのエロチックなしぐさは、しばらくつづいた。はじめは大きく、しだいに小刻みになり、急にぴたりととまる。

再び客席がどよめいた。

張阿火の舞台は、期待していなかっただけに、よけい村尾にはおどろきだった。含み声の歌だけは、耳ざわりであった。むかしもそうであったが、一そうひどくなったようだ。張阿火が衰えたというなら、それは演技ではなく、声にかんしてである。わるい声ではないが……

と村尾は思う。声の弱点を意識しすぎて、それをカバーするために、小手先細工のごまかしをするのがよくないらしい。

佯《いつわ》り狂人の趙女が、最後のくだりで、肺腑《はいふ》をしぼるように、

——いつの日か、再び夫妻相見えん……

と歌ったとき、一時間半にわたる舞台で疲れたのか、張阿火はやや調子をみだした。

しかし、みだれた歌の声のほうが、澄んでいるようにきこえた。

帰りに村尾は茶庁に寄った。広東の人間は茶をのむのが好きだ。西瓜の種をかじったり菓子をたべながら、ゆっくりと茶をのむ。そのために、町のいたるところに茶庁があった。そこは庶民の社交場でもある。

その茶庁は、芝居小屋の近くにあったので観劇帰りの客が多かった。いま終ったばかりの芝居について、彼らはそれぞれ勝手な批評をしていた。

——張阿火だって、やろうと思えばやれるじゃないか。真面目《まじめ》にやらねえんだな、ふだんは。

——張阿火についちゃ、むかしほどでもないのに、いやにいばってるって話をきくぜ。いつも今日ほどの芸がやれるなら、いばったっていいが。

——ムラがあるんだよ。今日みたいなことが、ときどきあるんだが、それでこいつはいけると、つぎの芝居をみに行くと、てんで期待はずれなんだな。まるで、でくのぼうみたいにつっ立って、手にもった扇も、石みてえにうごかねえ。

——楽屋でも、張阿火は自分専用の部屋をとって、誰も入れねえって話だぜ。気位が高いんだなア。

そんな話をきいているうちに、村尾の胸にある疑惑がうまれた。

——あれはほんとうの張阿火だろうか？

楽屋の自分の部屋に、他人を近づけないというのは、そこに秘密があるのかもしれない。顔を白粉で塗りつぶし、眉《まゆ》をかけば、そこで素顔は消えることになる。顔の輪廓さえ似ておれば、替え玉出演も可能なのだ。

村尾は、料理店で会った許兆年を思いだした。年は若いが、背丈も、面ながの顔かたちも、張阿火に似ていたのである。しかも許兆年は、張阿火に仕込まれた弟子なのだ。所作も師匠にならっている。

そうなれば、含み声は地声をかくすときにも使われる。宇宙鋒の最後のシーンで歌の調子がみだれたとき、意外にすずしい声が出たのも、身代り出演であったとすれば、ふしぎなことではない。

本物よりも声がよいのに、わざとそれを殺して、含み声を出していたのかもしれない。料理店で、張阿火が許兆年にあたり散らしていた光景が、村尾の頭にうかんだ。

なぜ張阿火は機嫌がわるかったのか？

ときどき替え玉として許兆年を出演させるが、そのときにかぎって好評なのである。張阿火といえども、むかしの花形役者として、また師匠としての矜恃《きょうじ》があるはずだった。おもしろくないにきまっている。許兆年に意地悪く当る気もちは、その仮定に立てば、首肯できることではあるまいか。――

村尾はそんなことを考えながら、白毫茶《びゃくごうちゃ》をすすった。

3

夜になって宿舎に戻ると、女郎屋を経営している吉田という男が待っていて、

「お稲さんの旦那《だんな》が殺されましたぜ」

と言った。

お稲という女は、沙面《シャメン》の租界で雑貨店をひらいているフランス人ミショネの女房である。女郎屋の娘子軍《じょうし》のなかには、日本恋しさのあまり病気になりかねないのもいた。そこで吉田はお稲に頼んで、彼女たちの話相手になってもらっていたのである。お稲も水商売出身なので、女郎衆と気が合って、姐《ねえ》さん扱いにされていた。村尾もなんどか会ったことがある。

「それは気の毒だな」

と村尾は言った。お稲が気の毒なのだ。彼女の旦那にはいちども会ったことがない。

「いい旦那でしたよ。お稲さんにもやさしかったし、まじめな人柄でね。それがグサリと胸をえぐられて、お陀仏《だぶつ》さ。ほんとにひでえことをするやつがいるもンですなア」

「物盗《ものと》りかね？」

「いいえ」

吉田は首を横に振った。

「なにも盗られたものはねえようで」

「じゃ、怨恨《えんこん》だな」

「ミショネさんは、仏さまみてえな人間でして、人に恨まれるようなことはしてねえはずですぜ。一本気で、どちらかといやア不器用なタチで、だまされたこたアあっても、人をだましたことなんかねえ」

「女がからんでやしないか？」

「遊び人じゃありませんぜ、ミショネ旦那は。お稲さんについちゃ、これっぽちも浮いた噂《うわさ》をきいたことがねえし……」

「では、なぜ殺されたンだろ？」

「それが、さっぱりわからねえンです。お稲さんは仇を討ってくれと泣きついて、身も世もあらぬありさまで、ほんとに見ちゃおれねえ。それで村尾の旦那にお願いして……」

「私に？」

「そうですよ。誰がミショネさんを殺したか、あなたにひとつ……」

「どうしてまた私に？」

「旦那、存じてやすぜ」

女郎屋の亭主は、村尾が特殊な任務を帯びている、探偵のような人間であることを、知っていた。

村尾は苦笑して、

「私にはわからないよ。殺されたお稲さんの旦那のことも、よく知らないし」

「なげえあいだ船に乗ってたンです。陸《おか》にあがって店をひらいてから、まだ一年と経ってやしません。お稲さんとは、三年まえ横浜《よこはま》で一しょになったってことです。船に乗ってたころは、真面目な船員でさ。水夫長をつとめて、船会社から賞状をもらったことだってありやすぜ。なんでも海賊を退治したって」

「なに、海賊を？」

村尾の頭に、張阿火のことがすぐにうかんだ。

「で、なんという船に乗っていた？」

「最後に乗ってたのは、たしかモンブランって船でしたよ」

「そうか……」

張阿火がモンブラン号の水夫長にとりおさえられて、それがもとで破滅したことを、村尾は佐久間からきいていた。仏のミショネでも、その海賊からは恨まれるではないか。張阿火が海賊であったことは、一般に知られていない。もしわかれば、殺人、掠奪、誘拐《ゆうかい》の罪に問われることになる。佐久間のような、特殊な情報網をもつ限られた少数の人だけが、張阿火の秘密を知っているのだ。女郎屋の亭主は、むろん知らない。

「ところで、ミショネはいつ殺された？」

「今日のおひる、二時から二時半までのあいだですよ」

と、吉田は説明した。

ミショネはひるねの習慣があり、二時にベッド・ルームへはいった。それまで一しょにいたお稲は、いつものように二階へあがったという。旦那のひるねの邪魔をしないのだ。彼女は二時半に、寝室へ櫛《くし》をとりに行き、ミショネが死んでいるのを発見した。

張阿火は一時半から三時まで、舞台に立っていた。そのあいだ、ほとんどぶっ通しで出演していたから、アリバイはあるわけだ。

もっともそれは、舞台のうえの楊貴妃や趙女が、看板どおりの張阿火であったとしての話である。村尾が疑っているように、弟子の許兆年の身代り出演であるとすれば、話はちがってくる。わざわざ替え玉をつかったこと自体が、すでにあやしいのである。

村尾が相談にのってくれると思ったのか、吉田はしきりに事件の経過を説明した。

「隣りのスイス人の家の阿媽《アマ》(女中)がね、ミショネさんとこの裏口から、中国服の女が出て行くのを見たなンて言っとりますよ。二時すぎのことだそうで……」

「女か……」

睡眠中の男を刺すのだから、女にでもできないことはない。だが、女形役者の張阿火にとっては、女に化けるのは朝飯前であろう。

芝居小屋は、西関にあった。当時の広州は十三の城門をもつ城壁があり、城外西郊を西関といった。貿易商館の多い場所なのだ。

租界のある沙面《シャメン》は、西関の南がわにある。もとは珠江のなかの砂州《さす》であったのを、一八六二年に埋め立てて人工の島をつくった。東西一キロ足らず、南北約二百八十メートトルの楕円形《だえんけい》の島である。西がわ五分の四がイギリス租界で、東がわ五分の一がフランス租界となっている。ミショネの店はフランス租界内にあった。

西関の沙基路から橋を渡れば、もう租界である。芝居小屋からそんなに遠くないが、幕間に往復できるほど近くはない。最低三十分は要するだろう。

夜間になれば、租界への中国人の出入りは制限されるが、ひるまの往来は自由である。そこには中国の司法権が及ばないだけで、立入禁止地区ではない。

——もういちど張阿火の芝居をみればわかるかもしれない。

と、村尾は考えた。

観客の私語によっても、張阿火の演技にできのよい日とわるい日があったことは、あきらかである。それは阿片のみの気まぐれによる、と世間では思っていた。村尾は替え玉の可能性を、それにあてはめて考えたのである。

彼は自分の眼で、張阿火の芝居をみて、それをたしかめようとした。が、張阿火の一座は、翌日、潮州《ちょうしゅう》へ巡業に出てしまった。そのタイミングも、疑えば疑えたのである。ミショネ殺人事件については、張阿火一座が広州に帰るまで待つほかはなかった。ところがそのまえに、村尾は帰国命令を受けた。

見送りにきた吉田にむかって、村尾は言った。——

「お稲さんの旦那を殺した事件については、しらべるヒマがなかった。お役に立たず申訳ない」

「いえ、そう言ってもらっちゃ、こちらが恐縮しますよ。ありゃもういいんです。お稲さんも、もうあきらめてやすからね。しかし、このへんの警察なんて、いい加減なもンですなア」

女郎屋の亭主は、首を振りながら慨歎《がいたん》した。

4

それから八年たった。

村尾は日本領となった台湾の土を踏んだ。台湾総督府の役人として赴任したのである。着任早々、台北の大稲埕《だいとうてい》をあるいていると芝居の看板が眼についた。

「名花旦許兆年扮楊貴妃！」

許兆年とは、張阿火の弟子のはずだった。

ちょうど芝居がハネたところらしく、観客がぞろぞろと出てきた。

——ひとつ許兆年に会ってみよう。張阿火のことがわかるかもしれない。

と、村尾は思った。

総督府の官吏は、日本内地の役人とちがって、海軍の制服のような、かくしボタンの官服を身につけ、腰に短剣を吊《つ》っている。植民地の官吏は、そんな恰好《かっこう》で、統治する新附の民を威嚇したのである。

「許兆年に会いたい」

と声をかけると、木戸番の顔が急に緊張した。剣を吊ったいかめしい役人が中国語で話しかけてきたのである。

「いや、べつに大した用じゃない。むかし広東で許兆年の師匠の芝居をみたことがあるので、なつかしいのだ」

「そうですか、へえ」

木戸番はやっと納得顔でひきさがった。しばらくして出てくると、

「どうぞ」

と、奥へ案内した。

楽屋の一室に通されたとき、村尾は思わず息をつめた。

舞台すがたのままの許兆年が、茶をついでいた。村尾にではなく、もう一人の男のまえに、うやうやしく湯のみをさし出したのである。不機嫌そうにその湯のみをつかんだ男は、頭髪こそ白くなっているが、まぎれもなく張阿火であった。

許兆年は二十四、五になっていた。女形としては申し分のない年齢である。彼は村尾にむかって、ていねいに頭をさげ、

「いまお伺いしたところでは、師匠の舞台をごらんになったことがおありとかで」

と、ちらと張阿火のほうに眼をやった。

「そうです。最初にみたのは、もう二十年もまえですよ」

すると、張阿火がガタンと湯のみをテーブルのうえに置いて、

「二十年まえ？　私の最高のときですよ。おぼえとられますか、私の『貴妃酔酒』を？　どうです、この許兆年のとくらべ」

と、せきこむようにたずねた。

「いえ、いま表の看板をみて、はいったばかりで、許さんの舞台はまだみておりません」

「そうですか。いちどみてやってください。まだ未熟ですがね。……私の二十五のときなんぞ、広州の街じゅうを湧《わ》かしましたよ。あなたもご存知でしょう。……いまの許兆年は、当時の私とおなじ年でも、まだまだ足もとにも及びません」

断乎《だんこ》たる口調である。

許兆年は羞《は》ずかしそうにうなだれた。紅をつけた頰が、一そうあからんだようだった。

「でも張さんの弟子だから」

と村尾は言った。

「指導よろしきを得て、りっぱな舞台だろうと思うんですがね」

「いや、いや」

張阿火は、はげしく首を振った。

「そりゃ、私は教えました。しかし、この男を弟子にしたころ、私はもうからだが不自由になっていたのですよ。腰のうごかし方など、口で言ってもわからない。私がカタを示してやれるといいんですが、それができないんだ。腰がうごかんのでしてね」

「ほう、腰が……」

「さよう。ちょっとした不注意で、腰のへんを火傷《やけど》しましてな。腰がうごかなけりゃ、『貴妃酔酒』なんぞ演《や》れやしません。からだでカタを示せないので、口と手で教えたのです。所詮、無理でしたな」

「口と手で？」

「口で教えてわからなければ、手でひっぱたく。……役者はきびしく仕込まなけりゃ」

八年まえよりも、顔の鉛色は濃くなっているようだった。鉛色のうえに、黒い皺《しわ》がはっきりとみえた。ギラギラかがやく眼に、偏執の色が宿っている。

村尾は張阿火の眼をみながら、八年まえの張阿火の舞台を思いだして、言った。――

「はじめてみたのは二十年まえですが、八年まえにもみましたよ」

「ああ、そのころはもうだめだったでしょう。怪我《けが》のあとですから。あの舞台は忘れてください。金のために、無理をして芝居したンです。しようがなかったのですよ。いまでは後悔しています。忘れてください、羞ずかしい演技です」

「そんなことはありません。りっぱな舞台でした。腰もみごとにうごきましたよ。そのすがたは、いまもこの眼に焼きついています。忘れよといったって、そりゃ無理ですよ」

「腰がうごいた？」

張阿火の視線が、一瞬、許兆年のほうへ走って、すぐに戻った。

「そうです。たしかにうごきました。よくおぼえています。忘れられない理由は、もう一つあるのです。……あのときの芝居とおなじ時刻に、沙面の租界で、一人のフランス人が殺されたからですよ。モンブラン号の水夫長だった男ですがね」

村尾はそう言いながら、じっと張阿火のようすをうかがった。相手の顔がこわばるのが、よくわかった。握りしめた拳《こぶし》が、かすかにふるえている。唇のあたりが、ピクピクとうごいた。

ながい沈黙がつづいた。そのあいだ、張阿火の眼は凍りついたように、またたきもしなかった。

許兆年は、ずっと面を伏せたままだった。宝冠ははずしてあったが、はでな模様の衣裳が、その場の空気にそぐわなかった。

やがて、張阿火はかすれた声で、

「あなたは、なにもかもご存知だな」

と言った。

「腰はみごとにうごきました」

と、村尾はくりかえした。

それをうけとめるように、張阿火は、

「うごくはずのない腰がね」

と言った。

「うごきました」

村尾は言いながら、自分でも執拗《しつよう》すぎると思った。

「あなたは、清仏戦争のとき、私がどんなことをしたか、ご存知だね？」

「知っています。水師の守備でしたな」

「さよう。フランス軍と戦いましたよ。私たちは勝ったのだ。それを、李鴻章の腰抜けが……。ま、いいでしょう。そのあとで、私のしたこともご存知らしいね」

「知っています。こんどは海賊の頭目でしたな。最後に襲ったのが、モンブラン号」

「では、あなたは一切ご承知だ。なぜあのフランス野郎が租界で殺されたか、誰に殺されたか、も」

村尾はうなずいた。

張阿火は身をのりだして、湯のみを力一ぱい握りしめた。まるでそれを握り潰《つぶ》そうとでもするかのように。

鉛色の顔に、朱が混った。

「女形の役者だが、私は男ですぞ。基隆で、淡水で、澎湖で、私は五百の健児を率いて戦った。部下はフランスの砲撃で、何人も殺された。まともに砲弾にあたったやつもいる。こっぱみじんに砕けて、骨も肉も残らない。こちらも、相手を殺してやった。火をつけてやった。それが、男のすることだ」

張阿火はそこまで言って、とつぜん許兆年のほうをむいた。

「いいか、兆年。おまえも女形だ。しかし、男だということを忘れるな！」

許兆年は垂れていた頭を、もう一段さげて、

「わかりました」

と言った。

張阿火は、また村尾のほうへむき直って、

「モンブラン号のやつらは、私の部下を何人も蒸気で殺した。まるで蠅をはたき殺すようにな。あとで死体をあげてみると、皮膚はただれて、つるりとはぎとられているのもあった。……フランス野郎のやったことだ。許せないと思ったんだ、私は。復讐《ふくしゅう》を誓った。私は男だ。やつの胸に、短剣を刺しこんでやった。そうとも、あれはたしかに、私のやったことだ。敵にたいして、男のやるべきことを私はやった。男は敵を憎まなけりゃいかんのだ。憎んだ敵は、殺さにゃいかんのだ！」

張阿火の視線は、いつのまにか村尾を避けて、再び弟子のほうにむけられていた。

「兆年、よくおぼえておくんだぞ、男のやることをな」

「はい」

許兆年は、かしこまって答えた。おそらく白粉の下で、顔面は蒼白《そうはく》となっていただろう。

張阿火は言い終えると、いちどに疲労が出てきたらしい。崩れるように椅子にからだを埋めてしまった。

「さ、みんな言っちまった。どうにでも、私を料理するがよい」

彼の顔から、鉛色にまじった朱が、すっと退いた。

村尾は、自分の膝《ひざ》がふるえているのを抑えながら、

「あなたを、どうこうしようなどとは思わない。八年もまえのことだし、そのあいだに、台湾は日本の領土となった。むかしのことはみんな消えてしまう。それでいいでしょう。……では、また許さんの舞台をのぞきにきますよ」

と言って、二人に背をむけ、ゆっくりとドアのほうへ歩きだした。

張阿火のあらい息づかいが、彼の背を焼くようだった。

「さよなら。……私も腰のうごいた八年まえの張阿火を、なんとか忘れよう」

ふりむきもせずにそう言い残して、村尾は部屋を出た。

5

村尾が総督府に勤めたのは、一年あまりだった。そのあいだ、許兆年の一座は全島を巡業していた。だから、台北にいた村尾が、許兆年の芝居をみたのは、三度だけだった。

許兆年はかなりの人気役者だったので、村尾の耳にも、ときどき彼の噂話がはいった。

——あれは感心な役者だ。食いつめた師匠を養っているんだから。しかも、その師匠というやつが、まだいばって、彼をいじめるらしい。それでも彼は、むかしのとおり、礼を尽して仕えている。えらいもンだ。

そんな話をきくたびに、村尾は広州の小料理店でのシーンを思いうかべた。

台北からジャワ、シンガポール、そして東京と、村尾は停年まで各地を転々とした。

彼が再び台湾を訪れたのは、十数年たってからである。

村尾は年老い、年号も大正とかわった。

彼は隠居仕事を、台湾でみつけた。台湾民間芸術の研究、保存、改良を目的とする或る民間団体の役員となったのである。

台北に着いてまもなく、彼は演劇方面の研究をしている若い人をつかまえて、

「許兆年という役者はどうなったかね？　もうかれこれ四十になっているはずだが」

ときいた。

「ああ、許兆年ですか。やっとりますよ。いま布袋戯《ポーテイーヒー》では、屈指の師匠でしょう」

「え、布袋戯？　彼は女形だったが……」

と、彼はきき返した。

布袋戯とは、指でうごかす人形芝居のことである。舞台に立って女形を演じた許兆年が、指人形に転向しているのは意外だった。

「ええ、もとは女形だったときいています。でも、十年ほどまえに足をいためて、舞台に立てなくなったので、布袋戯にかわったのです。びっこでは女形はやれませんからね」

「ほう、びっこになったか。……で、彼の師匠の張阿火はまだ生きているかな？」

「張阿火？　さア、知りませんねえ、そんな名前は、きいたこともありませんが」

かつての舞台の花形であり、清仏戦争の英雄であった張阿火も、その名を忘れ去られている。台湾演劇の研究家ですら、彼を知らない。もっとも、役者として彼が名を売ったのは、台湾ではなく広東においてであったが。

許兆年は台北近郊の新荘街に住んでいるという。新荘は台湾でも最も有力な人形芝居のグループが集まっている町なのだ。村尾は新竹へ出張した帰り、新荘に寄って町役場できいてみた。

「ちょうど巡業から帰ってますよ。きっと家にいるはずです。すぐ近くですから、呼んできましょう。村尾さんといえばわかりますね！」

助役はそう言って、給仕を使いに出した。

許兆年はまもなくやってきた。

四十になっても、かつての張阿火のように、鉛色の顔になっていない。それどころか、顔色はますます透《す》きとおってきたようで、白磁を思わせる深みのある美しさだった。それだけに、脚をひきずりながら歩くすがたが、よけいいたいたしくみえた。

「私をおぼえていますか？」

村尾は手をさしのべて言った。

「おぼえていますとも、どうして忘れることができましょう」

握手をしながら、許兆年は答えた。

替え玉出演の許兆年は、師匠がミショネを殺したことを、あるいは知っていたかもしれない。だが、それを指摘したのは村尾であった。彼が村尾を忘れるはずはなかった。

村尾は許兆年を食事に誘った。まともな料理屋などのない街である。そば屋の二階にあがって、一品料理を注文することにした。

「村尾さん、ご馳走《ちそう》していただくのに、勝手なことを申すようですが、私は鶏肉を使った料理は一切口にしませんので」

村尾が料理を注文するまえに、許兆年はそう言った。食わずぎらいか、それともアレルギー性体質でもあるのかと思って、村尾はべつに怪しみもしなかった。

「鶏肉が食べられないと、ずいぶん苦労するでしょう」

と、村尾は笑いながら言った。台湾では、宴会といえばきまって鶏肉料理が出る。それが出なければ、ご馳走といえないとさえ考えられていたのだ。

「食べられないのではなく、食べないと誓いを立てたのです」

「おや、誓いを?」

「この脚と関係のあることなんですが……」

許兆年は不自由な左脚を前に出して、膝を軽くたたいた。

それから彼は、脚をわるくしたときの事情を、つぎのように説明した。

十年まえ。——

というから、村尾が台湾を去ってまもなくのことである。

許兆年をふくめて十六人の一座が台湾中部を巡業中、山を越えねばならなくなった。高砂族《たかさご》とか高山族とかいわれた蕃社《ばんしゃ》の人びとが、台湾の山地に住んでいる。当時、平地の人と交流して開化した蕃社の人たちを『熟蕃』といい、山奥で狩猟を営み、ときどき人を襲って首狩りなどをする未開の連中を『生蕃』と呼んでいた。

許兆年一行が越える予定の山は、平地に近く、熟蕃の住む地域だったので、そんなに危険とは思われていなかった。

明治三十年代のことなので、劇団のドサまわりもらくではない。荷車に大道具小道具を積んで山道を行くのだから、相当つらい旅である。そのうえ、許兆年は蚊《か》に刺されたあとを掻《か》きすぎて、脚にできものをつくっていた。無理押しの強行軍で、化膿《かのう》したところがますます悪化した。

ある部落にたどりつき、これから山を越えようというとき、彼らはしばらく道ばたで休憩した。許兆年は疲れていたので、うとうとと睡《ねむ》ってしまった。そこへ民家で飼っていた鶏がやってきて、彼の脚の化膿したところを、嘴《くちばし》でつよくつついたのである。ただでさえ痛むのである。鶏につつかれて許兆年はとびあがって悲鳴をあげた。

さて出発というときには、許兆年はもう歩くどころではなくなった。左脚ぜんたいがしびれていたのである。傷口からバイキンでもはいったらしい。

彼らは山むこうの部落の祭りに呼ばれて、芝居をすることになっていた。だから、許兆年が歩けるようになるまで待つわけにはいかない。代役のできる役者もいたので、一行は許兆年だけを残して、山越えにかかった。

許兆年は部落の人に薬をもらって、傷口にはりつけた。それがいかがわしい薬であったらしく、彼の脚をダメにしたのである。

彼をびっこにしたのであるから、憎むべきは鶏ということになろう。だがその鶏は、彼の命を救ったことになったのだ。

なぜなら、劇団の連中は山越えの途中、蕃人に襲われて、一人残らず殺されたのである。もし鶏につつかれずに、そのまま一座とともに山にはいっておれば、彼もまちがいなく殺されたであろう。

それ以来、命の恩人である鶏は食べない、と誓いを立てたというわけだ。

一行を皆殺しにしたのは、山奥から出てきた生蕃のしわざと思われた。しかし、付近の熟蕃も開化しているとはいえ、なにかのきっかけで、とつぜん野性に返ることもありうる。遠征の生蕃ではなく、近在の熟蕃のやったことではないかという説もあったらしい。

劇団のもっていた、きらびやかな衣裳、ピカピカの小道具、楽器類などは、蕃人が欲しくてたまらないものだったにちがいない。

「じつは師匠も、そのときに殺されたのですよ」

許兆年はそう言って、話を結んだ。

舞台に立てなくなった張阿火は、弟子の世話になって、露命をつないでいたのである。非業の死。——鉛色の顔をもった男の末路はあわれであった。

「気の毒でしたね」

と村尾は言った。

「あなたの師匠思いは、あのころも語り草になっていましたが……」

許兆年はさびしそうな笑みをうかべて、

「正直なところ、師匠はながいあいだ、私には重い負担になっていました。大へんな阿片のみでしたから、ずいぶんお金もかかりましてね」

と、眼を伏せた。

食事がすむと、許兆年は、家へ寄ってお茶でものみませんか、と言った。

彼は小さな家に住んでいた。夫婦と子ども二人の四人暮しだという。

茶をはこんできた婦人の眼をみて、村尾はハッとした。

澄んだ眼であるが、どことなく野性的なするどさがあった。まぎれもなく山地に住む蕃社の人たちの眼なのだ。それは、かくしようもない特徴で、台湾の人たちが『生蕃眼』と呼ぶものである。

許兆年はその婦人を『牽手《カンチユウ》』（妻）であると紹介した。

彼女が部屋を出てから、村尾は小声でたずねた。――

「奥さんは山の人じゃありませんか？」

「そうです。すぐわかるでしょう。……例の事件のとき、脚の傷で寝込んでしまったのを、彼女が親切に看護してくれましたので。じつは、それ以前からも、ねんごろにはしていたのですが……」

許兆年は、村尾の眼をのぞきこむようにして、言った。

いまわしい想像が、村尾の脳裡《のうり》にうかんだ。

許兆年は、はっきりと、師匠張阿火の存在が負担になっていた、と白状した。

劇団の人たちがブリキ製の宝冠や、キラキラする衣裳をもっていることを、誰が蕃社の連中に教えたのだろうか？

許兆年も言ったように、彼は蕃社の娘である現在の妻とは、あの事件以前からの知り合いだった。彼女を通じて、劇団の『宝物』のことをもらした可能性もある。

劇団を襲われると、張阿火も当然、一座の者と運命をともにする。それによって許兆年は、背負っている重荷をおろすことができる。……

いや、許兆年にとっては、師匠は重荷以上のものであったかもしれない。張阿火は彼をひっぱたいて仕込んだと公言した。腰のうごかぬ師匠は、しなやかに腰を揺する弟子に、嫉妬《しっと》を抱いていたであろう。芸道以外の感情がはいれば、仕込まれるほうも、憎悪でそれにこたえるにちがいない。

広州の舞台で腰を揺すっていた貴妃も、

——これは張阿火じゃない。彼はいまここにいないのだ。

と、誰かに訴えていたのかもしれない。

張阿火にたいして、許兆年がはげしい憎悪を燃やさなかったと、誰がいえるだろう?

しかも張阿火は、許兆年にむかって、

——男は敵を憎まなけりゃいかんのだ。憎んだ敵は殺さにゃいかんのだ!

——兆年、よくおぼえておくんだぞ、男のやることをな。

と教えたではないか。

「村尾さん」

名を呼ばれて、村尾は夢から醒《さ》めた人のように、許兆年の顔をみた。

「村尾さん」

許兆年は念をおすように、くりかえして呼んだ。

「あなたはいつか、師匠がフランス人を殺したことを、ずばりと言い当てられましたね」

「そんなこともありましたな。…… いや、どうもお邪魔しました」

村尾は立ちあがった。

許兆年は表まで送って出た。別れるまぎわに、彼は囁くように言った。——

「でもあなたは、それで師匠を罰そうとはなさいませんでしたね……」

ことばは、そこで切れた。

だが村尾は、声の消えたあとに、

──こんども、おなじように頼みますよ。

という、まぼろしの声がつづくような気がした。

「さよなら」

許兆年のさわやかな現実の声が、まぼろしの声を追い払うように、村尾の耳にはいった。

台湾の正史ともいうべき連雅堂の『台湾通史』は、張阿火のために列伝を立ててはいないが、外交志フランスの項で、彼のことに言及している。

……張李成幼名阿火、為梨園花旦、姿質娬媚、顧迫於義憤、奮不顧身、克敵致果……

正史にのっているのは、清仏戦争の部分だけである。その後の彼については、海賊になったとか舞台にカンバックしたとか、あるいは徹底的なフランス嫌いだったとか、清仏戦争の話をきくと真《ま》っ蒼《さお》になってふるえだすといったたぐいのエピソードが、稗史野《はいしや》乗《じょう》のなかに散見される。

ただし、彼の最後については、どの書物にも記述がない。

紅蓮亭《ぐれんてい》の狂女

1

明治十八年。——清《しん》国では光緒《こうしょ》十一年の早春。

京城《けいじょう》事件をめぐって、清国と日本の関係が緊張していたころである。ときの駐清国日本大使は榎本武威だった。近く本国から全権大使伊藤博文の一行が北京《ペキン》にのりこみ、談判にあたるというので、榎本公使はあらかじめ清国がわの意向をさぐるために、いろいろと情報を集めていた。

清国の外交は、一応、総理衙門《ヤメン》の管轄となっているが、宮廷関係者の発言力もつよく、内情は複雑をきわめている。

古川恒造は、商況視察のため北京滞在ということになっているが、じつは榎本公使の密偵《みってい》の一人であった。彼はおもに宮廷関係の情報をさぐるように命じられていた。

資金はたっぷりもらっていた。顕門《けんもん》に近づくには、金がかかるのである。

李《り》という宦官《かんがん》の弟を通じて、めぼしい皇族や貴族たちに、日本からとりよせた蒔絵《まきえ》や金銀細工などを献上してあった。

「十刹海《スチャハイ》の貝勒《ばいろく》さまが、近いうちに会ってもよいと申されました」

と、李が報告にきた。

「十刹海か……」

古川はすこし失望した。

何人かの皇族に餌《え》をまいてあったが、まっさきにかかったのは、あまり役に立ちそうもない人物だった。

親王の子を『貝勒《ばいろく》』という。遊牧時代の満洲族《まんしゅうぞく》の部族長を意味することばで、いまでは一種の爵位となっている。北海公園の北にあって、蓮《はす》で名高い十刹海のほとりに住む貝勒といえば、恭《きょう》親王の長男、載澂《ツァイチエン》のことなのだ。

恭親王はときの皇帝光緒帝の父の実兄だから、十刹海の貝勒は現皇帝の従兄弟にあたる。

清朝の皇族は、その名で世代や血縁の親疎《しんそ》がわかるようになっている。名前は二字だが、上の字は康熙《こうき》帝のつぎの世代から、
允――弘――永――綿――奕――載――溥――毓――恒
の順でつけて行く。

そして下の字は、近いグループの者たちは扁《へん》や旁《つくり》をおなじくする。

光緒帝の名は載湉《ツァイティエン》。

十刹海の貝勒は、現皇帝とおなじ『載』の字をいただき、しかもおなじサンズイ扁を第二字にもつ。数多い宗室関係者のなかでも、とくに皇帝と近い間柄にある。

しかし、諜報《ちょうほう》活動の対象としては、皇帝と血のつながりが濃いというだけでは、かならずしも価値があるとかぎらない。

載澂は素行がわるいことで有名な貝勒であった。熱中するところは、もっぱら遊蕩《ゆうとう》にあって、政治についてはさっぱり関心をもっていないという。そんな人物から、宮廷内における対日政策の動向といったものをきけるだろうか？

古川は疑問に思った。

「三日のちにお会いするそうです。手土産《てみやげ》を用意しておいてください」

と、李は揉《も》み手をしながら言った。

「手土産にはなにがいいかな？」

「現金です。先方がそうおっしゃっていますから」

「いくらほど？」

「洋銀千ドル」

「すこし高いではないか。これが親爺《おやじ》さんのほうなら高いとは思わぬが」

貝勒の父の恭親王なら、宮廷の中心人物であり、軍機大臣でもある。一回の会見に千ドルを払っても、それだけの値打ちがあるかもしれない。

しかし息子のほうとなると、古川も首をかしげざるをえなかった。女の話でもきかされて追い返されては、たまったものではない。

古川がほしいのは情報である。成り上がり者が、皇族の面識をえて箔《はく》をつけようとするのとは、わけがちがうのだ。

「五百ドルでもお会いになりますが、それではせいぜい十五分か二十分ほどです」

と、李は言った。

「二十分でもいいな……」

二十分も会えば、相手が情報源になりうるかどうか、ということはわかるだろう。もし有望なら、そのとき金額をふやして時間を延長すればよい。古川はそのことを言おうと思った。

が、それよりさきに、李が口をひらいた。

「わるいことは申しません。千ドル出しなさい。それだけのことはありますよ。わたしが保証します」

いやに自信たっぷりな口調だった。

しかもそう言ってから、李は片眼をとじてにやりと笑った。

貝勒自身は政治に興味をもっていないが、要路の貴族たちといつも会っているから、いろんな話をきいているだろう。関心がないだけに、きいた話を不用意にもらしてくれる可能性もあるのではないか？

古川は李のようすをみて、

（李が保証するというのだから、これは大きな拾い物かもしれないぞ）

と思い直した。

「では、会ってみるか」

清朝の貴族たちが窮乏しはじめたのは、彼らの領地のある東三省《とうさんしょう》（満洲）が蹂躙《じゅうりん》されてからである。とくに張作霖《ちょうさくりん》など緑林《りょくりん》の軍閥がその地方を完全に占拠したのち、領地からの収税、収糧がとだえ、貧乏暮しを余儀なくされた。明治十八年といえば、まだ日本との戦争もおこらず、貴族たちの領地は安泰で、彼らはゆたかに暮していたのである。

とはいえ、貝勒載澂はまだ父親がいたし、けたはずれの浪費をするので、遊蕩資金がよく欠乏したとみえる。そこでこんなふうに、皇族の知遇を得ることを最高の名誉と心得ている連中を『接見』して、金品をまきあげるのだろう。手土産の額によって、接見時間に差をつけているのは、考え方によれば、すこぶる合理的であった。

古川は天津《てんしん》にはながく滞在したことがある。そして、こんど北京に呼ばれる前には、上海《シャンハイ》で仕事をしていた。中国語がほとんど中国人同様に話せたので、密偵にうってつけだが、北京の事情にあまりくわしくないのが玉に疵《きず》だった。

彼もそれを承知していて、その欠点を補おうと、ずいぶん努力もした。

十刹海《スチャハイ》の貝勒《ばいろく》についても、事前によくしらべてみたが、耳にするのは芳《かんば》しくない噂《うわさ》ばかりである。

——平素、権勢を恃《たの》んで横行す。

──若くして色を漁るを喜む。

──民間に気に入った美婦あれば、必ず百計してこれを簒得《さんとく》する。

ただし、女を十刹海の家にいれてしまうと、彼はけっして暴力を用いなかったという。

閉じこめておくが、口説いて、陥落するまでゆっくりと待つのである。

彼は日ごろ、つぎのように広言しているそうだ。──

「力ずくで女を家にひっぱりこむが、余《よ》は力ずくで女をものにしたことはない。それは野蛮人のすることだ。もっと優雅にやらねばいかん。……しだいに相手の心がほぐれて、ぐっと傾く。女あそびのたのしみは、その過程にある。……まだ余の意を迎えぬのか、ではもっと待とう。余はいつもそう言う。あわててはいかんのだ。かりに女が承知したと言っても、余はじっと相手の眼をみつめる。……いや、そなたは口ではそう言っておるが、心は余を迎えていない。その心がまだ硬いあいだ、余はそなたに手をふれないぞ。そう言い渡して出て行く。これが余の主義だ」

むりやりつかまえて監禁しておきながら、心がほぐれて傾くまで待つとは、いい気なものである。猫《ねこ》が爪《つめ》にかけて鼠《ねずみ》をなぶっているのに似ている。

口説きの芸術。──貝勒はその道をきわめようというつもりらしい。彼の全情熱は、そこにかけられているようだ。韓国の京城でおこった事件、それをめぐって清国が日本とのあいだに問題をおこしていることなど、この人物にはどうでもよいことにちがいない。

——やつらは、人生のたのしみというものを知らない。気の毒なことだ。

政治に熱中している同族たちを、彼はそんなふうに軽蔑《けいべつ》した。

(政治、いや、女色以外のものを、彼はすべて軽蔑するらしい。そんなものは、深刻になったり、大騒ぎをするに価しないと思っている。そこにつけこむすきはあるまいか?)

古川はそう考えた。

2

民情をよく知る。——

古川はそのために、人の集まる場所へよく出かけた。茶庁、酒家、縁日。……そして、芸人と仲よくなるようにつとめた。

これまでの経験によって、彼は芸人が情報源として、意外に貴重な存在であることを知っていた。

要路の大官や貴族として時めいている連中は、しょっちゅう客を招いて、宴会をひらくものである。そんなとき、座興に芸人が呼ばれるのが常であった。

宴席では、さまざまなことが話題にのぼる。彼らは芸人がそばにいても、あまり気にかけない。なぜなら、手品師、曲芸師を、彼らはふだんからなみの人間とは考えていないからである。

道ばたでうろついている野良犬を無視するように、彼らも宴席のあいだで芸当を演じる連中を眼中におかなかった。

だから、ときには予想外の情報を、芸人たちからきき出すことがあるのだ。

古川は土地公廟《トウティコンミャオ》の廟会（縁日）で、ある雑伎団の一座と親しくなった。十五人ほどのメンバーで、奇術、アクロバット、力技、棒術、猿まわし、それに鼠つかいまでいる。奇術師の宋継《スンチ》という老人が座長だった。彼はふだんはのんびりしているが、客のまえに立つと、眼にもとまらぬ電光石火の早わざをやってのける。かわっているのは、アクロバットの王昂《ワンアン》という小男と、瑤英《ヤオイン》という力技をする大女が夫婦であることだ。鼠つかいの飼いならしている数十匹の二十日鼠は、階段をのぼったり、水車をまわしたり、ちょっとした芝居もする。

「どうですか、縁日とお邸《やしき》へ呼ばれるのと、どちらがいいと思います？」

一座の者が練習しているなかにはいって、古川は座長にきいた。

「お邸によっちゃ、ずいぶん祝儀をはずんでくださる所もあるが、わしらはやっぱり、縁日で大ぜいの見物衆のまえでやるほうが、やり甲斐《がい》があるね」

宋継は、白いあごひげをしごきながら、そう答えた。

そばで李総良《リツオンリヤン》という鼠つかいが、がらがら声で、芸をおぼえないやくざな二十日鼠どもを叱《しか》りとばしている。

大女の瑤英は、三十斤《きん》の重さの青竜刀《せいりゆうとう》を、風車のようにふりまわし、それから厚い板を両手でさしあげ、その上に二人の男をのせた。

彼女は紺の上衣《うわぎ》と長い裙《スカート》をつけていたが、その下で躍動している女体を、古川はふと妄想するのだった。

「おめえの亭主ぐらいのなら、もう一人のせたって大丈夫だな」

と誰かが声をかけたので、みんな笑った。

のみの夫婦で、王昂は五尺そこそこの小男だったのである。

「なにを言ってやがる」

王昂はトンボ返りを一つうってから、口をとがらして言い、ふくれ面《つら》で得意の筒抜けの練習をはじめた。子どもでもはいれそうもない細長い円筒を、全身の関節をはずしながら、抜け出る芸当である。

猿まわしの王易文《ワンイウエン》は、王昂と同郷で、南京《ナンキン》の近くの鎮江《ちんこう》の出身である。

古川は芸人志望だったが、子どものとき脚の骨を折ったので、あきらめて商売人になった男、というふれこみだった。もちろん中国人になりすましていた。怪しまれずに彼らに近づくには、そんな口実でもつくっておかねばならなかったのである。

「最近、どこかお邸へ呼ばれましたか?」

古川はさりげなくきいた。

「三日前に王府井《ワンフチン》の謝旦那《シエだんな》のところへ行きましたよ。そのまえは……」

宋継のあげた名は、金持ちの商人ばかりで、政治家や貴族はなかった。それでも、商人たちの宴会に招かれた客のなかに、その種の人物がいたかもしれない。

「そんな席で、なにかおもしろい話をききませんでしたか？」

「話？　わしら、ただ芸をおみせするだけじゃよ。……お祝儀をもらえば、誰だってお客さまさ。かりにいやな相手であろうと、わしら、ぜいたくは言えないね。十日ほどすると、十刹海の貝勒さまのところへ行くことになっているが、とかくの噂のある方じゃが行かないわけにはいかん。瑤英なんか、あんな助平のところはいやじゃとごねておる。そんな心掛けじゃいかんと、わしは言うんじゃ……」

「ほう、十刹海ですか……」

古川が『接見』を受けに行くのとおなじ場所である。このとき彼はふと、もし接見で収穫がなければ、この一座の裏方にでも変装して、もう一度行ってみてもよい、と思った。一対一の接見よりは、大ぜいの客の集まる宴席のほうが、情報をとりやすいだろうから。――

彼は天津にいたころ、チャルメラを習って、かなり上手に吹くことができた。

「ねえ、親方」と、古川は宋継《スンチ》にむかって言った。――「私はこんな芸人の生活が好きでたまらんのですよ。チャルメラが吹けるから、こんどお邸へ行くとき、連れて行ってくれませんか？……いいえ、もちろん給金なんて要《い》りませんよ。好きなんですから。なんでしたら、こちらからお金を出したっていいぐらいですよ」

「ほう……あんたみたいな人がときどきいるが、その気もち、わからんこともないね。芸人の生活には、いやなことも多いが、たのしいことだってないことはないさ。わしなんぞ、五十年近くもやっているが、餓鬼《がき》のころは、こんな社会から足を洗いたくてしようがなかったよ。だけど、だんだんと、わるいところばかりじゃないとわかってくる。仲間はみんな貧乏人の子でな……つらい目、哀《かな》しい目に遭《あ》ってきた連中ばっかりだ。みんな仲間だというかんじ、これだね。ときどき連中を抱きしめてやりたくなる。……我慢しな、お互いにつらいんだ、とな。面白い目をみたことがないだって？……芸のなかに、たのしみをみつけな、そう言ってやる。……あんたみたいに、芸人の生活がしてみたいって人も、たまにゃいるんだから、まんざらすてたもンでもなかろう。若いやつにゃ、そう教えてやることにしている」

宋継はそう言って、練習中の座員を見渡した。その眼にいたわりの表情があった。

古川はうしろめたさをかんじた。

彼は芸人の生活に魅力をかんじているのではない。彼らのなかにはいって、利用してやろうと思っているだけなのだ。

しばらくためらってから、なるべく催促がましくきこえないように、彼はまたきいた。

「一度ぐらい、仲間にいれてもらって、チャルメラを吹かせてもらえませんかね？」

「いいとも、いいとも。おやすいこった」

宋継はなんどもうなずいた。

3

十刹海への千ドル訪問は、思いもかけぬ結果に終った。午前十時すぎ、古川は李に案内されて行ったが、皇帝の従兄弟はまだお目覚めではなかった。彼らは庭に通されたが、そこは寝室のすぐ裏だということだった。ひろい庭で、亭《あずまや》が二つもあり、ところどころに磁鼓橙《じことう》が置いてあった。太鼓形の陶磁の腰かけで、直径四、五十センチで、胴体がすこしふくらんでいる。高さもほぼおなじくらいで、象や獅子《しし》の絵がまわりにかいてあった。

古川たちは、寝室を出たところの、すこし高くなったバルコニーふうの抱厦庁《パオシャティン》（つぎ足した部屋）で待たされた。

ねぼけ眼をこすりながら、貝勒載濤が寝室の裏戸からあらわれたのは、三十分以上もたってからである。

「ああ、客人はもう来ておったのか」

両手を高々と挙げて思いきり欠伸《あくび》をした彼は、そばでひざまずいている召使に、

「テーブルの用意もしておらんのか。それから、ついでに余の磁鼓橙を持って参れ」

と命じた。召使はあわてて仲間を呼び、テーブルと椅子《いす》と磁鼓橙をはこんできた。

紫檀《したん》のテーブルの縁《ふち》は、ぐるりとこまかい金銀細工の装飾をつけている。よくみると、金で亀背模様をとりつけたうえに、牡丹《ぼたん》をはめこんでいる。白牡丹は象牙《ぞうげ》、紅牡丹は珊瑚《さんご》で、葉のところは翡翠《ひすい》のようだった。貝勒専用の磁鼓橙は、庭のものと形はおなじだが、腰かけるところが籐《とう》で編まれたもので、蓋《ふた》のようにかぶさっているらしい。こま狗《いぬ》

をえがいた胴に小穴があいているから、夏は風通しがよくて涼しいだろう。古川はそれを見て、自分の献上品のことを考えた。あんなものは、すぐに出入りの商人に払い下げて金にかえてしまうのかもしれない。

テーブルの縁の装飾に感心していると、それを嘲《あざけ》るように、銀色がかった閃緞《せんたん》のテーブルクロスが、そのうえにかけられた。その中央には、竜鳳の刺繡《ししゅう》がしてあった。

――民間で違禁の竜鳳模様の布を織造して売る者は杖《つえ》一百の罪、もしそれを買って僭用した者は杖一百のうえ三年の徒刑。機戸、工匠も同罪。

という法律のあった時代である。

竜鳳は宮廷関係者しか使用できない模様なのだ。これを眼のまえにひろげられると、成り上がりの俗物たちは、随喜の涙をながして感激するのであろう。

李が古川の耳もとで囁《ささや》いた。――

「五百ドルだったら、このテーブルは出ません。ちっちゃな朱塗りのテーブルです。もちろん、この竜鳳の卓布なんぞかけませんよ」

古川は貝勒から、なんの情報もきき出すことはできなかった。はじめは疑われないいどで、話をひきだそうと、遠まわしにいろいろ水をむけてみたが、一向に反応がない。しまいには、かなり露骨にきいた。――

「韓国では大へんでしたね。日本ともうるさくなりましたが……」

「ああ、京城でなにやらおこったらしいな。なにがおこったか、余は知らぬが、どうせつまらんことだろう。そんなことは、馬鹿者どもにまかせておけばよい」

こんな調子で、とりつくシマもない。

「ところで、客人」と、貝勒は言った。「あなたは幾歳で女を知ったのかね？」

貝勒はまだ三十そこそこのはずだった。しかし、若さというものが、その表情のなかにまるでないのである。荒淫《こういん》の結果にちがいない。

「二十二のときでした」

しかたがないので、古川は答えた。

「おそいのう。……それはおそすぎますぞ。余は十三のときであった。もっとも、これは女に犯されたのだが。……客人は女に犯された経験はおありかな？」

「いえ、ございません」

「は、は、は……」

貝勒の笑いは、ひどくうつろであった。

古川はがっかりした。

相手は女の話しかしない、いや、それしかできない人物なのだ。他人からきいた政治的な話を、うっかりもらすようなことも考えられないだろう。貝勒の精神構造は、はじめからそのような話を、しばらくでも受けとめておくようにはなっていない。心にとどまらないものは、もらしようがないのである。

彼は、少年時代、どのようにして召使の女に犯されたかを、こまごまと語った。

それがすんでも、やはり猥談《わいだん》がつづく。話術は巧みといえるだろう。語彙《ごい》も豊富で、表現もきめがこまかく、きく人を飽かせない。女性征服の体験を語ることで、彼は来客から千ドルまきあげ、それを軍資金にして、またしても女性征服の道へ、まっしぐらに進むのであるらしい。

古川も話にひきこまれた。そして興奮もした。が、それはどう考えても、劣情としか形容できない種類のものなのだ。

「さて、余は所用があるので、ながく客人と話をつづけることはできない。しかし、客人にはしばらく別の場所で遊んでいただこう。紅蓮亭《ぐれんてい》というところだ。余についてくるがよい」

貝勒載瀓は立ちあがって歩きだした。古川はそのうしろに従った。案内役の李は、心得顔にうなずいて、その場に残り、かわりに一人の大男の召使がついてきた。

だいぶ歩いてからふりかえると、召使たちが大いそぎで、テーブルを片づけているのがみえた。むなしい気がした。

若い遊蕩貴族の色欲譚も含めて、一切がむなしい。——ただそれだけなのか？ という詰問が、心に湧《わ》きあがってくる。

彼は自分に与えられた任務のことを考えて、そんな気分を払いのけようとした。

（李のやつにだまされた）

と思う。

千ドルだけのことはあると、あれほど自信たっぷりに保証したのに、収穫が皆無なのである。千ドルもあれば、いろんなことができたのにと思うと、腹立たしくなった。

「ここで遊んでいただこう」

貝勒が立ちどまったのは、邸内の主要家屋群からだいぶ離れた、独立の平屋のまえである。召使が鍵《かぎ》の束をとりだして、表の戸をあけた。

はいったところは、控えの部屋のようで、椅子が三脚ばかり置いてあるだけだった。隣室に通じる洋式のドアは、最近とりかえたばかりとみえて、そこだけがほかの部分よりも新しく、真鍮《しんちゅう》のノブもぴかぴか光っている。

大男の召使は鞋《くつ》をぬいでドアをあけ、

「客人も、どうぞ鞋をぬいで、お上がりください」

と促した。

隣室にはいったとたんに、古川は眼がくらみそうになった。

十五畳ほどの広さで、床一めんに緋色《ひいろ》の絨毯《じゅうたん》が敷きつめてあった。奥にまだ部屋があるのか、正面に真赤に塗った扉《とびら》がみえ、まわりの壁と天井は、かなり濃い桃色であった。

三種の赤系統の色で、部屋じゅうが燃えあがっているようだった。

（いみじくも紅蓮亭と名づけた）

と、古川は思った。

「そこでお待ちください」

と言って、召使は正面の真紅の扉を開けて、なかにはいった。

(遊んで行けというが、いったいなにがあるのだろう?)

古川は気味がわるくなった。

部屋の色彩の異常さが、彼を不安にしたのである。こういうところでは、まともなことがおこるはずはないと思う。——かりに、なにも異変はないとしても、半時もこの赤の部屋にいると、神経が歪《ゆが》んでしまいそうな気がした。

なにか奇異なことがおこるという予感はあった。——こんな部屋に連れこまれては、彼でなくても、そうした予感を抱かぬ者はいないだろう。

しかし、開け放たれた正面の扉からとび出したのは、古川の予感のていどをはるかに越えた、異様なものであった。

裸形の女体である。

(大きい女だ。そして白い。……)

一瞬、そうかんじたが、相手の大きさや白さにおどろくひまさえなかった。裸の女は、古川めがけて、長い髪をたなびかせ、すさまじい勢いでとびかかってきたのである。

古川には柔術の心得があった。

女がおどりあがるようにして、つかみかかってきたのを、彼はとっさに身をかわしてのがれた。女は勢いあまって、絨毯のうえにころんだが、そのまま背を丸めたかと思うと、一回転してひょいと立ちあがった。彪《ひょう》のように敏捷《びんしょう》だった。

ふとい、白い腕がのびて、古川の首にまきつき、

「きイーっ！」

という奇声が、彼の耳のそばで軋《きし》った。

古川は、はじめて女の顔をま近にみた。

整った顔だった。鼻筋が通って、高く、そして鼻翼はノミで彫ったように、鋭い線でしめくくられていた。みひらいた眼が、おどろくほど大きい。

（瞳《ひとみ》が青味を帯びている。……）

古川がこの出来事を、なんとか理解しようと思ったとき、女が大きく口をひらいた。口のなかが、この部屋とおなじように、真っ赤であった。古川はぞっとした。

（咬《か》まれる！）

古川は顔をねじまげた。

ものを考える余裕はなかった。相手の動きに対応するのが精一ぱいなのだ。頭のなかを空っぽにして、反射運動神経だけを使うしかなかった。

「客人」と、声がかかった。貝勒の例のうつろな笑い声がつづき——「咬まれても大事ない。その女の歯はぜんぶ抜いてある。そして、爪も短く切ってあるから、安心なさるがよい。その女、名を虎女という。……余らがいるまえでは、気もひけるだろう。余はもう出て行くが、控えの部屋に、この文泰《ウエンタイ》という者を待たせておく。……犯される滋味、たっぷりと堪能されよ」

彼は出て行った。

巨漢の文泰も、にっと白い歯をみせて、部屋から出た。

4

まきついた女の腕がふりほどけたのは、古川の首が汗ですべりやすくなっていたからであろう。全身に汗をかいた。

彼は一歩とびさがって身構えた。

相手も一と息いれたようである。盛りあがった白い肩を上下させていた。まるで動物のようだ。はアはアと荒い息を吐く口は、歯がないためか、いまにも血を噴きそうに思えるほど、おぞましい赤さだった。

このにらみ合いのあいだに、古川の頭脳の働きがわずかに戻った。短い時間だったが、いろんなことがわかったのである。

(これが、千ドル持参した客への、貝勒の返礼なのだ。……)

(千ドルだけのことはあると李が保証したのは、このことだったのか。……)

返礼は受けるべきか?

眼のまえで、豊満な乳房がけいれんするようにうごく。

年はわからないが、けっして若くはない。熟《う》れた女体である。中肉中背の古川よりも、十五センチは高いだろう。百八十センチほどもある巨体は、肉がよく緊《しま》っているようだった。腰のまわりが、まぶしいほど大きくみえる。首のすぐ下から盛りあがった肉塊が、下腹のあたりで、ややたるみをみせて、二、三条の輪をつくっていた。

（きイーっ！）

と、女はまた奇声を発した。

（これは狂女だ！）

そうとしか思えなかった。気ちがいの馬鹿力という話をきいたことがある。その大きさからしても、まともにぶつかれば、圧《お》し潰《つぶ》されそうだった。

ついさきほどまで拝聴した貝勒の卑猥な色道談義が、古川の耳朶《じだ》によみがえる。女の白い膚《はだ》は、かすかな湿りを帯びているようだった。脂《あぶら》ぎったというかんじでもない。中国語の『膩《ニイ》』ということばが、あてはまるだろう。うっすらと脂を含んでいながら、それが膚の表面に溜《たま》っていない。

「き、き、き……」

女がとつぜん笑った。鳥のするどい叫びに似た笑い声だった。

なぜ笑ったのか？　古川の視線が、自分の下腹部にそそがれたのを、女が知ったからであるらしい。

女は両脚をひろげ、弓なりに体をそらしはじめた。柔軟な肉体である。ふくらはぎが小刻みに揺れた。笑い声が気ままな高低のリズムをもってきた。――相手の凝視を自分の勝利とかんじ、歓声をあげているかのようだった。

つぎの瞬間、女の巨体が空中でくるりと回転して、再び立ちあがった。

(この敏捷さと柔軟さは、生得のものではない。鍛錬の加わったものではないか?)

古川はそう思った。

ふつうの千ドルの客ならどうするのであろうか? おそらく、じっとしているにちがいない。——古川はそうしてみることにした。

彼が肩の力を抜いたのを、女は見のがさなかった。気は狂っているのだろうが、五官は鋭く、それがすべて肉体に反応をおこさせるのであろう。

女はそばに寄ってきた。頬《ほお》がもりあがり、心もち薄い唇《くちびる》のはしから、涎《よだれ》が垂れていた。

女の手がのびて、古川の中国服の襟《えり》の鈕子《ボタン》をひきちぎった。それから右脇の五つの鈕子もつぎつぎと、かんたんにもぎりとった。一ばん下のをちぎると、その手で古川を絨毯のうえに押し倒した。

古川は女のなすがままにまかせた。女は古川の肌着も裙子《ズボン》もむしりとってしまった。そして、いきなり左の耳たぶを咬んだ。歯ぐきだけだが、かなりつよい力である。口がひらいているので、涎は垂れ放題であった。その涎が古川の頬をつたって、唇まで流れてきた。彼は女のからだにおさえこまれた右手を、もちあげようとした。顔にかかった涎を拭《ふ》くために。——

なめらかな女の膚に、彼は指をすべらせて行った。指さきが乳首のあたりにふれたとき、女は電流にかけられでもしたように、全身をけいれんさせた。そのすきに、彼は手を抜きとって、唇に溜った涎を拭いた。

女は古川の耳たぶを咬みながら、しきりに顔を振るので、ながい髪が古川の顔を撫《な》でまわった。――栗色がかった髪である。

耳たぶの痛みが急にとれたかと思うと、こんどは肩に女の唇が吸いついた。咬むのではなく、しゃぶりはじめたのである。みるみる肩がべっとり濡《ぬ》れてしまった。

熟れた杏《あんず》のような匂《にお》いがする。

(色情狂にちがいない)

と古川は思った。

女はときどき唇を離して息をついた。熱い息が古川の肩にかかり、杏の匂いが濃くなった。

「ひイーっ、ひイーっ!」

という悲鳴に似た声を、なんどもきいた。

そのころから、古川は貝勒の話に抱いた抵抗とおなじものが、しだいに胸に衝きあげてくるのをかんじた。

(これだけのものなのか?)

魂を失った肉体だけが、いま彼のうえにかぶさっている。獣欲。古川は自分の心のなかにとじこめているそれと、戦いはじめたのである。それを釈《と》き放つと、けだものになってしまうのだ。胸を刺す詰問の声はするどくなった。――彼はやはり、儒教的なおしえに育てられた人間だった。

そうした倫理的な形式をとったが、彼は自分の魂を救おうともがいたのである。もしこの女とまじわってしまえば、きっと救いようのないむなしさに襲われるだろう。詰問は、精神の深層から発された危険信号なのだ。

だから、このようなときに、彼は自分の任務を思い起した。

(ここへなにをしにきたのだ?)

榎本公使から託された、大切な軍資金を溝にすてて、狂女とたわむれているではないか。……

古川は背を丸めて脚をまげ、反動をつけたが、女が息を抜くわずかの時間を狙《ねら》い、いきなりはねあがって、女のからだをはじきとばした。

「うオーっ!」

女は哮《ほ》えた。

怒ったのである。おそらくこれまで、からだを吸われて、擽《くすぐ》ったがって身をよじった男はいたかもしれない。が、このような抵抗は、はじめてであったろう。

女は怒りをかんじる心をもたない。肉体が怒りに燃えたのである。男の抵抗の意味をからだが知って、哮え狂ったのだ。反射的にからだが行動した。女は頭をさげて、古川につっこむ。古川は避けそこなって転倒したが、絨毯のうえをすばやく横に匍《は》いながら、やっとのことで起きあがった。

こうなれば、野獣との争いである。古川は必死であった。再び女が体当りをかけてきたが、まえよりは姿勢が高かった。

（これはいける！）

相手の力を逆用するのが柔術独特の技である。古川はむきをかえてからだを沈め、おどりかかった女の腕をつかんで、背負い投げをくわせた。

古川の位置が壁に近すぎた。背負い投げでとばされた女は、まともに壁に頭をぶつけたのである。狂女の動物的な狂暴さに、古川も真剣になっていたから、力もこもっていた。

ぐわっ！

と、不気味な音がした。

女の巨体が壁の下に崩れ落ちた。

古川はおどろいて駆けよった。

栗色の髪のあいだから、血が額に流れおちている。そこから落ちた血は、絨毯の緋色に吸いこまれて、さっと消えてしまうようだった。

古川は裸のまま、控えの部屋にとび出した。

「なんだね、旦那、もうすんだのですかい？」

のんびりと椅子の背にもたれている大男の文泰が、鼻毛を抜きながら、古川を見上げてきいた。

5

お抱えの医者が呼ばれて手当てをしたが、女は二時間後に息絶えた。あの大きな野獣のような女が、あまりにもあっけなく死んだ。生命を守るには、肉体の力だけではなく、精神の強靭《きょうじん》さも必要なのであろう。それをもたない紅蓮亭の虎女は、脆《もろ》かった。

「惜しいことをしたな。でっかい女なら、さがせばいくらでもいるだろうが、そのうえ頭が狂って色気ちがいというのは、そうめったにみつかるものじゃない」

貝勒載澂は、むろん手当てには立ち会わず、女が死んだときいて、そう言った。

「こうなったうえは、しかたがありません。どうにでもしてください」

古川はうなだれて言った。

「どうにでもしてくれとは、いったいなんのことかね？……ああ、女が死んだことか。余はあきらめておる。惜しがっても、死んだ者は生き返らない」

と、貝勒は鷹揚《おうよう》に言った。

「すみません」と、古川はなんども頭をさげて言った。――「自首して出ます」

「ばかを言うな。この邸には、そのような女はいないことになっておる。客人が自首しても、こちらは、そのようなことはなかったとしか言いようがない。迷惑千万だ」

そう言いすてて、貝勒は自分の部屋にはいってしまった。

大男の文泰が、ぐったりしている古川の肩をたたいて言った。――

「気にすることはないですよ、旦那。……あの女は死んじまったほうが、当人のためにもしあわせだったんです。旦那はいい功徳《くどく》をなすったと思いますよ、わたしゃ。……いや、あの女は、初めから死んでいたのとおなじですよ。ちっとも生きてなんかいやしませんでした」

「そうだろうか……」

「わたしゃ、あの女の世話をしてきたから、よくわかるんです。よかった、ほんとによかった、と思いますね。死んじまって、よかったと。……あの女をみてると、人間も所詮《しょせん》だけだものじゃないかという気がして、かなしくなりましたからね」

文泰はそこまで言ってから、急に思い出したように、

「ああ、そうだ。人に頼んであの女を埋めてもらわなきゃいけないんです。その筋へ届け出ないんで、連中にとくべつ祝儀をはずんでやらにゃなりません。……それは、旦那が出してくださいよ」

「もちろん出すが、いくらだね？」

「洋銀二ドルおねがいします」

鈕子《ボタン》のちぎれたところをピンでとめてある服の下をさぐって、古川は銀貨をとり出した。

二ドル。——一人の人間のかたちをした女を殺して、その賠償がたった二ドルとは。あまりのすくなさに、古川は哀しくなった。

死んだほうが本人にもしあわせだったのだ。あの大男の文泰の言うように、ほんとうはとっくに死んでいた人間なのだ。——なんども自分にそう言いきかせたが、古川の心にさした暗い影は、そうかんたんには払いのけられなかった。仕事に熱中していると、いくらか気がまぎれる。それからのち、彼は情報集めに精を出した。

宋継《スンチ》から、十刹海の宴会には貝勒だけではなく、その父の恭親王や醇《じゅん》親王なども出席するときいたとき、古川は迷った。

（十刹海はどうも……）

しかし、恭親王といえば、西太后《せいたいごう》支持派の巨頭で、宮廷内の実力第一人者である。醇親王にいたっては、現皇帝の実父なのだ。先帝同治帝に子がなかったので、醇親王の長子が皇位を継いだ。もっとも、皇帝に父がいるということは、いろいろとさしさわりがあるので、光緒帝は一応、先先帝咸豊《かんぽう》帝の嗣子（つまり西太后の養子）という形式をとっている。もうすこし素行がよければ、載漪《ツァイチエン》が皇位に即《つ》く可能性もあったわけだ。

紅蓮亭にいまわしい思い出があるが、古川は任務からいえば、こんどの十刹海の宴会に出ないという手はなかった。座長宋継の諒解《りょうかい》もとってあることだし。

（行かねばならない）

と、古川は思った。

「ちょっと照れくさいから、眼鏡をかけて、つけひげでもして行きましょう」

古川は座長にはそんな言訳をして、変装して行くことにきめた。

二日ほどまえから、座の連中にまじって練習をしたが、彼のチャルメラは、けっこう本職にひけをとらぬほどの出来ばえだった。

十刹海《スチャハイ》の宴会では、古川は期待したほどの情報をキャッチすることはできなかった。もともと政務のことなどは忘れて、一夕、歓談してすごそうという趣旨だから、そんな席で野暮な時局談は出ないのである。しかも芸人は両親王の席からだいぶ離れたところで芸を演じたし、楽師たちはまだそのうしろにいたのだった。

それでも古川は、親王の随員たちが庭のあちこちに腰をおろして、世間話をしているのにきき耳をたてた。やはり時事問題が話題にのぼっているが、それによって、対日交渉に彼らが楽観しているらしいことがわかった。

それは、古川がこれまで集めた情報と、ほぼ一致していた。清国がわには、日本と単独交渉するよりも、どこか外国に調停を依頼しようという気もちがあったのはたしかである。しかし、日本がそれを拒否すれば、むりをしてまで第三国の調停に固執する空気はない。

事のおこりは前年末、韓国の京城において日本軍と連合した親日派のクーデターを、駐留清国軍が鎮圧したことにある。しかし、現地における紛争はすでに解決されていた。清国にすれば、韓国内の親日派が潰滅したという現実さえ変更しなければ、あとは面子《メンツ》の問題だから、どうにでもなるという考え方がつよかったようだ。

「日本じゃ、宰相の伊藤ってのをよこすらしいが、すこし大袈裟《おおげさ》すぎやしないか。榎本公使でじゅうぶんと思うがね」

と、恭親王の秘書が、醇親王の随員に言っているのがきこえた。

「やつら面子があるから、懸命だよ。こっちとしちゃ、よしよしと頭を撫でてやりゃいいんだ。……」

古川は遠くから両親王の表情をうかがったが、二人ともしごくのんびりしているようにみえた。

それよりも、大女の瑤英が力技をはじめたとき、古川は心配になった。紅蓮亭の大女をうしなった貝勒が、瑤英をみて同類を補充してみようという気をおこしはしないか、と。そこで、彼は貝勒のようすをじっとうかがった。

だが、それはどうやら杞憂《きゆう》のようだった。

もし貝勒が瑤英の巨体に興味をもったとすれば、演技中、じっと観察するはずである。ところが、瑤英が青竜刀を振りまわしていたとき、彼はろくにそれをみないで、隣席の若い貴族となにやら夢中で話をしていた。

両親王が席を立ったのは、猿まわしの芸の最中だった。それがすむと、ほかの客も帰りはじめた。

貝勒が立ちあがってすぐそばの寝室にはいると、大ぜいの召使たちが、いそいでテーブルや椅子を片づけにかかった。バルコニーにとりつけられた提灯《ちょうちん》やランプもほとんどはずされて、あたりは暗くなっていた。

「なんてだらしないのよ。そんなものをへっぴり腰でかついでさ」

二人がかりで重そうにテーブルをかついで行く召使を、瑤英はそう言ってひやかした。

「おまえさんじゃあるまいし、おれたちにゃ、あんな馬鹿力はねえよ」

と、召使がやり返した。

「手伝ってあげようか。……こんなもの軽いものさね」

彼女はうしろにあった磁鼓橙を軽々ともちあげた。

「おっとと……そいつはこっちじゃねえよ。貝勒さまのお部屋だ、すぐそこの」

「そうかい、ついでにはこんであげるよ」

瑤英が貝勒の寝室にはいったので、古川ははらはらした。せっかく芸を演じているとき、うまい工合に注目されなかったのに、いま自分から危険人物の部屋にはいって行くとは。――

しかし、瑤英はすぐに出てきた。

貝勒は数名の来客を寝室に招き入れていた。バクチでもはじめるつもりであろう。

古川たちはぞろぞろと邸の裏門から外へ出て、そこで解散した。

6

翌日、古川は貝勒載澂急死のしらせをきいて、おどろいた。

宋継が翌朝、十刹海の邸へ挨拶《あいさつ》に行って、召使たちからその話をきいたのである。芸人が呼ばれた翌日に、代表者が挨拶に出むくのは、召使たちにリベートを渡すためである。宴会のあとで、宋継は邸の執事から、約束の額の祝儀を受取ったが、その一割は召使の頭《かしら》に包んでもって行かねばならない。もしこの挨拶を怠ると、つぎにお座敷がかかりそうになったとき、

――あの一座はいけません。このまえのとき、さんざん邸を荒らされて、わたしらはそのあと片づけで苦労しましたからね。

と、妨害されるおそれがあったのだ。

ところが、宋継が行ってみると、邸は大へんな騒ぎであった。

きけば、貝勒が何者かに殺され、一人の召使も命を失ったという。

前夜、貝勒の部屋に残ってバクチをしていた客は、十一時ごろに帰ったそうだ。貝勒自身が彼らを送り出して、召使に乗物の用意を命じたのである。

「今夜はのみすぎたから、女は呼ばないことにする」

友人に別れるとき、貝勒は大声でそう言って笑った。それから一人で寝室にはいり、廊下がわと庭に面したがわの二つの戸に閂《かんぬき》をかけて、ベッドにはいったようである。

邸の建物はふるい様式のもので、戸などはいたって堅牢《けんろう》であった。ふとい閂をかけてしまえば、びくともしない。

窓は西洋式のものにしてあったが、これもぜんぶ内がわから鍵をかけてあった。大ていのことにはだらしのない貝勒も、部屋の戸締りだけは忘れたことがないという。最後の客が帰って三十分ほどたっていたというから、まだ午前零時まえのことである。

――

貝勒の部屋で、とつぜん鈴の音がした。

気まぐれな彼は、なにか思いつくと、夜中でも召使を起して用を命じる。そのために、鈴が部屋に置いてあった。それは口径十センチほどある朝顔をかたどった銅製の鈴で、木製の柄《え》がついていた。ある貴族がヨーロッパで小学校を視察したとき、記念に贈られたのを、貝勒がとりあげたのである。もとは学校で授業の開始や終了をしらせる鈴だから、ずいぶん遠くまで響く。

おなじ建物のなかで、二十メートルほど離れたところに、召使の溜り場があった。

その夜は、大男の文泰をはじめ、四人の召使がそこにいた。鈴の音をきくと、その四人とも貝勒の部屋めざして駆けだした。

ふつうなら、一人が行って用をきくだけである。なぜ四人ともとび出したかといえば、鈴の音がいつもとはちがっていたからだった。すさまじい勢いで、それは鳴っていたのである。まるで半鐘のように。

(なにか変ったことが……)

溜り場にいた四人がそろって、反射的にそうかんじたほど、けたたましい鈴の鳴らし方だったのだ。

貝勒の部屋の戸はひらかない。

文泰はそう思った。あれほどの勢いで鈴を鳴らすからには、火急の用があるに相違ない。それなのに、なかの閂をはずしていない。貝勒の身になにか変異があったのだろう。

(これは一大事……)

召使たちは開かない戸をたたきながら、主人の名を呼びつづけた。

召使の一人の話によると、室内の鈴の音は勢いが弱まっていたそうだ。そして、戸のほうに近づいてくるのがわかったという。そのとき彼が思ったのは、

(ふいになにか病気の発作でもおこったのではないか?)

ということだった。苦しくなって、人を呼ぼうと鈴を振ったが、戸のところまで歩いて行けないほどのひどさである。匐《は》うように、戸のほうへやって来ようとしている。

——誰もがそう思ったらしい。

文泰が一人の召使に、

「とにかく、医者を呼んでこい」

と命じた。

邸内にはお抱えの医者が一人住みこんでいたのである。紅蓮亭の虎女の手当てをしたのも、その医者だった。しばらくすると、戸のむこうがわに、どさっと物がぶつかる音がして、床のうえになにかが、ガランガランと鳴りながらころげる音がきこえた。

貝勒がやっと戸にたどりつき、手にした鈴をとりおとしたのである。閂がはずれるまでに、ずいぶん時間がかかったという。貝勒は残る力をふりしぼって、やっとのことで閂をはずしたのであろう。

戸がひらいた。扉にもたれたままの貝勒が、崩れるように倒れかかったので、大男の文泰はそれをうけとめた。

文泰はながいあいだ軍営にいて、外委《ワイイ》という下士官の階級まで昇進した男で、実戦に出たこともあった。主人の顔がもたれている自分の肩に、彼はすぐに血をかんじた。それも大へんな出血のようである。

十刹海の邸では、ランプを使っていた。廊下にも小さなランプを吊《つる》している。だが、部屋のなかは、ランプが消えていた。主人が就寝中もあかりをつける習慣であることを、文泰はふと思い出して首をかしげた。

彼はのけぞるようにして、うしろからさしこむ廊下のランプのあかりで、自分の肩のあたりにある主人の顔をのぞいた。

(吐血ではない！)

顔は血まみれだが、よくみると、両眼のあたりが顔の下半分よりもひどいのである。口からの出血ではないようだった。

(とすると？)

彼は緊張した。急病でも吐血でもなく、しかも血にまみれている。――誰か他人に傷つけられたとしか思えない。貝勒はどんなことがあっても、自殺などしそうもない人物だったのである。

「おい、劉《リュウ》、部屋のランプをつけろ」

と、彼は隣にいた召使に声をかけた。

劉という召使が、廊下からさしこむほのかなあかりを頼りに、室内にはいって、ベッドのそばのランプに火をつけた。

文泰は戸口から、あかるくなった部屋をぐるりと見まわした。庭にむかった戸のほうも、きちんと閂がさしてあった。窓もぴったりと閉まって、鍵がかかっている。彼はもう一人の召使に、戸をしめてそこで番をするように言いつけ、主人をはこんでベッドのうえに横たえた。ベッドも枕のあたりが、一めんに血に染まっている。

「おっ!」

軍隊で胆《きも》を鍛えたはずの文泰も、思わず声をあげて、顔色をかえた。枕のそば、白いシーツのうえにころがっていたのは、血をかぶっているが、人間の眼——眼球にちがいなかった。まるで場所を教えでもするように、そこからほそい血の線がひかれて、そのさきに、もう一つの眼球があった。

貝勒載澂は、何者かによって両眼をえぐりとられたのである。

「誰ですか、こんなひどいことをしたのは?」

文泰は主人の耳に口をつけて、どなるようにしてたずねたが、相手はもう口のきける状態ではなかった。そんなことをしているあいだも、文泰は油断なく、周囲に気を配っていた。

（部屋が密閉されていたとすれば、下手人はまだこの部屋のなかにいるはずだ。……）

しかし、彼の眼の届くかぎりのところには、人影はなかった。

やがて、医者がやってきた。

——急病らしい。

ときいただけで、医者は何を用意すればよいかわからずに、職業道具をぜんぶ抱えてきたのである。薬箱を一つ、ベッドのそばの磁鼓橙《じことう》のうえにのせ、あとの道具は床のうえに置いた。あとは医者にまかせて、文泰は仲間たちと部屋じゅうをしらべにかかった。曲者《くせもの》はまだ室内にひそんでいる、と彼は確信していた。でなければ、理屈に合わない。

寝室は二十畳もあるひろい部屋だった。

フランス公使から贈られた大きな西洋箪笥《だんす》があった。それをあけたが、なかにはおびただしい衣服が吊ってあるだけだった。

テーブルのうえに真鍮の尺があったので、それで衣服をかきまわしたが、それらしい手ごたえはなかった。長袍《チャンパオ》、馬掛児《マコル》（チョッキ）、はでな刺繍をほどこした礼服などが、真鍮の尺に打たれて、揺れおどるだけだった。

「こうして、この尺でご主人の衣服を打《ぶ》つなんて。……わたしゃ、よく失敗をやらかして、ご主人にこの尺で手の甲をぴしゃりとやられましたがね」

一しょにさがしていた年寄りの召使が、そんなことを言った。

「よけいなことを言わずに、ほかのところをさがすんだ」

と、文泰は老人を叱りつけた。彼はいらいらしてきたのである。

(これでは理屈に合わない。こんなことが、この世にあってたまるものか)

彼はなんどもベッドの下をのぞき、囲屏《ついたて》や鏡台のうしろをさぐった。榻《とう》(長椅子)をひっくりかえし、書架の書物をぜんぶ床にぶちまけてしらべた。部屋の隅《すみ》に、大きな皮《ピー》箱《シャン》が二つと西洋トランクが一つあった。それもあけてみた。二つの皮箱は衣類ばかりで、片方のはま新しい婦人の服地ばかりだった。誰かに贈るつもりだったのだろう。

西洋トランクは、鍵がどこにあるかわからないので、文泰は医者のもってきた医療用の剪刀《はさみ》を使って、こじあけた。トランクのなかみは、春本と春画のコレクションだった。

「天井はどうだろう?」

しかし、その部屋には天井板などはなかった。壁とおなじように、西洋塗料で真っ白に塗りつぶされていたのである。

貝勒は出血多量のため、まもなく死んだ。

死ぬ直前に、邸にいた親戚の老婦人が、その部屋は方位がわるいといって、瀕死《ひんし》の彼を戸板にのせて、別室にはこばせた。が、方位をかえても、彼の命は助からなかった。

大男の文泰は、血痕《けっこん》もなまなましい部屋に一人残って、呆然《ぼうぜん》と立ちつくした。ありえないことがおこったのである。

鏡台の前に彼は立っていた。鏡にうつった自分の顔の蒼《あお》さに、彼はおどろいていた。開け放たれた戸のそとは、もう白みそめている。——

「これは、天罰ではないだろうか。……」

と、彼は呟《つぶや》いた。

彼は主人の命令で、紅蓮亭の虎女の世話をしてきた。獣を飼いならすように。彼の主人は、漢方の強精剤や媚薬《びやく》のたぐいを、大量に女に飲ませるように言いつけ、彼はそのとおりにした。それは人間のするべきことではなかったのだ。人間性への冒瀆《ぼうとく》ではあるまいか。——彼もときどきそう思ったことがある。女が色情に狂って、手のつけられなくなったとき、文泰はときどき自分のからだを使って、相手をなだめてきた。天罰であるとすれば、貝勒だけではなく、文泰にもそれはふりかかるはずではあるまいか？

文泰は迷信家であった。

彼はおびえた。

そのとき彼は、鏡のなかで、なにか黒いものがうごめいたような気がした。——胸をおさえて倒れるとき、彼は薄れ行く意識のなかで、

——これは天罰ではない！

と叫んでいた。

天が罰するのであれば、返り血を浴びないように、うしろから短刀を相手の胸につき

立てたりするだろうか？　そのような卑怯《ひきよう》なことを、天が……

7

貝勒載澂の死は謎《なぞ》につつまれていた。

いまから八十余年前のことにすぎないが、彼の死については、すでに多くの伝説がつくられている。

つぎの物語もその一つである。

北京《ペキン》の某所で梅漿《うめず》を売る老夫婦に、十六歳の美貌《びぼう》の娘がいた。ある日、彼女は母親と親戚を訪問して帰る途中、十刹海《スチャハイ》の近くで休んでいるところを、載澂に見られてしまった。

美しい少女が湖畔に立って、ほつれ毛をかきあげながら、なにやら物思う風情《ふぜい》は、遊《ゆう》蕩《とう》貴族の心をとらえずにはすまない。

貝勒は尾行させて、彼女が貧乏物売りの娘であると知ったので、人を立てて、『お邸に奉公しないか』ともちかけた。しかし老夫婦は娘を溺愛《できあい》しており、『一人娘でございますし、そのうちいい婿《むこ》をとって、晩境を娯《たの》しみたいので』という理由で、その誘いをことわった。そこで貝勒は、いつものように無頼漢を雇って、娘をさらったのである。父親はそれをとめようとして、ごろつきに殴られて大怪我《けが》をした。母親が大声を出した

ので、近所の人たちも出てきたが、無頼漢の頭目は彼らをにらみすえて、

『貝勒さまの命を奉じて、逃妾《とうしょう》を捜しているところだ。文句があるか！』

と一喝《いっかつ》した。

相手がわるい。みんな黙ってしまった。――卵は石に勝てやせぬ、のである。

負傷した良人《おっと》のそばで、娘の母親が悲しみ歎《なげ》いているところへ、りっぱな身なりをした一人の美少年が、馬上ゆたかに通りかかった。まだ書生のようにみえたが、眉宇《びう》の間に隠々として英気をあらわしている。老人が泣いているのをいぶかり、彼は馬をおりて事情をきき、

『心配なさるな。十刹海の貝勒は、いやがる女にはすぐに手をつけないといわれている。数日のうちに、私が娘さんをとり戻してみせましょう』

と言って、再び馬にまたがり、どこへともなく立ち去った。

三日たって、はたして娘は戻ってきた。

そして、貝勒が両眼をえぐられて死んだという噂《うわさ》が、人びとの耳にはいった。……

これは『京師の美少年』として、稗史《はいし》にものせている。

……載澂は就寝中、双眼を矐《つぶ》された。門窓厳密で賊人の出入りした跡がない。怪しむべきことだった。……貝勒の家奴がひそかに人に告げたところによれば、貝勒が傷を受けた夜、机のうえに一枚の紙が置いてあり、

――汝《なんじ》の眸子《ぼうし》（眼）を抉《えぐ》る。汝其れ猛省せよ。刀光は霍々《かっかく》として已《すで》に汝の頂《あたま》を盤《めぐ》る。

と読めた。……

おきまりの謎の美少年の登場するこのような伝説は、一種の天罰説といえるだろう。載灃がふだんからどんなに横車をおし、人びとの怨みを買っていたかがわかる。

彼の父の恭《きょう》親王は、人材のすくなかった当時の清朝宮廷人としては、相当の見識をもった人物であった。彼が西太后の垂簾《すいれん》政治の道をひらいたことについては問題はあろうが、門閥を無視して実力者を登用した功績は、史家に高く評価されている。それまで全国の地方長官の過半数が満洲族だったが、恭親王の輔政《ほせい》時代、二十数名の総督、各省巡《じゅん》撫《ぶ》がすべて実力のある漢族にかわって、満洲族が一人もいないという状態が三年もつづいた。彼が政界を去ってしばらくすると、地方長官は反対にほとんど満洲族によって占められ、彼らの無能が清朝の崩壊をはやめたのである。

清朝末期の恭親王はこの人ではない。長男の載灃は子をのこさず、死んだので、次男載《ツァイ》瀅《イユン》の第二子溥偉《フウエイ》が伯父載灃の嗣子という形をとり、光緒《こうしょ》二十四年（明治三十一年）に祖父が死んだあと、恭親王を襲名したのである。

清朝最後の皇帝で、のちに日本が東三省《とうさんしょう》につくった『満洲国』の傀儡《かいらい》皇帝になった溥《フ》儀《イ》は、そのまた徒弟である。上に溥の字、下にニンベンをもつ世代なのだ。

光緒初年は、同治の中興のあとをうけ、清国の国運が急速に傾いた時代にあたる。没落と頽廃《たいはい》の時代を象徴するような人物をうむ。載灃などはその一人であろう。

古川恒造たち密偵《みってい》の奔走を待つまでもなく、京城の事件の処理については、李鴻章《りこうしょう》と伊藤博文とのあいだに、比較的順調に交渉がすすんだ。四月十八日には、両国の朝鮮撤兵にかんする、いわゆる『天津《てんしん》条約』が成立した。

古川はまもなく帰国した。

東京でぶらぶらしていたとき、彼は興行師になっている旧友の山瀬という男に会った。

「そうだ、ひとつ、きみに頼みたいことがある。ぼくの知り合いの奇術団に、清国人の夫婦者の芸人がはいる話が出ているんだが、日本語があまり話せないので弱っている。すまんが、通訳してもらえないかな？　きみはぺらぺらなんだから……」

べつに急ぎの仕事もなかったので、古川は軽い気もちでひきうけた。

浅草の小屋へ連れられて、その清国人夫婦に会ったところ、意外にもそれが北京で知り合った、宋継一座の王昂《ワンアン》と瑤英《ヤオイン》であることがわかった。

「へえーっ、あんた、じつは日本人だったんですか？」

王昂夫婦はひどくおどろいたようだった。

古川の通訳のおかげで、入団の話はとんとん拍子にすすんだ。そのあとで、古川は王昂夫婦を近所の天ぷら屋へ案内して、食事をともにした。

日本人であることをかくしていたのは、任務遂行上、しかたのないことであったが、人を欺《あざむ》くというのは気もちのよいことではない。それを詫《わ》びる意味もあった。

「でも、一たいどうして日本に来る気になったのですか？　ずいぶん思いきったじゃありませんか」

古川がそうきくと、王昂は小さなからだをよけい縮めるようにして、

「どうも北京にいても、うだつがあがりそうもないので、いっそのこと、知らぬ土地へ行って、一と旗あげようと思いましてね」

と、頭をかきながら答えた。

宋継老人をはじめ一座の連中のこと、十刹海の貝勒邸のことなども話題にのぼった。

「あのとき、宴会が終ったあと、あんたのおかみさんが、椅子かなんぞをもって、貝勒の部屋にはいるもんですから、じつははらはらしていましたよ」

「どうしてですか？」

「私は事情がありましてね、貝勒があの直前に、囲ってあった大女を死なせたことを知っていたンですよ。もし先方が、あんたのおかみさんをみて、その後釜《あとがま》にでもしようという気になったら、事は面倒だと思ったわけですよ。なにしろ、貝勒というのは、その道ではうるさい男でしたからね」

「でも、部屋には、ほかの人も……」

そう言って、王昂はなぜか急に首を垂れて、考えこんでしまった。

「ねえ、もうそれはすんでしまったことですよ。いくら貝勒に思召しがあったにせよ、もう死んでしまったし。……今だからこそ、こんな冗談も言えるんですがね」

古川はそう言って、酒をすすめた。

王昂は杯の酒を一と舐《な》めして、

「私の女房はね、じつは私の姉の弟子だったたンですよ。ちょっと想像でけんでしょうが、私の姉は大へんな大女でしたよ」

「ほう、そうですか……」

「女房より一とまわり大きい女でした。芸も、いまの女房よりずっと上手でした。ところが、わるい病気にかかって、頭がおかしくなりましてね。……そのころ、おやじはまだ生きてたンですが、面倒をみてくれる人がいるからってンで、姉をどこかへ連れて行っちまったンですよ」

「え？」

頭のおかしい大女。——そうきいて、古川は不安になった。

王昂はつづけた。——

「どこへ連れて行かれたのか、まもなく私は知っちまったンですよ。……けだもののように、あるお邸で飼われているってことをね。……そして、相手もけだものみたいなやつだってことも。……おどろいちゃいけませんぜ、そのお邸てのが、十刹海の貝勒のところなんですよ。……」

8

「では？」

古川はしげしげと王昂の顔をみつめた。

そばでは瑤英が、慣れない畳のうえで、その巨体をもてあましていた。膝《ひざ》をくずして、片手をついている。

王昂は正坐して、首を垂れたままだった。

「私はね、姉をけだもののように扱ったやつを殺してやりましたよ！」そこまで言って、彼は息をついて顔をあげた。――「あの数日まえに、姉が死んだっていう話をきいたのです。しらせてくれた人がいて、私は埋葬するって所へ、とんで行きましたよ。そして、姉の死体をみると……いや、ひどいものでした。頭を割られて……私はそのとき、仇を討ってやろうと思ったンです。そうです。相手のけだものを殺してやったンです。……両眼をえぐりとってやりましたよ」

こんどは古川のうなだれる番だった。

王昂の姉を殺したのは、彼であった。過失だったとはいえ。――

古川はあの晩、一座の者が貝勒邸の裏門から出たとき、王昂のすがたを見なかったことを思い出した。

暗くもあったし、門を出てから自然解散のようになって、それぞれ自分の家へ帰ってしまったのである。だから、べつに気にとめなかったが。

「しかし、王さん。宋継親方が貝勒の邸の召使からきいた話だと、あの部屋はぴったり閉まっていたそうだが……どうしてはいったのか、そして、どうして出たのか……さっぱりわからないね」

「あたしですよ、この人をあの部屋にいれたのは」

そばから瑶英が口をはさんだ。片脚を畳のうえにのばし、眉《まゆ》をしかめてそれを撫《な》でながら。

「おかみさんが？」

「さっき、あんたがおっしゃったでしょ。あたしが貝勒の部屋にはいるのを、ひやひやしながら見ていたって。……あたしゃ、魂胆があって、はいったのさ。この人から話をきいて、あたしも許せないと思いましたね、貝勒って男を。……この人の姉さんは、あたしの師匠でしたからね。あたしはあの磁鼓橙《じことう》をはこびこんだでしょ？　そのまえに、あたしゃ、あの腰かけの前に立って、籐《とう》の蓋《ふた》をはずしておいたのさ。からだが大きいから、この小さな人がうしろにかくれてしまいます。いつもの芸とおなじように、関節をはずすと、すっぽりとなかにはいれましたよ。提灯《ちょうちん》も片づけちまってたから、暗くなってました。誰も気がつきゃしません。あたしゃ蓋をして、それをかついで、貝勒のやつの部屋にもちこんだのですよ。出るときに、籐のところをぽんとたたいて……あたしゃ、心のなかで言ってやりましたよ。あんた、しっかりやるんだよって」

「そうでしたか……」

あとは王昂がひきとって話をつづけた。――

「やつら、二時間以上、あそこでバクチをしてましたよ。それを待つあいだ、時間のたつのが遅かったこと。……上は籐編みですきまがあるし、胴体にも穴があいてるんで、呼吸《いき》はできましたがね。……やっと客が帰って、貝勒がベッドにもぐりこんで鼾《いびき》をかきはじめたとき、私はそっと抜け出して、関節をもと通りにして、それから……やつの両眼をえぐってやった、というわけです」

「それから?」

「ランプを消して、庭のほうから逃げようとしたら、貝勒のやつ、いきなり鈴を鳴らしやがった。……ランプを消したんで閂をはずすのに、すこし時間がかかるかもしれない。……私はとっさにあのなかへ逆戻りすることにしたンです。だけど、関節をはずしたあと、自分で蓋をするのに苦心しました。あんなことなら、庭の戸をあけて逃げていたほうが早かったですな」

「あの家の連中に、よくみつからなかったことですな。ずいぶんしらべたそうだが……」

「私の姉をけだものみたいに飼ってた大男なんぞ、橙《とう》をひっくりかえしたり、トランクをあけたり、さんざんさがしてましたよ。私は磁鼓橙の穴からみてたンですよ。私のはいってた腰かけは、お医者が薬箱をうえにのせちまったンで、誰もしらべなかったンですな。まさかあんなところに、人間がかくれてるなんて、想像もできなかったでしょう。……ふつうの磁鼓橙てのは、蓋のとりはずしなんてできんもンですしね。……みんなが出て行ったあと、うまいぐあいに、あの大男だけが一人残っていました。すこし冒険でしたが、やつもやっつけることにしたんです。……やつはなんだかぼんやりしてましたね。私が抜け出して関節をもと通りにしているのにもまるで気がつかない。……うしろからおどりかかって、一と突き。それから、一目散に逃げましたよ。戸はちゃんとあいてるし、邸じゅうがごたごたしてたンで、うまく逃げることができましたよ」

言い終えて、王昂は興奮がさめたのか、きまりの悪そうな表情をみせた。

「この人の姉さんは」と、瑤英が身をのりだすようにして言った。——「ほんとに気の毒な人でした。わるい星の下に生まれたンですね。頭のたしかなころから、人に化物扱いにされて。……あたしだって、このとおりからだが大きいンで、化物扱いはされましたけど、この人の姉さんは、そのうえに、すこし毛色がかわってましたからね」

「王さん、あんたの姉さんはいくつでしたか？」

と古川はきいた。

「四十二です」

「あんたの故郷《くに》は鎮江《ちんこう》でしたね？」

「ええ」

「そうでしたか。……」

四十三年まえ、阿片《あへん》戦争があった。イギリスの遠征軍は揚子江《ようすこう》を攻めのぼり、南京の手前の鎮江を猛攻のすえ陥落させた。阿片戦争で最も悽惨《せいさん》な戦闘であった。鎮江は占領英軍によって、たちまち殺戮《さつりく》と掠奪《りゃくだつ》と強姦《ごうかん》の町と化したのである。殺された婦人は数知れない。自殺した婦人は、名前のわかっている者だけで、七十余名が記録されている。凌辱《りょうじょく》をうけて生き残った婦人のなかで、その翌年にお産をした者もいるだろう。生まれた子どものうちの何人かは、わるい星を頭上にいただいた。……

古川は紅蓮亭の女を思い出して、めまいをかんじた。

「そうだったのですよ。そのときおふくろは……」

古川は耳鳴りがしはじめて、そのあとはよくききとれなかった。

編者解説

日下三蔵

　ちくま文庫の〈ミステリ短篇傑作選〉シリーズの解説で何度か触れているように、昭和三十年代前半、国産ミステリはそれまでの呼び名「探偵小説」から「推理小説」へ移行するとともに質的な変化を迎えた。その変化は、新しい世代の書き手たちが大挙して登場したことで、必然的にもたらされたといっていいだろう。
　松本清張の人気に伴う推理小説ブームや、江戸川乱歩賞が長篇公募の新人賞に改められたことなど、いくつかの要因が考えられるが、この時期に登場してきた有力な新人たちが昭和後期のミステリ界を支えたことは間違いない。一九五六（昭和三十一）年以降にデビューした作家の最初のミステリ単行本を並べると、このようになる。

五六年　松本清張『顔』（10月／講談社）
五七年　仁木悦子『猫は知っていた』（11月／講談社）
五八年　多岐川恭『氷柱』（6月／河出書房新社）、大藪春彦『野獣死すべし』（10月／講談社）

五九年　佐野洋『一本の鉛』（4月／東都書房）、高城高『微かなる弔鐘』（4月／光文社）、戸板康二『車引殺人事件』（6月／河出書房新社）、水上勉『霧と影』（8月／河出書房新社）、樹下太郎『最後の人』（11月／東都書房）、結城昌治『ひげのある男たち』（12月／早川書房）

六〇年　笹沢左保『招かれざる客』（3月／講談社）、河野典生『陽光の下、若者は死ぬ』（5月／荒地出版社）、三好徹『光と影』（11月／光文社）

六一年　都筑道夫『やぶにらみの時計』（1月／中央公論社）、海渡英祐『極東特派員』（6月／東都書房）、陳舜臣『枯草の根』（10月／講談社）

六二年　戸川昌子『大いなる幻影』（9月／講談社）

六三年　小泉喜美子『弁護側の証人』（2月／文藝春秋新社）

六四年　西村京太郎『四つの終止符』（2月／文藝春秋新社）、生島治郎『傷痕の街』（3月／講談社）

この中で、当時、ミステリ作家の取ることの出来た大きな文学賞、江戸川乱歩賞、日本推理作家協会賞、直木賞のすべてを取っているのは陳舜臣ただ一人である。乱歩賞と協会賞なら仁木悦子、西村京太郎、直木賞と乱歩賞なら多岐川恭、直木賞と協会賞なら戸板康二、三好徹、結城昌治が取っているが、いわゆる「三冠王」は長い間、陳舜臣しかいなかった。九二年に高橋克彦、九九年に桐野夏生、二〇〇六年に東野圭吾が達成しているが、まだ歴代で四人しかいないのである。

陳舜臣は一九二四（大正十三）年、神戸に生まれた。本籍は台湾省の中国人だが、日本生まれの日本育ちである。大阪外事専門学校（現大阪大学外国語学部）インド語科卒。蒙古語学科の一年後輩に司馬遼太郎がいた。終戦後、家業の貿易業に従事した。

六一年、『枯草の根』で第七回江戸川乱歩賞を受賞して作家デビュー。六二年には『三色の家』（4月／講談社）、『弓の部屋』（7月／東都書房）、『怒りの菩薩』（12月／桃源社）、『割れる』（12月／早川書房）と四冊もの書下し長篇を刊行するなど、旺盛な執筆活動に入る。

「宝石」誌に連載されたアリバイ崩しの長篇『天の上の天』（63年11月／講談社）をはさんで、六四年には、『月をのせた海』（3月／東都書房）、『黒いヒマラヤ』（3月／中央公論社）、『まだ終らない』（5月／角川書店）、『白い泥』（11月／学習研究社）と、またしても四冊の書下しを刊行している。

「オール讀物」に連載された『炎に絵を』（66年9月／文藝春秋）は、サスペンスフルな展開と意外な結末を兼ね備えた陳ミステリでもベスト級の一冊。六七年に三千枚の歴史大作『阿片戦争』（全3巻／講談社）を刊行してからは中国歴史ものの比重が多くなっていくが、七〇年代までは現代ミステリもコンスタントに書かれている。

六九年、『青玉獅子香炉』（69年3月／文藝春秋）の表題作で第六〇回直木賞を、七〇年、『玉嶺よ ふたたび』（69年1月／徳間書店）と『孔雀の道』（69年2月／講談社）の二作で

第二十三回日本推理作家協会賞を、七一年、『実録アヘン戦争』で第二十五回毎日出版文化賞を、七六年、『敦煌への旅』で第三回大佛次郎賞を、それぞれ受賞。

ブームに乗って推理小説をデビューの足がかりとし、作家になった後は他のジャンルへと移っていく作家も見受けられたが、陳舜臣は『残糸の曲』『秘本三国志』『小説十八史略』『江は流れず』『太平天国』などを次々と刊行して歴史小説の大家となってからも、ミステリへの愛着をことあるごとに示している。

例えば新保博久氏は『紅蓮亭の狂女』徳間文庫版の解説で、講談社版の『陳舜臣全集』が、当初は歴史ものだけを対象とする企画だったため、著者が「ミステリは入れてもらえないんですか」と寂しそうにしていた、という逸話を披露している。

また、陳舜臣は十七回にわたって直木賞の選考委員を務めているが、多くの委員が候補作の推理小説に対して頓珍漢な批評を繰り返す中、常にミステリとしての仕掛けを理解して、厳しく、かつ温かい選評を書いていたのが印象的であった。皆川博子が時代小説『恋紅』で受賞したときなど、「これからも皆川氏には推理小説をつづけて書いていただきたい」と書き添えているほどだ。

本書の第一部には、そんな著者の最初期の短篇をまとめた第一作品集『方壺園』（62年11月／中央公論社）を、そのまま収めた。七七年七月に中公文庫に収められ、本書が三度目の刊行ということになる。各篇の初出は、以下のとおり。

方壺園　「小説中央公論」62年5月号
大南営　「小説中央公論」62年1月号
九雷渓　「小説中央公論」62年10月号
梨の花　「宝石」62年10月号
アルバムより　「文芸朝日」62年10月号
獣心図　「宝石」62年1、3月号

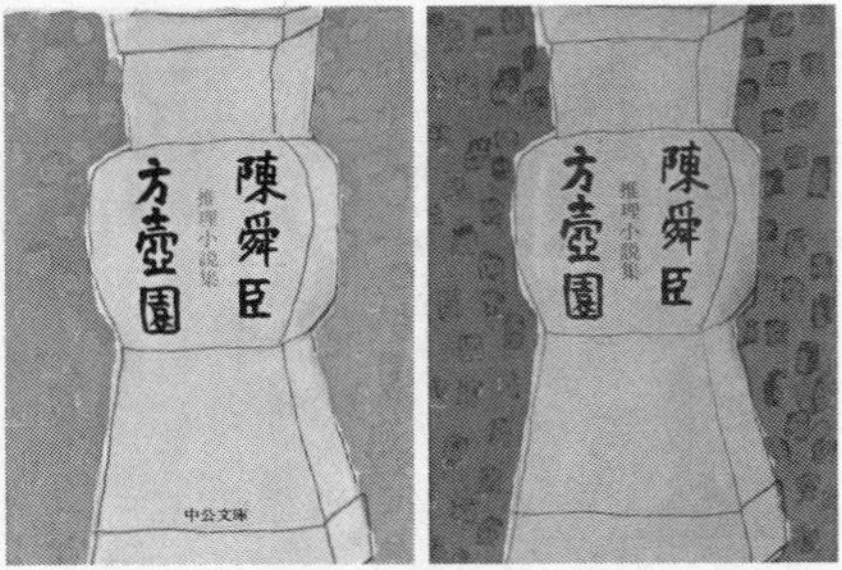

『方壺園』右が単行本（中央公論社刊）、左は中公文庫版

　デビューしてから一年余りの間に発表された約二十篇から厳選してまとめられただけに、質の高さは陳ミステリの中でも随一である。ほとんどの作品で密室トリックが扱われており、本格ミステリとしての完成度も極めて高い。国産ミステリを代表する名短篇集の一冊である。

　「宝石」六三年九月号では陳舜臣特集が組まれており、インタビューの中の「自作を語る」の項目で『方壺園』のすべての収録作品に触れられているので、ご紹介しておこう。

方壺園
唐の詩人李賀にまつわるエピソードのいくつかを、私なりにミステリーふうに発展させた。私は李賀の鬼才に傾倒している。

大南営
舞台はやはり清末。「天外消失」に似た場所というので、万をかぞえる独房の並んだ貢院（科挙の試験場）を使おうとしたが、そこは明遠楼や瞭楼が目じるしになるので、兵舎にかえた。「小説中公」の推理小説総特集号にのったが、同じ号で女の登場しない小説はこれだけだった。

九雷渓
福建で処刑された瞿秋白の最期を、これまた私なりに想像を駆って書いた。小説家の生命は、イマジネイションにあると私は考えている。

梨の花
私の玩古癖から出た作品。ペダンチックにすぎたかもしれない。

アルバムより

なんとなく好きな作品の一つ。自分でトリックの実験をした。まえに私が大成しないと宣告した先生が、またこれを駄作ときめつけた。しかし批評文中の梗概説明は私の小説とちがっている。ろくに読んでいない証拠だ。批評するからには、ちゃんと読まねば、作家に対して非礼であろう。

獣心図

インドのムガル王朝の歴史からとった。史実八割、フイクション二割。むかし勉強した題材だけに、力がこもった。日本の読者にはなじめない舞台かも知れないが、私の好きな作品の一つ。

「大南営」の「舞台はやはり清末」は『方壺園』に入っていない短篇第一作「狂生員」のコメント内容を受けたもの。「方壺園」は唐代の物語だから混同はしないと思うが念の為。「天外消失」はクレイトン・ロースンの傑作短篇。現在はハヤカワ・ポケット・ミステリのアンソロジー『天外消失』で読むことができる。

「獣心図」は掲載誌の「懸賞付犯人探し」企画として発表された。企画の説明には「本誌新春恒例の懸賞付犯人探し、本年は第七回江戸川乱歩賞受賞の異色作家陳舜臣に御登場願いました。インドのムガル王朝四代皇帝ジャハーン・ギールの長子フスラウの死にまつわるいろいろなデータを出した異色の犯人探しです」とある。賞金は一万円および一年間本誌贈呈だったが、「犯行経過」「犯人氏名」「犯行動機」の三つをすべて当てなければならず、なかなかの難問であった。この号の「宝石」の定価が百七十円、十月に刊行されたばかりの陳舜臣『枯草の根』が定価三百円だったといえば、およその貨幣価値が分かっていただけると思う。

本篇の第六節が始まってすぐ、「なんというかつ者だろう！」までが「問題篇」、「読者に十分気をもたせておいてから」以降が「解決篇」として掲載されている。三月号の結果発表によると完全な正解者はなかったが、もっとも近かった二名が入選、やや惜しかった四名が残念賞に選ばれている。残念賞の四人の中にSF作家の戸倉正三の名前が見えるのが面白い。

なお、「宝石」新年号の犯人当て企画は、六〇年の仁木悦子「みずほ荘殺人事件」が慣例化したもの。六一年が山村正夫「ねじれた鎖」、六二年が本篇、六三年が草野唯雄「冬宿」で、休刊直前の六四年には掲載されていない。

第二部として、第三短篇集『紅蓮亭の狂女』（68年9月／講談社）から三篇を収めた。各篇の初出は、以下のとおり。

スマトラに沈む「オール讀物」65年12月号

鉛色の顔　「推理小説研究」２号（66年7月）

紅蓮亭の狂女　「オール讀物」68年1月号

『紅蓮亭の狂女』は八一年一月に角川文庫、八九年一月に徳間文庫に、それぞれ収録され、九四年十一月には毎日新聞社から小Ｂ６判ハードカバーでも再刊されている。

角川文庫版

『紅蓮亭の狂女』単行本（講談社刊）

毎日新聞社刊の単行本

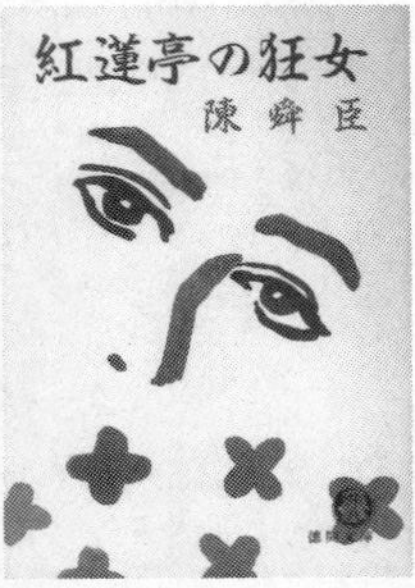

徳間文庫版

出男。

このうち「鉛色の顔」は「海賊」のタイトルでラジオドラマ化され、六七年十一月十七日にNHK第一で放送された。出演は若山弦蔵、入江洋佑、大森義夫、演出は竹内日出男。

エッセイ集『よそ者の目』（72年7月／講談社）所収の「小説『阿片戦争』余話」によると、「紅蓮亭の狂女」執筆中に『阿片戦争』の記述のミスに気づいて「頭を抱えこんでしまった」とある。皇帝の息子についての記述が間違っていたのだが、「それがわかったのは、『オール讀物』四十三年新年号に、『紅蓮亭の狂女』という題で、清末の中国を舞台にした伝奇的な小説を書いたときだった」が、「『阿片戦争』の上巻は、もう校正がすんで、印刷に付されたあと」だったとのこと。

この一冊で、陳ミステリの面白さ、質の高さは充分にお分かりいただけたと思うが、他にも味わい深い短篇や連作が、まだまだたくさんある。機会があれば、さらに復刊していきたいと思っているので、読者諸兄姉のご声援をいただければ幸いである。

本書はちくま文庫のためのオリジナル編集です。
各作品の底本は以下の通りです。
第一部収録作品　中公文庫『方壺園』一九七七年七月
第二部収録作品　角川文庫『紅蓮亭の狂女』一九八一年一月
なお本書のなかには今日の人権意識に照らして不適切な語句や表現がありますが、時代背景と作品の価値にかんがみ、また、著者が故人であるためそのままとしました。

命売ります　三島由紀夫
自殺に失敗し、「命売ります。お好きな目的にお使い下さい」という突飛な広告を出した男のもとに、現われたのは？（種村季弘）

三島由紀夫レター教室　三島由紀夫
五人の登場人物が巻き起こす様々な出来事を手紙で綴る。恋の告白・借金の申し込み・見舞状等、一風変ったユニークな文例集。（群ようこ）

コーヒーと恋愛　獅子文六
恋愛は甘くてほろ苦い。とある男女が巻き起こす恋模様をコミカルに描く昭和の傑作が、現代の「東京」によみがえる。（曽我部恵一）

七時間半　獅子文六
東京―大阪間が七時間半かかっていた昭和30年代、特急「ちどり」を舞台に乗務員とお客たちのドタバタ劇を描く隠れた名作が遂に甦る。（千野帽子）

悦ちゃん　獅子文六
ちょっぴりおませな女の子、悦ちゃんがのんびり屋の父親の再婚話をめぐって東京中を奔走するユーモアと愛情に満ちた物語。初期の代表作。（窪美澄）

笛ふき天女　岩田幸子
旧藩主の息女に生まれ松方財閥に嫁ぎ、四十歳で作家獅子文六と再婚。夫、文六の想い出と天女のような純真さで爽やかに生きた女性の半生を語る。

青空娘　源氏鶏太
主人公の少女、有子が不遇な境遇から幾多の困難にぶつかりながらも健気にそれを乗り越え希望を手にする日本版シンデレラ・ストーリー。（山内マリコ）

最高殊勲夫人　源氏鶏太
野々宮杏子と三原三郎は家族から勝手な結婚話を迫られるも協力してそれを回避する。しかし徐々に惹かれ合うお互いの本当の気持ちは……。（千野帽子）

カレーライスの唄　阿川弘之
会社が倒産した！　どうしよう。美味しいカレーライスの店を始めよう。若い男女の恋と失業と起業の奮闘記。昭和娯楽小説の傑作。（平松洋子）

せどり男爵数奇譚　梶山季之
せどり＝掘り出し物の古書を安く買って高く転売することを業とすること。古書の世界に魅入られた人々を描く傑作ミステリー。（永江朗）

飛田ホテル　黒岩重吾
刑期を終えたやくざ者に起きた妻の失踪を追う表題作など、大阪のどん底で交わる男女の情と性。直木賞作家の傑作ミステリ短篇集。（難波利三）

あるフィルムの背景　結城昌治　日下三蔵編
普通の人間が起こす歪んだ事件、そこに至る絶望を描き、思いもよらない結末を鮮やかに提示する。昭和ミステリの名手、オリジナル短篇集。

赤い猫　仁木悦子　日下三蔵編
爽やかなユーモアと本格推理、そしてほろ苦さを少々。日本推理作家協会賞受賞の表題作ほか〈日本のクリスティー〉の魅力をたっぷり堪能できる傑作選。

兄のトランク　宮沢清六
兄・宮沢賢治の生と死をそのかたわらでみつめ、兄の死後も烈しい空襲や散佚から遺稿類を守りぬいてきた実弟が綴る、初のエッセイ集。

落穂拾い・犬の生活　小山清
明治の匂いの残る浅草に育ち、純粋無比の作品を遺して短い生涯を終えた小山清。いまなお新しい、清らかな祈りのような作品集。（三上延）

真鍋博のプラネタリウム　真鍋博　星新一
名コンビ真鍋博と星新一。二人の最初の作品『おーいでてこーい』他、星作品に描かれた挿絵と小説冒頭をまとめた幻の作品集。（真鍋真）

熊撃ち　吉村昭
人を襲う熊、熊をじっと狙う熊撃ち。大自然のなかで、実際に起きた七つの事件を題材に、孤独で忍耐強い熊撃ちの生きざまを描く。

川三部作
泥の河／螢川／道頓堀川　宮本輝
太宰賞「泥の河」、芥川賞「螢川」、そして「道頓堀川」と、川を背景に独自の抒情をこめて創出した、宮本文学の原点をなす三部作。

私小説　from left to right　水村美苗
12歳で渡米し滞在20年目を迎えた「美苗」。アメリカにも溶け込めず、今の日本にも違和感を覚え……。本邦初の横書きバイリンガル小説。

ラピスラズリ　山尾悠子
言葉の海が紡ぎだす、〈冬眠者〉と人形と、春の目覚めの物語。不世出の幻想小説家が20年の沈黙を破り発表した連作長篇。補筆改訂版。（千野帽子）

吉行淳之介ベスト・エッセイ　吉行淳之介　荻原魚雷編

創作の秘密から、ダンディズムの条件まで。「文学」「男と女」「紳士」「人物」のテーマごとに厳選した、吉行淳之介の入門書にして決定版。（大竹聡）

田中小実昌ベスト・エッセイ　田中小実昌　大庭萱朗編

東大哲学科を中退し、バーテン、香具師などを転々とし、飄々とした作風とミステリー翻訳で知られるコミさんの厳選されたエッセイ集。（片岡義男）

山口瞳ベスト・エッセイ　小玉武編

サラリーマン処世術から飲食、幸福と死まで。——幅広い話題の中に普遍的な人間観察眼が光る山口瞳の豊饒なエッセイ世界を一冊に凝縮した決定版。

色川武大・阿佐田哲也ベスト・エッセイ　色川武大／阿佐田哲也　大庭萱朗編

二つの名前を持つ作家のベスト。文学論、落語からタモリまでの芸能論、ジャズ、作家たちとの交流も。もちろん阿佐田哲也名の博打論も収録。（木村紅美）

開高健ベスト・エッセイ　開高健　小玉武編

文学から食、ヴェトナム戦争まで——おそるべき博覧強記と行動力。「生きて、書いて、ぶつかった」開高健の広大な世界を凝縮したエッセイを精選。

中島らもエッセイ・コレクション　中島らも　小堀純編

小説家、戯曲家、ミュージシャンなど幅広い活躍で没後なお人気の中島らもの魅力を凝縮！　酒と文学とエンターテインメント。（いとうせいこう）

文房具56話　串田孫一

使う者の心をときめかせる文房具。どうすればこの小さな道具が創造力の源泉になりうるのか。文房具の想い出や新たな発見、工夫や悦びを語る。

ぼくは散歩と雑学がすき　植草甚一

1970年、遠かったアメリカ。その風俗、映画、本、音楽から政治までをフレッシュな感性と膨大な知識、貪欲な好奇心で描き出す代表エッセイ集。

快楽としてのミステリー　丸谷才一

ホームズ、007、マーロウ——探偵小説を愛読して半世紀、その楽しみを文芸批評とゴシップを駆使して自在に語る、文庫オリジナル。（三浦雅士）

超発明　真鍋博

昭和を代表する天才イラストレーターが、唯一無二のSF的想像力と未来的発想で〝夢のような発明品〟129例を描き出す幻の作品集。（川田十夢）

沈黙博物館　小川洋子
「形見じゃ」老婆は言った。死の完結を阻止するために形見が盗まれる。死者が残した断片をめぐるやさしくスリリングな物語。（堀江敏幸）

星間商事株式会社社史編纂室　三浦しをん
二九歳「腐女子」川田幸代、社史編纂室所属。恋の行方も友情の行方も五里霧中。仲間と共に「同人誌」を武器に社の秘められた過去に挑む!?（金田淳子）

つむじ風食堂の夜　吉田篤弘
それは、笑いのこぼれる夜。——食堂は、十字路の角にぽつんとひとつ灯をともしていた。クラフト・エヴィング商會の物語作家による長篇小説。

通天閣　西加奈子
このしょーもない世の中に、救いようのない人生に、ちょっぴり暖かい灯を点す驚きと感動の物語。第24回織田作之助賞大賞受賞作。（津村記久子）

この話、続けてもいいですか。　西加奈子
ミッキーこと西加奈子の目を通すと世界はワクワク、ドキドキ輝く。いろんな人、出来事、体験がてんこ盛りの豪華エッセイ集！（中島たい子）

君は永遠にそいつらより若い　津村記久子
22歳処女。いや「女の童貞」と呼んでほしい——。日常の底に潜むうっすらとした悪意を独特の筆致で描く。第21回太宰治賞受賞作。（松浦理英子）

アレグリアとは仕事はできない　津村記久子
彼女はどうしようもない性悪だった。すぐ休み単純労働をバカにし男性社員に媚を売る。大型コピー機とミノベとの仁義なき戦い！（千野帽子）

まともな家の子供はいない　津村記久子
セキコには居場所がなかった。うちには父親がいる。うざい母親、テキトーな妹。まともな家なんてどこにもない！　中３女子、怒りの物語。（岩宮恵子）

こちらあみ子　今村夏子
あみ子の純粋な行動が周囲の人々を否応なく変えていく。第26回太宰治賞、第24回三島由紀夫賞受賞作。書き下ろし「チズさん」収録。（町田康／穂村弘）

さようなら、オレンジ　岩城けい
オーストラリアに流れ着いた難民サリマ。言葉も不自由な彼女が、新しい生活を切り拓いてゆく。第29回太宰治賞受賞・第150回芥川賞候補作。（小野正嗣）

冠・婚・葬・祭　中島京子

人生の節目に、起こったこと、出会ったひと、考えたこと。冠婚葬祭を切り口に、鮮やかな人生模様が描かれる。第143回直木賞作家の代表作。（瀧井朝世）

とりつくしま　東直子

死んだ人に「とりつくしま係」が言う。モノになってこの世に戻れますよ。妻は夫のカップに弟子は先生の扇子になった。連作短篇集。（大竹昭子）

虹色と幸運　柴崎友香

珠子、かおり、夏美。三〇代になった三人が、人に会い、おしゃべりし、いろいろ思う一年間。移りゆく季節の中で、日常の細部が輝く傑作。（江南亜美子）

星か獣になる季節　最果タヒ

推しの地下アイドルが殺人容疑で逮捕!? 僕は同級生のイケメン森下と真相を探るが——。歪んだピュアネスが傷だらけで疾走する新世代の青春小説！

ピスタチオ　梨木香歩

棚（たな）がアフリカを訪れたのは本当に偶然だったのか。不思議な出来事の連鎖から、水と生命の壮大な物語「ピスタチオ」が生まれる。（管啓次郎）

図書館の神様　瀬尾まいこ

赴任した高校で思いがけず文芸部顧問になってしまった清（きよ）。そこでの出会いが、その後の人生を変えてゆく。鮮やかな青春小説。（山本幸久）

マイマイ新子　髙樹のぶ子

昭和30年山口県国衙。きょうも新子は妹や友達と元気いっぱい。戦争の傷を負った大人、変わりゆく時代、その懐かしく切ない日々を描く。（片渕須直）

話虫干　小路幸也

夏目漱石「こころ」の内容が書き変えられた！ それは話虫の仕業。新人図書館員が話の世界に入り込み、「こころ」をもとの世界に戻そうとするが……。

包帯クラブ　天童荒太

傷ついた少年少女達は、戦わないかたちで自分達の大切なものを守ることにした。生きがたいと感じるすべての人に贈る長篇小説。大幅加筆して文庫化。

うれしい悲鳴をあげてくれ　いしわたり淳治

作詞家、音楽プロデューサーとして活躍する著者の小説&エッセイ集。彼が「言葉」を紡ぐと誰もが楽しめる「物語」が生まれる。（鈴木おさむ）

宮沢賢治全集（全10巻）　宮沢賢治

『春と修羅』、『注文の多い料理店』はじめ、賢治の全作品及び異稿を、綿密な校訂と定評ある本文によって贈る話題の文庫版全集。書簡など2巻増巻。

太宰治全集（全10巻）　太宰治

第一創作集『晩年』から太宰文学の総結算ともいえる『人間失格』、さらに『もの思う葦』ほか随想集も含め、清新な装幀でおくる待望の文庫版全集。

夏目漱石全集（全10巻）　夏目漱石

時間を超えて読みつがれる最大の国民文学を、10冊に集成して贈る画期的な文庫版全集。全小説及び小品、評論に詳細な注・解説を付す。

芥川龍之介全集（全8巻）　芥川龍之介

確かな不安を漠然とした希望の中に生きた芥川の全貌。名手の名をほしいままにした短篇から、日記、随筆、紀行文までを収める。

梶井基次郎全集（全1巻）　梶井基次郎

「檸檬」「泥濘」「桜の樹の下には」「交尾」をはじめ、習作・遺稿を全て収録し、梶井文学の全貌を伝える。一巻に収めた初の文庫版全集。（高橋英夫）

中島敦全集（全3巻）　中島敦

昭和十七年、一筋の光のように登場し、二冊の作品集を残してまたたく間に逝った中島敦――その代表作から書簡までを収め、詳細小口注を付す。

山田風太郎明治小説全集（全14巻）　山田風太郎

これは事実なのか？　フィクションか？　歴史上の人物と虚構の人物が明治の東京を舞台に繰り広げる奇想天外な物語。かつ新時代の裏面史。

ちくま日本文学（全40巻）　ちくま日本文学

小さな文庫の中にひとりひとりの作家の宇宙がつまっている。一人一巻、全四十巻。何度読んでも古びない作品と出逢う、手のひらサイズの文学全集。

ちくま文学の森（全10巻）　ちくま文学の森

最良の選者たちが、古今東西を問わず、あらゆるジャンルの作品の中から面白いものだけを基準に選んだ、伝説のアンソロジー、文庫版。

ちくま哲学の森（全8巻）　ちくま哲学の森

「哲学」の狭いワク組みにとらわれることなく、あらゆるジャンルの中からとっておきの文章を厳選。新鮮な驚きに満ちた文庫版アンソロジー集。

現代語訳 舞姫 森鷗外 井上靖訳

古典となりつつある鷗外の名作を井上靖の現代語訳で読む。無理なく作品を味わうための語注・資料を付す。原文も掲載。監修＝山崎一穎

こころ 夏目漱石

友を死に追いやった「罪の意識」によって、ついには人間不信にいたる悲惨な心の暗部を描いた傑作。詳しく利用しやすい語注付。（小森陽一）

英語で読む 銀河鉄道の夜（対訳版） 宮沢賢治 ロジャー・パルバース訳

"Night On The Milky Way Train"（銀河鉄道の夜）賢治文学の名篇が香り高い訳で生まれかわる。文庫オリジナル。井上ひさし氏推薦。（高橋康也）

百人一首 鈴木日出男

王朝和歌の精髄、百人一首を第一人者が易しく解説。現代語訳、鑑賞、作者紹介、語句・技法を見開きにコンパクトにまとめた最良の入門書。

今昔物語 福永武彦訳

平安末期に成り、庶民の喜びと悲しみを今に伝える今昔物語。訳者自身が選んだ155篇の物語は名訳を得て、より身近に蘇る。（池上洵一）

私の「漱石」と「龍之介」 内田百閒

師・漱石を敬愛してやまない百閒が、おりにふれて綴った師の行動と面影とエピソード。さらに同門の友、芥川との交遊を収める。（武藤康史）

阿房列車 ——内田百閒集成1 内田百閒

「なんにも用事がないけれど、汽車に乗って大阪へ行って来ようと思う」。上質のユーモアに包まれた、紀行文学の傑作。（和田忠彦）

教科書で読む名作 夏の花ほか 戦争文学 原民喜ほか

表題作のほか、審判（武田泰淳）／夏の葬列（山川方夫）／夜（三木卓）など収録。高校国語教科書に準じた傍注や図版付き。併せて読みたい名評論も。

名短篇、ここにあり 北村薫 宮部みゆき編

読み巧者の二人の議論沸騰し、選びぬかれたお薦め小説12篇。となりの宇宙人／冷たい仕事／隠し芸の男／少女架刑／あしたの夕刊／網／誤訳ほか。

猫の文学館Ⅰ 和田博文編

寺田寅彦、内田百閒、太宰治、向田邦子……いつの時代も、作家たちは猫が大好きだった。猫の気まぐれに振り回されている猫好きに捧げる47篇‼

一人で始める短歌入門 枡野浩一

「かんたん短歌の作り方」の続篇。CHINTAIのCM「いい部屋みつかっ短歌」の応募作を題材に短歌を指南。毎週10首、10週でマスター！

片想い百人一首 安野光雅

オリジナリティーあふれる本歌取り百人一首とエッセイ。読み進めるうちに、不思議と本歌も頭に入ってきて、いつのまにやらあなたも百人一首の達人に。

宮沢賢治のオノマトペ集 宮沢賢治 杉田淳子編 栗原敦監修

賢治ワールドの魅力的な擬音をセレクト・解説した画期的な一冊。ご存じ「どっどどどどうど どどうど どどう」など、声に出して読みたくなります。

増補 日本語が亡びるとき 水村美苗

明治以来豊かな近代文学を生み出してきた日本語が、いま、大きな岐路に立っている。我々にとって言語とは何なのか。第8回小林秀雄賞受賞作に大幅増補。

ことばが劈《ひら》かれるとき 竹内敏晴

ことばとこえとからだと、それは自分と世界との境界線だ。幼時に耳を病んだ著者が、いかにことばを回復し、自分をとり戻したか。

発声と身体のレッスン 鴻上尚史

あなた自身の「こえ」と「からだ」を自覚し、魅力的に向上させるための必要最低限のレッスンの数々。続ければ驚くべき変化が！ （安田登）

パンツの面目ふんどしの沽券 米原万里

キリストの下着はパンツか腰巻か？ 幼い日にめばえた疑問を手がかりに、人類史上の謎に挑んだ、抱腹絶倒&禁断のエッセイ。 （井上章一）

全身翻訳家 鴻巣友季子

何をやっても翻訳的思考から逃れられない。妙に言葉が気になり妙な連想にはまる。翻訳というメガネで世界を見た貴重な記録（エッセイ）。 （穂村弘）

夜露死苦現代詩 都築響一

寝たきり老人の独語、死刑囚の俳句、エロサイトのコピー……誰も文学と思わないのに、一番僕たちをドキドキさせる言葉をめぐる旅。増補版。

英絵辞典 岩田一男 真鍋博

真鍋博のポップで精緻なイラストで描かれた日常生活の205の場面に、6000語の英単語を配したビジュアル英単語辞典。 （マーティン・ジャナル）

品切れの際はご容赦ください

武士の娘　杉本鉞子　大岩美代訳

明治維新期に越後の家に生れ、厳格なしつけと礼儀作法を身につけた少女が開化期の息吹にふれて渡米、近代的女性となるまでの傑作自伝。

ハーメルンの笛吹き男　阿部謹也

「笛吹き男」伝説の裏に隠された謎はなにか？ 十三世紀ヨーロッパの小さな村で起きた事件を手がかりに中世における「差別」を解明。（石牟礼道子）

隣のアボリジニ　上橋菜穂子

大自然の中で生きるイメージとは裏腹に、町で暮らすアボリジニもたくさんいる。そんな「隣人」アボリジニの素顔をいきいきと描く。（池上彰）

サンカの民と被差別の世界　五木寛之

歴史の基層に埋もれた、忘れられた日本を掘り起こす。漂泊に生きた海の民・山の民。身分制で賤民とされた人々。彼らが現在に問いかけるものとは。

世界史の誕生　岡田英弘

世界史はモンゴル帝国と共に始まった。東洋史と西洋史の垣根を超えた世界史を可能にした、中央ユーラシアの草原の民の活動。

日本史の誕生　岡田英弘

「倭国」から「日本国」へ。そこには中国大陸の大きな政治のうねりがあった。日本国の成立過程を東洋史の視点から捉え直す刺激的論考。

島津家の戦争　米窪明美

薩摩藩の私領・都城島津家に残された日誌を丹念に読み解き、幕末・明治の日本を動かした最強武士団の実像に迫る。薩摩から見たもう一つの日本史。

それからの海舟　半藤一利

江戸城明け渡しの大仕事以後も旧幕臣の生活を支え、徳川家の名誉回復を果たすため新旧相撃つ明治を生き抜いた勝海舟の後半生。（阿川弘之）

その後の慶喜　家近良樹

幕府瓦解から大正まで、若くして歴史の表舞台から姿を消した最後の将軍の〝長い余生〟を近しい人間の記録を元に明らかにする。（門井慶喜）

幕末維新のこと　司馬遼太郎　関川夏央編

「幕末」について司馬さんが考えて、書いて、語ったことの真髄を一冊に。小説以外の文章・対談・講演から、激動の時代をとらえた19篇を収録。

明治国家のこと 司馬遼太郎 関川夏央編

司馬さんにとって「明治国家」とは何だったのか。西郷と大久保の対立から日露戦争まで、明治の日本人への愛情と鋭い批評眼が交差する18篇を収録。

方丈記私記 堀田善衞

中世の酷薄な世相を覚めた眼で見続けた鴨長明。その人間像を自己の戦争体験に照らして語りつつ現代日本文化の深層をつく。巻末対談＝五木寛之

東條英機と天皇の時代 保阪正康

日本の現代史上、避けて通ることのできない存在である東條英機。軍人から戦争指導者へ、そして極東裁判に至る生涯を通して、昭和期日本の実像に迫る。

戦中派虫けら日記 山田風太郎

〈嘘はつくまい。嘘の日記は無意味である〉。戦時下、明日の希望もなく、心身ともに飢餓状態にあった若き風太郎の心の叫び。（久世光彦）

責任 ラバウルの将軍今村均 角田房子

ラバウルの軍司令官・今村均。軍部内の複雑な関係、戦地、そして戦犯としての服役。戦争の時代を生きた人間の苦悩を描き出す。（保阪正康）

広島第二県女二年西組 関千枝子

8月6日、級友たちは勤労動員先で被爆した。突然に逝った39名それぞれの足跡をたどり、彼女らの生を鮮やかに切り取った鎮魂の書。（山中恒）

劇画 近藤勇 水木しげる

明治期を目前に武州多摩の小倅から身を起こし、ついに新選組隊長となった近藤。だがもしかしたら多摩で芋作りをしていた方が幸せだったのでは？

水木しげるのラバウル戦記 水木しげる

太平洋戦争の激戦地ラバウル。その戦闘に一兵卒として送り込まれ、九死に一生をえた作者が、体験が鮮明な時期に描いた絵物語風の戦記。

昭和史探索（全6巻） 半藤一利編著

名著『昭和史』の著者が第一級の史料を厳選、抜粋。時々の情勢や空気を一年ごとに分析し、書き下ろしの解説を付す。《昭和》を深く探る待望のシリーズ。

夕陽妄語1（全3巻） 加藤周一

高い見識に裏打ちされた時評は時代を越えて普遍性を持つ。政治から文化まで、二〇世紀後半からの四半世紀を、加藤周一はどう見たか。（成田龍一）

ちくま文庫

方壺園《ほうこえん》　ミステリ短篇傑作選《たんぺんけっさくせん》

二〇一八年十一月十日　第一刷発行

著　者　陳舜臣（ちん しゅん しん）
編　者　日下三蔵（くさか・さんぞう）
発行者　喜入冬子
発行所　株式会社　筑摩書房
東京都台東区蔵前二―五―三　〒一一一―八七五五
電話番号　〇三―五六八七―二六〇一（代表）
装幀者　安野光雅
印刷所　中央精版印刷株式会社
製本所　中央精版印刷株式会社

ISBN978-4-480-43554-5　C0193